走向高原

ZOUXIANG GAOYUAN

卢一萍 著

把远方带回家

青海人民出版社

图书在版编目（CIP）数据

走向高原 / 卢一萍著. -- 西宁：青海人民出版社，2018.4
　ISBN 978-7-225-05546-6

Ⅰ.①走… Ⅱ.①卢… Ⅲ.①散文集—中国—当代 Ⅳ.①I267

中国版本图书馆CIP数据核字(2018)第068928号

走向高原

卢一萍　著

出 版 人	樊原成
出版发行	青海人民出版社有限责任公司
	西宁市五四西路71号　邮政编码：810023　电话：（0971）6143426（总编室）
发行热线	（0971）6143516 / 6137730
网　　址	http//www.qhrmcbs.com
印　　刷	陕西龙山海天艺术印务有限公司
经　　销	新华书店
开　　本	720mm×1010mm　1/16
印　　张	15
字　　数	230千
版　　次	2018年6月第1版　2018年6月第1次印刷
书　　号	ISBN 978-7-225-05546-6
定　　价	48.00元

版权所有　　侵权必究

长路随想（代序）

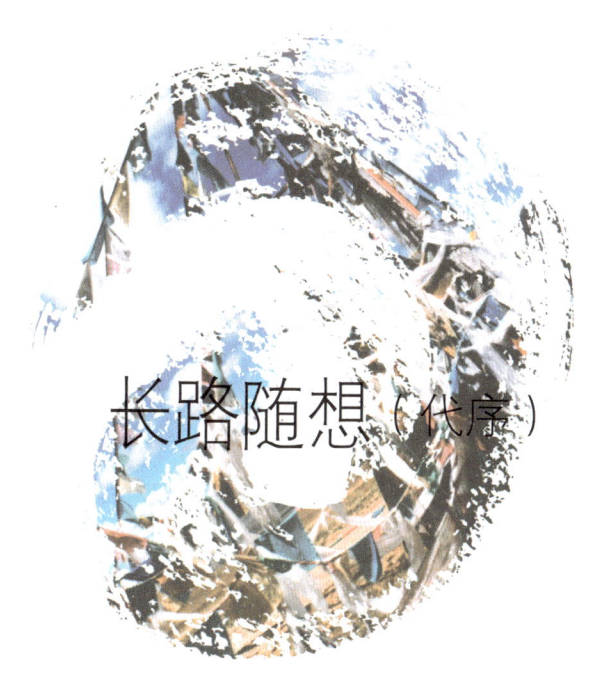

父亲在世时，我曾收到他的一封来信，他问我是否还走在路上，记得我读到那句话时，心情很难平静。

我不知道应该怎样回答父亲，我没有停下过自己的脚步，却难以看见自己留下的足迹。我不知道，一个碌碌无为的行走者还算不算一个行走者。

父亲是个农民，一生只能固守几亩薄田、三间土房和几册读私塾时珍存的古籍，但不知为何，他判断我存在与否不是以别的方式，而是以我是否仍然走着。

其实，他的一生对道路一直充满着莫名的恐惧，知道那路上定然潜伏着无尽的险阻和陷阱，但他又害怕我停下来，所以，我的行走，对他而言，无疑是一种煎熬，一种处罚。

少年时期，我是凭想象漫游的，虽然想象本身无限，但因为一个人的想象力与他获取的知识是成正比的,所以它又常常有限。

我们一旦蹒跚学步，就免不了面临走路的问题；当我们一旦离开家，就面临着上路的困惑；我们就想知道，路有多长，当它绕到山顶，那是不是一条路的尽头，从那里可不可以通到天宇？如果不是尽头，它在山的另一面，又会是一种什么形态。是这些自身的疑惑促使我们前行——不间断地前行。更有意思的是，这些孩童时代的、看似幼拙的疑惑会成为我们一生的疑惑。会使我们终其一生也难以寻到答案，会使我们为这些答案竭尽心智。

最终，你的渴望是走向一种能让灵魂憩息的、精神的家园。

跋涉就是整个人生。可能是清醒的，也可能是盲目的。这都不重要，重要的是走下去，一直走下去。没有尽头的路使短暂的生命无限延伸，使瞬息即逝的人生走向永恒。因为，道路铭记着每一个跋涉者。无论他们是高贵的，还是卑贱的；也无论他们是勇敢的，还是怯懦的。因为每一个走着的生命最终无不成了路的一部分——一粒石子，一块标记，一级台阶。

有时，我们一直在出发与回归之间往复。出走是必须的，没有出走就没有道路，就失去了对生命的参照，对大地的亲近，对世界的感知。回归也是一种生命之需，这缘自生命对出发地的深厚情感，它是一种欲念，如果肉体不知，这就是另一种出走。

到最后，出发与回归开始混淆，开始进入一种"上下而求索"的境界，此时，二者统一为一种方式：行走。若以行走为中心点，那么，它的一端是行旅，一端是苦旅。

远行的本质是寻求，远行的境界是抵达，远行的可耻之处是半途而废。悲壮的远行者或死于路上，或在抵达之地瞑目。有时也有抵达之后回归的人，但到那时，原来的出发点已成了新的目的地。

不知从何时起，愈是荒远之地，愈能激起我上路的雄心。但是我不明白，我一次次走向大地边缘，难道只是在寻找一片净土、一份宁静、一种安慰？难道仅仅只是我对远方的某种迷恋，或是对浮躁和喧嚣的逃避？

我想不是的。

因为被生活伤害的人很多，被时代污染的故乡不止一处。而如果仅仅是迷恋远方，你会陷入尴尬，因为当你去了远方，远方就不再是远方了。

那么，走在路上对我而言，便是生命的形式了。只有这种形式能检验我灵魂的轻与重，生命的存与亡。

我对长路的需要，如同我对生命的需要。我不敢设想，一旦安定于某处，我的内心会是一种什么样的情形，我的生命又会是一种怎样的状态。

当然，对于长路，我用两种方式行走：一是用脚；一是用心。

用脚，可知路有坎坷艰险；同时，我可以看到大地的广阔，山岭的雄峻，河川的秀丽，村庄的安宁和贫困，城市的糜艳与空虚。用心，可知路的情色哀乐，路的激情战栗。更大的好处是，当我被俗常的生命所拘禁，我可以用它代替脚去行走，使我不至停息。

古代的阿拉伯人说，漫游是一条我们通达天宇的路。

波斯诗人萨迪则认为一个人应该活到90岁，在这90年中，用30年获取知识，再用30年漫游天下，用最后30年从事创作。

漫游对于生命的重要性，由此可见一斑。

它是在用最艰苦、最具体，也是最必须的方式抵达人生的终点。

　　缪斯是在长路上发现的。正如帕乌斯托夫斯基所说，如果你想成为自己国家和整个大地的儿子，成为知识和心灵自由的人，成为勇敢和人道、劳动斗争的人，那么，你们就忠于浪迹天涯的缪斯吧，就在力所能及和时间允许的情况下旅行吧。

　　远方的一切对于我来说，都是崭新的，都笼罩着神秘的色彩，我每往前走一步，都可说是翻开了这个世界新的篇章。

　　远方是神话，也是现实；既飘浮着苦难的尘埃，也充斥着忧郁的诗意；既有伟大的真理，也有荒唐的谬误。而正是这些，使我们目光高远，心灵纯洁，思想高尚。

　　既然如此，远行吧，用我们的生命和灵魂！

目　录

阿里之书

金色大地	1
神灵遍布	4
云游者	10
词语的贫乏	13
札达的深度	15
世俗相	18
梦中的托林	21
古格残雕	25
被赋予神性的鸟	32
歌声	34
羚羊跃过山冈	37
对梅朵和琼玛的祝福	40
山水的福分	44
农事诗	48
天葬于风	51
神山	58
我赖于此并扎根于此	61

帕米尔之书

我是别处的过客	65
山与湖	72
足迹可能被遗忘湮没	81
亡者的邻居	85
骑士	91
在太阳中飞翔	96
牧场的气味	99
等待马蹄声响起	106
骑牛探险记	111
传说之马	131

喀喇昆仑之书

叶城的气味　　　　　　139
上路者已没有故乡　　　143
叩开昆仑之门　　　　　146
行走的群山　　　　　　152
明亮的河　　　　　　　158
没有人能帮助你到达远方　161
一匹老狼的嗥叫　　　　168
长风抹不去的足迹　　　172
天界　　　　　　　　　178

喀什噶尔之书

想象中的大地　　　　　183

弥漫的香妃　　　　　　190

河流的勇气　　　　　　194

不灭的书　　　　　　　199

喀什噶尔的灵魂　　　　205

驴背上的老者　　　　　208

艾提尕尔　　　　　　　212

千年歌舞　　　　　　　218

代跋：我们旅行的目的就是
　　　要发现生命的光　　223

后记　　　　　　　　　229

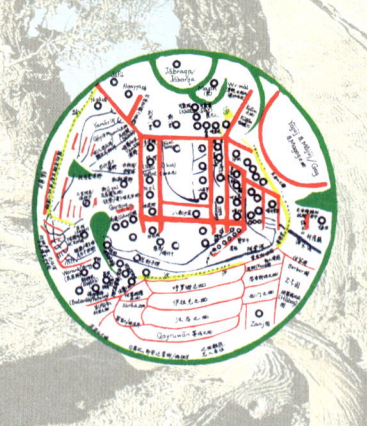

阿里之书

金色大地

翻过界山达坂,就从喀喇昆仑的大荒之境进入了至纯至美的王国。金色的草地漫漫无边。

那是纯金的颜色,一直向望不到边的远方铺张开去。

风从高处掠过,声音显得很远。藏野驴在远方无声地奔驰,留下一溜烟尘。几只黄羊抬起头来,好奇地打量我们一阵,然后飞奔开去。远处的山相互间闪得很开,留下广阔的平原。险峻的冰山则在很远的地方,在阳光里闪着神奇的光。

天空的蓝显得柔和,像安静时的海面。大地充满慈爱,让人心醉和感动;让人感觉这里的每一座峰峦、每一块石头、每一株植物都皈依了佛。实际上它们的确被藏民族赋予了神性。

几只雪雀突然从金色的草地间飞起,鸣叫着,像箭一样射向蓝天,消失在更远处的草甸里。鹰盘旋在高空,久久不动。

大地如此新鲜,似乎刚刚诞生,还带着襁褓中的腥甜气息;大地如此纯洁,像第一次咧开嘴哭泣的婴儿。

这一切令我无所适从,我不禁热泪长流。只有眼泪能表达我对这方土地的惊喜和热爱，只有眼泪能表达我对这至纯之境的叩拜和叹服。

我已感到这大地的神圣性，听到了大地中传来的悠长的法号声，觉得这里的每一株草都是一句六字真言。

我正被这里的风和停滞的时光洗浴，它们灌彻了我的五脏六腑、血液经脉、毛发骨肉，让我重新认识自己的过去，重新认识自己的灵魂和内心，重新认识我致力追求的一切。

洗浴似乎是进入神山圣域必要的一道仪程。只有使自己澄明如水、流畅如风，才配继续前行，才配感受信仰的伟大。

车虽然颠簸得十分厉害，但在那种静穆之中，却感觉不明显。

刚下苦倒恩布达坂，我们就听到了歌声：

> 公马群在右面山上，
> 母马群在左面山上，
> 老马在一望无际的草滩上，
> 马驹子在沙窝子里头，
> 低矮的灌木丛中放山羊……

歌声高亢、嘹亮，充满激情，在天地间久久回荡。

我们循着歌声寻找歌者，却没有踪影。又转了十多分钟，才看到她。她骑在一匹矮小壮实的藏马上，放牧着一大群毛色各异的羊，一头威猛的藏獒跟在她的身边。

看见我们，她勒马停住了，把吠叫的藏獒喝住。她穿着宽大的皮袍，围着色

通往神山圣域的路　　　　临近藏北时看到的雪山

彩鲜艳的帮典，束着红色腰带，有一只脱去的袖子束在腰间，显得豪放而豁达。

她的脸红黑而有光泽，众多的发辫盘在头上，发辫上饰着银币、翡翠、玛瑙和绿松石。耳朵上的耳环，脖子上的项链，使她显得贵气而端庄。她最多十六七岁。

她看我们的眼神是那么专注和热烈。我感到了她目光的清纯。她的羊此时也大多抬起头来看我们，而那头藏獒不离左右地护着她。我们怕惊吓着她，停车不再向她走近，只在远处看着她。

她笑着，招手让我们过去。她笑起来是那么美，白玉般的牙齿远远就能看见。

但我们快要走近她时，她却勒转了马头。小小的藏马载着她，一跳一跳地跑远了，只留下一串清脆的笑声。

那头高大的藏獒像笑话我们似的冲我们吠叫了一声，赶着羊追她而去。

我向前方望去，没有看见毡帐，也没有看见炊烟，只有金色的草地一直延绵到模糊的雪线。她站在一座小山包上，只有一朵玫瑰花那么大一点。她的羊正向她涌去，但也显得越来越不起眼，只有她的歌声又在前方响起来，仍然那么动听：

在那白色的雪山背后，

有一个无瑕的白衣情人，

同我纯洁的心灵一样；

在那白色的大山背后，

有一个美如玛瑙的情人，

如同我美丽的眼珠一双……

我远远地、久久地望着她，直到她消失得无影无踪，有一种恍然如梦的感觉。

金色的草原与雪线相接　　　　　　　多玛沟里的人家

那天，直到多玛兵站，我们再没有看见过牧人。我不知道她的帐篷支在哪里；不知道她的家在何处；不知道她是否已有"白衣情人"；也不知道在那样无边的旷野中，她是否恐惧过，是否有过孤独。躺在多玛的夜间，我以一种忧郁而又复杂的心情想念起她，像想念一个离我而去，走向不可知的远方的恋人。

后来我听人说起，在藏北，像她这样的牧羊人，都是逐水草而往，走时带点糌粑、奶茶，一出去就是十天半月，日出而牧，日落而息，走到哪里，找个山洼或背风的地方，把羊群收拢，长袍一裹，就挤在羊群中睡了。

长天为帐，大地为床，风为她催眠，白雪绿草任她前往。这符合她自由的天性，也让我们心中希望的美永恒。这可能就是她丝毫没觉出悲苦的原因。

在阿里的那些天，我常常想起她，想起遇见她的那个地方。虽然她并没有走失，但我没法改变我在那里走失了一个姐妹的想法。

后来回想起来，我才发现，真正走失的不是别人，正是我自己。

神灵遍布

自翻越界山，我已在不知不觉中沐浴了佛教信仰的长风。它浓郁之极的宗教气息，正是人类信仰的气息，只是它存在于这里是如此纯粹、执着和普遍，使你无论在何处，都能感到神的存在，感到信仰巨大的召感和伟大的力量。

日土寺位于一座孤立的山冈上，原有很多僧人，后来大多去了列城。但信仰是没有地域的，去了何处，只要是为着信仰，信仰就是存在的。我去时，只有一个守寺的人在寺庙中，显得清冷，但寺庙只是宗教的殿堂，是信仰的象征，它的弘扬与永恒全在于民众。

我已感觉，在利欲喧嚣的这个星球上，西藏是最后的秘境，也是唯一宜于神灵居住的净土，而阿里则是秘境中的秘境，它的神秘性远比其封闭后再慢慢开启所呈现出来的要丰饶千万倍，我们用行旅、用目光所能见到的，用耳朵所能听闻的，仅仅是表面上的一点，只是一层薄如水膜的东西。更多的东西隐在它的过去；隐在大地深处，群山之上；隐在人的内心，它们仅仅偶尔表露，仅有一小部分被传唱和讲述。也许在经筒转动、在经文诵出的一瞬，打开的就是一道通向秘境的大门，而进去后有多深广，就只有自己去探寻了。

所以表面上，西藏只是一座高原，而阿里只是高原的一部分，具备高原的显著特征：海拔、雪山、冰峰、河流、草原等等，仅此来看，它难以构成如此深远的神秘性。确实如此，当这些东西被我们的目光掠过，神秘性也就消失了。

但这只是有形的部分，而无形的部分则像一部需要一页页揭示的、不知多厚的书，你翻开一页，还有一页，永无穷尽。

它是藏民族的文化赋予的，是他们丰富的想象力赋予的，也是那些无处不在的神灵赋予的。

说西藏的神灵无处不在，一点也不夸张，有一首藏族民歌唱道——

东方雪山顶上，

彩云纷纷扬扬，

随处可见的经幡

那是大神小神，

正在天上徜徉。

在他们眼里，高高的天空中到处都有神的宫殿，在云雾缭绕的雪山上有神的居所，在草原和河谷里有神的行踪，天上的鹰、草原上的马、水中的鱼是神的化身，连地里的庄稼都有不死灵魂，所以在收割青稞的时节，就不仅要收割了，还要招青稞的魂。招不回青稞的魂，来年的辛劳就会白搭。自出生那天起，人便开始了与繁复众多的神祇打交道，甚至每个人的身上都附着神灵：头上住着乌拉（头神），右肩住着颇拉（男神），左肩住着姆拉（女神）；还有结拉（生命神）、库拉（帐篷神）、托拉（家宅神）、域拉（乡土神）、扎拉（敌神）……当这些神祇活跃时，生命之光异常明亮，农业兴旺，乡土安宁；相反，生命之光则黯淡，预示着死亡的来临，家业的衰落，乡土出现变故或灾难。

因此，神无处不在，无时不在。所以阿里各地处处都能看到神庙、神坛、神塔、神山、神居、神湖、神水，每条路口都有神佛安居的嘛呢堆，每家屋顶都有飘扬的在向上天传达人间祈求的五彩经幡，在每一道空气稀薄、人迹罕至的高山隘口，都有朝佛者为山神垒起的宝座。这一切成了高原的徽记，也是让人皈依的物象。

在余晖中走近冈仁波钦的一刻

众多的神祇归纳起来，可分为佛教诸神、本教诸神和民间诸神。开始，民间诸神占据着信仰的天地，然后本教是雪域大地的主宰，到公元8世纪中叶，弘佛的藏王赤松德赞经过艰苦的较量，击败了本教，使佛教诸神登上了主神座。部分本教神和民间神，则被密宗大师莲花生调伏，皈服了佛法，但只是保护神或附属神。只能享用茶酒祭供，不能顶礼膜拜；也不能超度众生的来世，只能利乐人类的今生。

但本教在诸如西藏的边远地区，以及与青海、四川的接壤之地，仍拥有原先的、至高无上的地位。民间诸神也仍在雪域长留。

民间宗教将宇宙分成三个层次——上为白色的天空，那是天神的世界；下为蓝色水域，包括地下（是明亮而非黑暗的），住着龙的家族；中间是广阔的红色大地，活跃着"赞"和其他大地上的神祇。

信仰是人类在面对和承受苦难时向冥冥中寻求的心灵安慰。青藏高原险峻万端，生存条件恶劣奇诡。如果没有信仰的支撑，没有它给予的巨大的力量，很难有人能面对这云端里的高原上的严冰酷寒、燥热乏雨、狂风暴雨、洪水猛兽以及那数不清的疾病、瘟疫、战乱，这些让人绝望和恐惧，却又无法战胜。而日月送来的光明，柴火带来的温暖和让动物们惧怕的安全感，这些自然力量他们难以解释，便以为有一种神秘的超自然力量，在冥冥之中对一切做了安排，它们或善良，或邪恶，或善恶兼备。时光沧桑，人们满怀对神圣的敬畏，用人类原初的纯洁想象力构拟出了各种神圣，赋予它们无所不能的力量。山川大地、日月星辰、风雨雷电、鸟兽虫鱼、花草树木乃至宇宙中的一切，无不具有超凡的灵性。这些其实就是先民头脑中的宗教观念。只是直到20世纪中叶，高原封闭的状态依然存在，雄奇的雪山、闪光的冰峰、瑰丽的神湖、云蒸霞蔚的自然景观依然；加之生产方式落后，生产力低微，阻挡了其他文明的冲击和沧海桑田的变化，使雪域众生仍然保持了古老的神灵观念，一直至今。

西藏人一直被神灵伴随，走过其漫长或短暂的一生，直到他们进入另一个

世界。

西藏有一部藏文史籍《贤者喜宴》，记载了一些古老的传说，从中可以看出，在吐蕃王朝早期，人神是融为一体的。赞普就是天上的神，被派到人间执掌国政，当他的儿子长大到能够骑马奔驰时，赞普自己便沿着彩虹般的天绳向上攀登，一直消隐在无限悠远的苍穹。第八代赞普直贡赞普因与牧马人罗昂达泽决斗，失手误砍天绳，再也没能回到天国，只有将陵墓留在人间。《西藏王统记》也说聂赤赞普"从天梯下降到四库平原时，被在那里放牧的有才干的本教徒十二人看见"，这些本教徒得知其系"天谪降之神子"，于是便"以肩为座，迎之以归"，并奉为"藏疆之王"。

西藏不少贵族和头人，也常常自诩为神牛或神马等的后代，并引以为荣。传说藏传佛教直贡派开山祖师居热·齐田贡布，是苍穹中的一只母鹰所生。直至20世纪三四十年代，名震藏北的黑痣英雄嘎加扎那，还被人们认定为巴青雪山神崩纳的儿子。

因为高原上的生产、放牧以及生活习俗都与神祇有关，所以人们与神的交往常常和与人的交往一样频繁。象泉河谷的农民每年藏历正月初五要在地里安放一块白石，并举行祭祀仪式，他们认为白石上有龙女鲁莫杰姆附身，能保佑他们风调雨顺；牧民们相信遥远北方的盐湖，是神女察措杰姆的领地，只有健壮的男子汉能博得神女欢笑，赐给生命中珍贵的盐。诸如此类，都是人神交往的方式或过程。

而西藏的许多宗教节日和民间节日，就是人与神的联欢。人们在各种吉祥时日，用丰富多彩的方式娱乐神灵，以使神灵高兴，发欢喜心，保佑庄稼丰收，牧业丰旺，众生幸福，雪域安宁。当然，还有人神之间的使者巫，人通过巫向神陈述自己的情况和愿望，神通过巫向人传达吉祥和护佑。西藏各地的城镇村溪都有

我为高原的神灵献上哈达

男女巫师存在，即使在最荒僻的山村、最边远的牧帐，也能看到他们在鼓点中蹦跳的身影。西藏噶厦政府，都设有专业巫师，例如拉莫、乃炯、噶顿三位护法就是。他们位列三品或四品官，身世显赫，驻锡豪华神殿，出门时有成群的侍从前呼后拥，降神时则有数十名乐师进行伴奏。他们负责指导转世灵童的寻找，决断摄政王的任命，包括战争与和平这等重大事务，也由他们发布神谕。

即使那些《格萨尔史诗》的吟唱者，也总是自称是在神灵附体的情况下，不由自主地演唱这些浩繁如海、冗长无比的英雄史诗的。的确，如果单凭普通人的智能，是很难准确无误地把长达数百万行的古代史诗背诵下来的。

西藏是一个由无数个密宫组成的巨大宫殿，等待着人们去发现。它和布达拉宫及其他众多依山而建的寺庙一样，以神的角度，俯瞰着这个星球上各种肤色的芸芸众生，它宽厚地看着他们相互倾轧，看着他们对人间的破坏，然后以怜悯的情怀和巨大的耐心，等待他们在低头寻找欲望的满足后，抬起头来，感受它的光辉，然后醒悟……

在日土寺，我感受了信仰的宁静的同时，也感受了它的忧郁。但那份宁静和忧伤值得珍存。它能够使这种宗教文化得以源远流长，并保存它已经形成的民族独立性。并将在未来为人类提供一份有关信仰的启示，它还将成为生态的样本，成为世界神秘性的象征。

青藏高原，它就是这个星球上的布达拉宫，它没有穷尽的房间是信仰者不朽的栖所。

一辆前往神山圣湖朝圣的大篷车

云游者

我来到狮泉河边，水波在夕阳里升腾起丝丝潮气，空气清凉而又润湿。余晖使这条河变得羞涩。桥栏上满是五彩经幡，在风里招展、飘扬，说着自己神圣的语言，向神传达人间的祈愿，向人间转达神的祝福。

夜色渐渐浓了，只留下了河水的粼光。夜色中，随着世界越来越安静，河水的歌唱也显得越来越嘹亮。狮泉河镇笼罩在弧形的淡黄的光影里，像襁褓中的生命一样吉祥、圣洁。

对我这个异乡人来说，这一天似乎应该结束了，我转身朝旅馆走去。

但就在我转过身来的那一瞬间，我的灵魂被什么触动了。

是一个人，一个闪着亮光、稍微一动浑身就发出"叮叮当当"响声的人。

借着最后的微光，我看见他银须耀眼，乱发飘肃，浑身褴褛，摇着转经筒，挂着大佛珠，口诵常念常新的六字真言：唵嘛呢叭咪吽，唵嘛呢叭咪吽⋯⋯

声音低沉，沙哑，略显苍老。

他的额头宽阔，双目始终半闭半合，脸跟生铁一样黑亮；赤着脚，脚大，亦黑，浑身散发着苦行者如艾蒿一样苦涩的气息。非常奇特的是，他浑身挂满了各种各样的易拉罐，那暮色中的亮光和响声就是由这些空罐子发出来的。

这个苦行者身上的易拉罐最早的是1989年生产的"健力宝"。我正想象着，他像挂满勋章的老战士一样挂着这些罐前往偏远的牧区，到各地的喇嘛庙，一定会获得荣誉和尊敬，不想他已停止了诵读真言，只摇着手中的转经筒，并开始打量我，像认识我似的。良久，他坐下来，然后，他成了主人，礼貌地示意

这个云游者每天都到狮泉河边做他信仰的功课

我也坐下。

我这才觉得前面所发生的一切都只是为他的出场做铺垫——甚至包括江河的流动，日月的运行以及这座高原的诞生和成长……

"想听我说话吗？"他说的竟是汉话，并带着四川口音！

我点点头，坐在沙地上。

"我一直在路上走，多少年了呢，只有神知道。我是四川甘孜的藏族。我从14岁开始走，在西藏走，不为别的，只想搞清'唵嘛呢叭咪吽'这句真言的真切含义，这六个伟大的音节……但这一切只有在苦行中去领悟。我行走时，向头上的云、耳畔刮过的风、天上的日头和飞来飞去的鸟儿寻找答案。我在荒野里躺下时，我向土地深处去聆听……我就这样一天接一天地走啊走，一直走到了这里。"

信仰可以战胜任何艰难的岁月

"您搞清楚了没有？"

他叹息一声："路还没有走完呐。"

"路是走不完的。"

"能够走完。我不能走了，路也就走完了。"

说完他站起身来，又开始吟诵真言，摇着经筒，往前走去。他身上的易拉罐相互磕碰着。他很快就被夜色吞没了。

我揉了揉眼睛，望着前方沉在黑夜里的荒原，感到自己像做了一个梦。

"唵嘛呢叭咪吽。"

我第一次轻轻地吟诵起来，感到这六个字是一个地处神圣高度的庞大的精神世界。它让信徒们满怀仁慈、善良的愿望，带着一生所能奉献的一切，世世代代朝它进发。

　　第二次轻轻地吟诵时，我感到它囊括了悲欢离合、生死荣辱、轮回报应、祈愿祝福……只有六个音节，却正是藏传佛教经典之根源。再没有任何一句语言比它伟大、高深，也没有任何一句语言比它所代表的疆域辽阔、宽广。

　　第三次轻轻地吟诵时，我感到远处正盛开着一朵莲花，纯洁无瑕。我知道它就是信仰的形态。

　　六字真言像远古人类进化时最初的言语，此起彼伏，撼天动地，摇荡神灵众生。

　　六字真言就是信仰的极致。

　　六字真言既是已逝时光和此时的赞美诗，也是未知世界的祈祷词。

　　我恍然明白，那苦行者已明了了真言的真义。他无私而慷慨地用言语把他的感悟嫁接到了我的思想中。

　　"对于信仰者，脚步所到的地方便是路，便是向上的台阶，一切都无法阻挡他前行的脚步，黑夜、大风，甚至死亡……"我对着夜色，喃喃自语。

这些原本普通的石头因赋予信仰的因素而变得不凡

词语的贫乏

札达县面积 22500 多平方公里，绝大多数面积被土林占据。与土林壮阔而宏大的美相比，以狰狞险峻著称的美国西部大峡谷可能也会黯然失色。古格王国遗址是阿里文化和历史的象征，但如果没有气势磅礴的土林的环护和衬托，不知会逊色多少倍。

那天下午，我们决定去看土林。

离开县城没多久，景象慢慢神异起来。前方突然出现了一座古城池，用黄土筑成，呈富丽庄严的金色，巍峨高耸，拔地而起。其上有垛口、射孔、城楼和站立的武士等一切辉煌的城堡所具有的东西。

"那是座什么城啊？"我吃惊地问，这可是我所见到的最辉煌的城了。

同行的人笑了，说："那就是土林。"

土林太像一座城了。我像走进了一个辉煌的梦，又像走进了某个传说。即使我离那"城"很近了，仍不相信它是自然形成的。我一次次眺望，一次次惊讶。待到了土林的下面，才明白人类难以创造这样的奇迹。

愈是往前，愈是觉得不可思议。这不就是神留下的宫殿吗？但它比宫殿更美——这是神和人类集所有对美和宏大事物的想象而创造的产物。

"多么奢华而又排场的绝美呀！"我忍不住大声说道。

土林让我无法描述。一进入阿里，我就感到了语言的贫乏。但此时我几乎是哑口无言，成了语言的白痴。我只能发出如上面那句无一点力量的赞叹。其实，此时最适宜的方式是缄口不言。但我又不能不描述它，哪怕我的描述苍白得没有一点力量。谁能用笔还原神的想象和梦境呢？这种绝望让我顿时变得无比忧郁。

土林是金色的基调，有的像驻守城池披坚执锐的勇士，可闻号鸣箫咽之声；有的形如万马狂奔，可感觉它们疾如飓风掠过；有的则如千驼相聚，可望见流沙飞扬；而如神佛者更多，相貌或慈或善，或怒或恶，或坐于莲花，或行于天际，

土林的万千形态

无不形神兼具，栩栩如生；还有静坐修身的喇嘛，虔诚无比的朝佛者，婀娜妖艳的空行母……每一种景象，若稍微变换角度，则又是不同的奇景，似人非人，似物非物，似神非神，似幻非幻，巧夺天工，变幻莫测。

在这里，你可以尽情地想象，并能够将俗世的一切忘却。屏息之下，你似乎可以感觉到这一切都在复活，可以听见佛语悠远，仙乐飘飘，鹿鸣呦呦，铃声阵阵；还可看到神灵和云彩一起飘过，可以听到鹰隼展翅的声音；还能听到女子的喁喁细语，裙裾索索；也可以听见江河的奔涌，清溪的流淌；可以听见乡间的犬吠鸣啼，山野的泉声鸟鸣，以及大海的涛声，天上的惊雷……峰峦叠聚，大柱兀立，雄伟奇拔，奇异多姿，环绕回旋，神秘莫测。由于傍晚初至，夕辉瑰丽，使整个景象明暗有致，层次分明，浩浩然超凡脱俗，荡荡然鬼惊神叹……

但土林不是传说中神的赐予，而是大自然的造化。《西藏地貌》说这种地形是"由于水平岩层中垂直节理比较发育，而粉砂岩又具有良好的直立性，所以沟谷深邃，谷坡陡立，即使一条小沟，也可深达 100～200 米。较大的支沟谷底，两壁陡峭呈箱形谷。又由于不同岩石的差异侵蚀，水平岩层常常成为粉细砂岩和黏土岩的保护层，或平铺于岩壁的顶部，或突出于岩壁之上，与软岩层交互，组成雄伟挺拔、奇异多姿的古城墙和古城堡形态"。

任何景象一旦落实到科学的解释上，就会索然无味。

天色已越来越暗，大地上已有了水样的月色，这泥土的林莽也变得暧昧，显得更加幽静深远。而天边的晚霞尚未褪尽，还有最瑰丽的一抹，映照着最高处的风景，使其以沉醉的状态呈现着，随着夜色渐渐飞升到最高处，终于没了依托，显得遥远，成了天空的一部分。

由于专注于土林的美，我显得如此疲惫。当我在暮色里回望土林时，我不知自己是否还有勇气进入那美境之中。

　　缓缓流淌的象泉河已看不分明，只隐隐可见波光的闪动，隐隐可闻流水声从浓浓的暮色中传出来，像在倾诉，又像是在哼唱一首古格王国的古歌。

札达的深度

　　札达金色的背景即使在月色的笼罩下，也显得光芒四射。我的内心被一种东西冲撞着，按捺不住。

　　我不知是什么让我兴奋。是面对一种辽阔时的茫然吗？是金色（这个词语对阿里、对藏民族有一种不可替代性。它是一种大的底色，也是藏民族的精神底色。藏民族是一个怀着金色之心的民族。而这种颜色代表着这个民族的荣誉、苦难和信仰）的阳光、尘土和风赋予的震撼吗？

　　我说不清楚。但我已感知我获得了一种从没获得过的给予。

　　在札达边防营营部躺下时，已是星辰满天，残月升起，最高的雪峰上，好像还有一抹夕阳流连在那里，像一瓣凋落在白玉上的玫瑰花瓣，美、脆弱，又带些伤感。

　　月光漏在屋子中央，有些发蓝。我盯着它缓缓移动，让它盛装我对故乡和亲人的思念。我天生忧郁的心自从进入阿里，就变得明亮了，像一个采光很好的房间。

　　我还不知札达是多大的一个城。它如此安静（一种高原上相对海拔低处的安静），连一声狗叫也没有。

整个札达都在安静地度过一个夜晚的时光。

我侧着耳朵，希望能倾听到一些什么，却只有轻而疾速的夜风掠过泥土的声音。象泉河也像是停止了流动，早已安然入睡。

但札达不拒绝你从它的灵魂和精神内涵上去阅读它。月光离开了我的屋子，我才蒙眬入睡。我希望自己能与这一方神圣土地的睡眠同样安然。

但梦仍然造访了我。

太阳高悬在天上，以一种让人昏厥的灿烂照耀着全是金黄色尘土的高原。尘土覆盖着一切：山峦、河流、寺院、村庄、古城……风在大地上的阳光中穿行，像从远古来的一般透明。风里有各种古老的声音：佛语，经幡的猎猎声，王臣的谈论，一声紧接一声的喟叹……

宇宙间似乎只有三重境界：上为光明，中为风，下为尘土。

突然，马蹄声骤起，但又转瞬远去。接着，尘土扬起，模糊的天地间出现了他们的背影。他们显然是在尘土飞扬时转过身去的。他们是衣着华丽的国王、王后、大臣还有大小喇嘛，以及普通百姓。众多的神祇裹在尘土里，无可奈何地看着他们越走越远，被尘土吞没。我想赶上他们，却怎么也赶不上。我呼喊他们，却没有一个人应答，也没有一个人回头。我站在那里，尘土将我的肺腑填满，然后又把我裹住，一层又一层，我像一个站着的泥陶，终于承受不了永无穷尽的岁月，开始龟裂，最后发出陶土断裂时的细微之声，"哧哧哧"地崩溃了……

次日清晨醒来，感觉头有些痛，浑身酸胀木然，好像自己真已成了土陶。我记起梦中那裹在自己身上的泥土有一种古老的、来自混沌之初的气息。

这就是札达这块土地的气息啊！

札达每时每刻都在承受着阳光和风的侵蚀，阳光和风正将其变成尘土，在高原的天空弥漫。

我向四面望去，才发现札达处于土林的环抱之中，处于美的核心。朝阳为它抹上了大贵大丽的色彩，一切显得如此明亮。只有那些先民凿壁而居的洞穴是黑色的，让你感觉到一种神秘的深度。

札达是座小城，生长着珍贵的白杨树和高原柳。虽刚进入9月，但树叶已一片金黄，在风里飘飞。小城只有一条百十米长的土街，被树叶覆满。两幢两层的白色楼房，一座是边防营营部，一座是县武装部办公楼，它们代表了小城全部的现代气息。路两边有康巴人和少数汉人开的总共六七家商店和小饭馆，有些是在帐篷里，有些是在低矮的土屋里。有军人、老百姓在街上来回走，挟着寒意的风呜呜地叫着，刮得他们袖起了手，尘土从脚下腾起来，但没人在意，每个人都比漫步王府井大街还悠然自得。路两边是高高低低的红柳，视线由此展开，是简陋的平房，绵延的土林，再远处是洁净得近乎神圣的雪峰，雪峰在瓦蓝的天空里发着光。一家歌舞厅正在装修，从那架势看，老板有些雄心勃勃。三个外国游客在街上溜达，没有人太多地注意他们。孩子们正往学校里去，他们像一群活泼的山羊，蹦跳着走过土街后，便在身后留下一团腾起的尘土。一位抹着浓妆，戴着墨镜，下身穿着牛仔裤，上身

由土林构建的辉煌城堡

札达县城被土林环绕，风云变幻时的土林显得更为神秘

五月的象泉河

札达县城边的佛塔

穿着迷彩服,十分丰满的摩登女郎,像一朵浓艳的塑料花,突然出现在街上,招摇而过,神气得像老影片中的中统女特务。

除百余平方米的"市中区"繁华地段之外,大多是和泥土一样颜色的土坯房,不仔细看,不容易把它们从土地中分辨出来。土坯房上正冒着蓝烟。有政府工作人员和自由惯了的犏牛、藏马、鸡、羊、狗在那些房屋间闲逛。土屋之外,是气势不凡的托林寺的白塔红墙,紧邻世俗,却又超然于世俗之外,保持着自诞生之日起就具有的神圣和庄严。我没有看见古格王国遗址。在县城后面的山上,有废弃的古堡塔寺的残垣断壁,诱惑着人们去探寻。一切都显现出一种远离尘世的静谧、温馨和古朴。

世界对这里的记忆已在三百多年前一个充满悲剧气氛的时刻凝固,没有人能知道得更多。也许只有象泉河的记忆还是清晰的,它正将这里的一切带向远方。但谁又能读懂河流的语言啊。

世俗相

康巴人出售各种工艺品的地方在札达显得最富生机。

司机早已去了那里,一见面,他就说他带的钱已被她们"掏"空了。而那两个年轻的康巴女人却笑着,有些像四川方言中所说的"笑圆了"。她们美丽、壮实,富有野性，蕴含着原始的创造力、劳动力、生殖力。乌黑的头发扎成的很漂亮的发辫、发辫上装饰的璎珞，以及黑红的圆盘脸上绽放的无拘无束的笑——阳光和风留在脸蛋上的两团晚霞般的红色——使她们显得更加生动、迷人，也把她们的快乐迅速地传递给周围的人。颈上的项链，腰上挂着的珠宝，衣服上的装饰，白色的印花内衣，隐隐可见的丰满乳房，使她们显得华贵而性感，纯洁而质朴，透着健康的气息。

　　见了我，她们迅速迎了过来，用一口十分悦耳动听的藏味四川话，笑着邀请我到她们的帐篷里去。那是真正的对顾客的笑，没经过任何培训，是一种由衷的、真正的微笑。进入帐篷，好像进入了一个刚挖掘出来的古董窖，里面全是些工艺品，有佛像，有鬼怪，有护法，几乎藏传佛教里的诸神都有。大的一米多高，小的只有手指大小。还有玛瑙、珍珠、手镯、项链、耳环、贝壳，以及各种金、银饰品，应有尽有，琳琅满目。拿起那些精美的神佛雕像，我感到它们无一例外地显得古老而陈旧，浸着不知多少年代的香火油渍，使你觉得那真是历经许多年代淘洗过的珍品。而她们也不停地介绍这佛像已有300年，这度母已有600年，这金刚是祖上传下来的，已不知多少年代……听她们这么一说，使人更加心动。一问价格，有高达数万元的，有成百上千的，也有三五十元的。

　　我看上了一尊小佛像，拇指大小，铜铸的。一问价，8000元。我吓了一跳。她们纷纷说那是真古董，至少有1000年历史了。我一听，只好放下。她们见我放下了，就说1000元也行。听她们这样说，我想古董是假的了，只出100元。她们故作惋惜地叹了一口气，说100元就100元吧。买了后，我走出帐篷，向同行的朋友一讲，大家就笑了。一位朋友拿出一尊一模一样的佛像，才30元。她们这时在我们的身后得意地笑着，还要拉我去买别的东西，说可以优惠。后来我又买了几件小物品，出价就小心了，但我想她们还是能赚至少一半的钱。不知不觉中，几百块钱已花掉了。司机一见，连忙说，走吧，不然真会让你把钱掏光的。见我们要走，她们神秘地把我拉过去，说："还有几件好东西，不贵，但挺好。"

说完就飞快地进了帐篷，搬出三尊"欢喜佛"来。我们都决定不买，只想给她们照两张相就走。

这一路行来，我们每每提出照相时，很少有人拒绝，我想她们也一定会欣然同意，不想她们却拒绝了。我们十分失望。请求了几次，她们仍不同意，我们就想离开。

这时，她们中的一位说："如果买一样东西，就可以照。"

我们忍不住笑了，就买了一尊小"欢喜佛"。

她们也不辜负我们，站在一起，手里拿着织氆氇的线团，表情活泼、生动，笑得十分开心。

她们见我们买了不少东西，钱可能花得也差不多了，就不再打扰我们。她们中的一位还搬来三块石头，让我们坐。我问她的名字，她只是笑，怎么也不说。问她是否出嫁了，她则笑着问："嫁给你行不行？""行啊，怎么不行。""那我把帐篷一扎就跟你走。"我又说："行啊。""没有他，我马上跟你走。"说完，她朝一位康巴汉子指了指，那汉子坐在那里享受阳光。他以骑士般的风度向我们点头问好。

如果说那两个康巴女子是巴塘草原和河流的化身，那么那康巴汉子则是横断山脉岩石和森林的化身。他显得高大而英俊，头发和发辫披在肩上，火红的英雄结衬着他轮廓刚毅的脸膛。他穿着白色衬衣，外面套着用氆氇做的蓝色藏袍，红色腰带上挂着烟壶和一些装饰品，一把长约两尺的藏刀斜插在腰上，银色刀鞘闪闪发亮。他不时

古格王国遗址下遇到的三位妇女

1998年看到的札达的一段街道

牛群经过忘情酒吧

饮一口木碗里的青稞酒。没有下酒的食品,我想,他一定把那阳光和往事当做最好的下酒食物了。

康巴人性格豪爽,且善经商,是藏民族引人注目的一支。藏地素有"安多的马,康巴的人,卫藏的宗教"之说,康巴的男人,的确名不虚传。

在藏区,只要有人的地方,就有康巴人经商的身影,原只是听说,今天算是见识了。

高原上的这种喧嚣自然显得珍贵,这世相图景和情节让你暂时忘却自己正置身于神圣的光辉之下,让你觉得俗世的欢乐同样珍贵。

而夜晚更加宁静,好像你已经远离人世。街道两旁是高原柳,金黄的叶子飘落下来,铺在满是沙土的街上。

红色和绿色的灯开始在店铺里亮起来。在内地刚刚流行起来的歌曲也开始响起来——歌声里虽然充满着虚假的热情。几个青年女子,像从地里突然长出来的奇物,夸张地扭动着腰臀,在干硬的晚风中招摇过市,隐没进了小城唯一的舞厅,留下一股粗俗的香气。

小城的夜生活开始了。

梦中的托林

我站在被萧条颓废所笼罩的托林寺前,看着它垮坍破旧的寺院塔林思绪万千。

现在,包括整个札达与它当年所达到的精神高度相比,都显得平庸了。在当年,这里是藏传佛教的"上路弘传"之地。1670年为纪念阿底峡圆寂,古格王孜德在此举行过规模盛大的"火龙年法会",康藏各地高僧云集,佛法弘扬的热情使西藏各地大建寺院,一时香火兴旺,蔚为大观。

"托林"一词原是磬槌的声音,后引申为"在高空中飞翔",托林寺也就是"飞来寺"了。这说法来自一个传说——

为了弘扬佛法,古格王益希沃(音译)请阿底峡来藏传教,当时这里还没有托林,为确定修寺的地方,阿底峡让他的弟子将法器磬槌抛向空中,法器落地之处即为建寺场所,寺名也就取了磬槌落地之声——"托林"。

这个传说使这座寺庙既有了飞的姿态,又有了悦耳的声音。从而使它有了一种生命的灵动。

完好时的托林寺由迦萨殿、十八罗汉殿、护法神殿、阿底峡殿以及讲经台,众多的房舍及一百零八座佛塔构成,是一座气势非凡的庞大建筑群。它与古格王朝同兴同盛、同衰同亡。历经战乱兵火,至今已再难重现当年的兴盛和荣耀。那些佛塔完好者已很少,很多只剩下了一些基座。

而当年,佛教宗师益西沃、阿底峡、仁钦桑布等无不在此度过了其重要的人生阶段。

费了很大的力气,征得县委统战部的同意,我们走进了托林寺的内部。虽然荒凉,但并没有那种久无人居的霉灰味,香火的气息从几百年前残留至今。

我们在托林寺的殿堂里看见了一块印有小孩脚印的石头,据说这就是仁钦桑布大师在童年时留下的脚印。

根据民间传说,生于札达县底雅乡的仁钦桑布大师约在四岁时,被母亲背着出去给青稞地浇水。到了地里后,他一个人在河边玩耍,当他赤裸的双脚踩在河里坚硬的鹅卵石上时,发现那块石头很软。他叫喊道:"妈妈,妈妈,你看,这块石头软得像棉花一样!"母亲见了儿子留在那个坚硬的鹅卵石上的脚印,一下子惊呆了。她知道这是在预示孩子以后会成为非同凡响的人物。仁钦桑布后来翻译了百余部显教经论和密宗咒语,为佛法的传播弘扬做出了重大贡献,被尊为大译师。人们为了纪念他,特意在托林寺外筑有高高的仁钦桑布塔,由于大译师深受百姓爱戴和怀念,那塔至今完好无损。

我们还观看了阿底峡圣物存放的地方。

阿底峡，原名月藏，法号燃灯吉祥智，公元982年出生于札护曼国（今孟加拉国达卡附近）。他来到西藏后，共讲学17年，不但留下了佛学显密论著55种，同时还著有医学论著《医头术》，并同那措译师等合作翻译了《配方甘露达雅干》等医学经典名著。他后来圆寂于拉萨河畔的聂当寺，享年74岁。

托林寺的建筑风格是仿印度古佛教寺院修成的，最兴盛时它在阿里拥有二十五座属寺。它的影响远达印度北部和拉达克等地。而现在，它只剩下了集会殿、白殿和密宗殿。其他的一切，早已化为尘土，成为再难聚合的历史风尘。

而即使是这残存的殿堂，也是因为曾被征用为粮仓才得以幸存的。是粮食保护了它们，也保护了四壁的绘画。壁画的精美凸现于暗淡的烛光之上，斑斓绚丽。那些丰乳纤腰的神像来自那个以浪漫、丰富的想象力创造了众多神灵的国度——印度。的确，在他们的想象中，神佛无疑是美好明亮的。印度是个热带国家，人们穿着薄衣轻纱，所以他们造出的神灵带有印度人的审美观念——一种富有激情的、性感的美。正如我所看到的几乎所有的印度雕像"药叉女"的性部一样，不但不加任何掩饰，反而大加夸张。所有的药叉女都有明净的肌肤、丰满的乳房、纤细的腰肢、肥硕的臀部、圆润的阴阜。他们对神的塑造也就由此而来。只是随

托林寺的外墙

着不同民族的审美观念不同，佛像的塑造上才各有差异。但从托林寺内佛神的形象仍看出它所受到的印度宗教艺术的影响。

我独自拐进色康殿。一进入其中，就感到了一种无比的寂静。我像走进了一个艳丽的居所，时间和风尘竟没有使它失去半点华彩——这就是我希望见到的曼陀罗绘画。

这些色彩此时已不再仅仅是色彩，而是一种五彩的旋律。的确，这是一种生活着的色彩。"这个由色彩、线条，由佛教的理论和经典所勾画出来的图式，在浓烈的红色中激起一种热烈而又具有充分理性的情致（巴荒语）"。我觉得见到它，是我的福分。这福分是从它那里降落到我身上的。我是个有福的人了。只是，没有谁能降福给这些画，使它免遭寂寥之苦。而它可能不这样认为。它说："任何事物都有自己的命运。"

我只能在心中喃喃地自语一声："……托林……"

我在这座残破的佛寺里走着，感觉自己每一步都踩在阿里历史和文化的鼓点上。只是那声音已经模糊，不再洪亮。真实与传说、辉煌和梦想似乎都已不存在，只有一种隐忍似的内敛，只有比言说多了很多的沉默，只有阳光下的风无始无终地从泥土上掠过。

古老的托林寺

托林寺一角

古格残雕

我是带着疑惑前往古格王国遗址的。我首先怀疑在这荒远之地能否建立起一个王国；其次，我怀疑古格王国能否创建如历史（总让人觉得它隐含着传说成分）所说的辉煌文明。还有就是如果这种文明真的存在，这个王国又是靠什么创建那些文明的。因为这里即使是阿里土地、牧场和气候较好的地方，也毕竟属于瘠薄荒凉之地。

札达县成立于1960年，但截至1989年底的人口统计，全县才共有850户、3325人。与300年前古格王国灭亡之前的万余户、十万余众相比较，不及一个零头。现在这三千余人口，绝大多数还生活在贫困之中。

这就是谜之所在。

但古格作为精神王国，的确是名副其实的。深入遗址，你就会明白这一点——同时，也使你的怀疑更深。

这是一块焦灼的土地。土林只能作为一种风景环绕在周围，更远处便是雪山，牧场隐在那些山地台原之间，脚下，除象泉河岸有两绺绿意，大多是荒凉的戈壁。我想，自古格灭亡至今的300年间，不可能有茂密的森林、丰茂的牧场、肥沃的田地在沧海桑田中埋没……

札达的现实境况与历史上古格的繁盛形成的对照是如此的鲜明，使你很难把它们联系起来。

古格王国遗址距札达县城十余公里。我们第一次驱车前往时，到了距其不远的札布让村时还没有看见它的雄姿。这好像是在印证我内心的想法——它只存在于传说之中。又往前走了一会儿，我们才在阳光中看到了这个曾经辉煌过六百多年的王国的遗址。除了大殿上的红色像一抹血迹，显得有些醒目外，遗址的一切都融进了泥沙之中，与大地成了一色。遗址被历史和自然的风尘涤荡着，正一点一点地消亡。

残存的佛像　　　　　　　　　　　　　　　　　　古格王国对面的尼姑庵遗址

　　但古格——我相信任何一个人在说出或写下这个音韵感极强的词语时，这个词语都会像宝石一样，从不同的侧面在他的心中闪光。

　　古格是色彩辉煌之地。

　　是一个被金黄色裹着的艺术殿堂。

　　是一个让人失去语言能力的地方。

　　古格沉睡太久，最终以沉睡的美和忧伤的梦呈现在象泉河畔，呈现在众山之上一个阳光灿烂的精神高处。

　　古格是一个精神王国的残雕，一尊关于信仰的佛……

　　古格，经受得起任何人的呼唤。

　　我希望古格在不停地生长，永远生长下去，以便与时间对抗，在对抗中永存。

　　我们像几只虫子，在这个表面已经残破，内涵仍然完美的金色躯体上爬动。我再次为这种黄色泥土的力量所震撼。富有黏性的黄土使这座依山而筑的城堡屹立了千年之久依然深沉而纯净；这种黄色是如此的祥和而飞扬，如"黄金在天上舞蹈"（俄国诗人O·曼德尔施坦姆诗句）。当我捧起这独特的黄色尘土，我感到了一种明显的重量（这是一种让人热泪盈眶的重量），而当我把手摊开，尘土又飞扬到了天上，许久才落下来。这种生命中不能承受的轻，同样让人热泪满面。

　　阿里是个风和阳光一样丰盛的高原，也正是风和阳光将这座古城在漫长的岁

在古格遗址上面看到的绿色沟谷　　　　　　　　古格古人的居所

月中珍存起来。它们还和象泉河一道，目睹并铭记着古城的兴盛衰亡。

王宫遗址在土山的顶端，分冬、夏二宫。建在地面上的夏宫由于年久失修，现仅存断墙残垣。冬宫修在地下，保存完好。我沿着山顶上的一条井式暗道前往冬宫，里面有一种久远而幽暗的气息，有一种泥土的霉潮味，有一种自古就有的凉意。来到冬宫区，我看见一条廊道西边有数十间居室，大小不一，都是穹隆顶的窑洞。冬宫之外即是数十米高的悬崖绝壁，站在窗前可以远眺连绵的群山、俯视奔腾的象泉河。冬天住在这里暖和舒适，安全可靠，其设计可谓独具匠心。

山顶的南边有议事大厅，四面有门，面积有400平方米，是当年古格王国君臣商讨重大问题的场所。现在山顶异常寂静，只有风一阵阵掠过。

这焦枯的山顶上是没有泉水的，古格王宫的用水从哪里来呢？原来山顶东南面有两条暗道，一条通向东南面的溪沟，那里有涓涓泉水不断地涌出，取之不绝；另一条暗道通到西南面的山沟旁，那里有从远处引来的流水。

山顶属于宫室区，住人不多。国王的臣仆大多住在东南面的山坡上，那里原有八百多孔窑洞，古格王国灭亡以后，由于战火的肆虐，风雨的侵蚀，有的垮塌，有的埋没，现仅存三百多孔。这些洞穴除了住人之外，还有一部分是粮仓和武器库，粮仓里的麦子和青稞至今尚未腐烂。炊具库里还存有三十多口大小不等的石锅，有圆有方，这是过去王公贵族的专用炊具。据说，在石锅里炖肉、煮粥，味

道格外鲜美。

武器库分为盾牌库、盔甲库、弓箭库等，靠近山顶的窑洞里堆满了一万多支竹制箭杆；盾牌为圆形，用藤条编制，中间有一圆锥铁顶，制作精致而坚固；盔甲则用牛皮串缀小铁片而成，重达十余公斤，有的甲片上还刻有藏文铭文。

我们还发现了王国的监狱、干尸洞和壁葬遗址，但在王国的建筑中，寺庙的规模最大。虽然由于年久失修，以及自然和人为的破坏，多数寺塔已成废墟，只有少数幸存，但寺塔仍旧是遗址的主要部分。

我们像一个个贪婪的嗜美者，对一座座寺庙细细观看，越看越惊叹，越看越想尽快地全部看完，及至到了山顶，已有些眩晕——是那种喝多了好酒的眩晕。为了舒缓内心的激动，也为了表达我内心难以言表的情感，我真想痛痛快快地哭一场。

如今的世界，自以为能创造一切，却不能创造如此精美的寺院艺术了。因为我看到了有些修补过的地方是那么拙劣，让人气愤。他们连一个莲花图案也描绘不到当时的水准了。我要说，要保护它，就保护好现有的一切吧——包括保护对它的破坏。

白庙，藏语叫"拉康噶波"，因外墙被刷成白色而得名，位于遗址北面的山坡台地，土筑的墙体厚约一米，神殿由36根柱子支撑，面积达300平方米。庙里的泥塑菩萨已全部毁坏，连主佛台上的佛像也只剩下了半尊，其他佛像或缺头，或缺手，只剩下了一堆泥，佛母的头弃于地下，残破的四肢被尘土覆盖，一片惨烈的景象。即使这些残雕，

寺庙屋顶上的画

托林寺内的欢喜佛

古格之门

也可看出衣纹流畅自然。特别是那佛母，不但依靠娴熟的线条生动地塑造了五官，还让人感到了庄重、典雅、安宁和慈祥。而金刚护法则面目狰狞，一副暴怒的神情，张着大嘴，獠牙龇露，手中挥舞着兵器，脚踩佛法之敌和反对佛法的精怪。

一座藏传佛教寺庙的飞檐

白庙的壁画演绎的是释迦牟尼的故事，但画面还可以让人领悟到工匠的人间情怀。其神佛僧俗，行为各异，神情各具，甚至可以感觉佛法的光辉、信众的心态。

从屋顶射进来的阳光使大殿的中心一片明亮，而神佛仍能被一种幽暗所笼罩，以使其不失威严庄重。屋顶和36根柱子上都有各种彩绘。天井中的图案依据方、圆或菱形绘成藻井图案，有的是纯图案花纹样，多数配动物花草或神佛物像。根据考证，古格的图案约有500种之多。尚存的壁画有千余平方米，完全是一个独特的艺术世界。

红庙保存得较为完好，因其外墙涂成红色而得名，藏语叫"拉康玛波"；红庙面朝东方，打开门后阳光立即和我们一起拥进殿堂，但阳光显然比我们快，与藻井天顶的东、南、北三面开放的天窗中投射到大殿的阳光会合，照亮了每个角落。朝向庙门的佛置身于阳光的光晕中，显得更加亲切慈祥；而那满壁丹青，流金溢彩，充满了古人澎湃的激情，显得热烈而欢乐，这种完美似乎就是极乐世界的完美。

　　大地像画出的平展展的棋盘，
　　尘世的土石在这儿连名字都未听说过；
　　开心醒智的神火熊熊燃烧，
　　尘世的烟火在这儿连名字都未听说过；
　　具有八种功德的水长流不止，

> 尘世的水流在这儿连名字都未听说过；
> 用菩提宝树将土地装饰打扮，
> 尘世的草木在这儿根本无处立脚；
> 随时都有静定之食可以享用，
> 饥渴之苦在这儿根本未曾有过；
> 穿着正戒洁净的袈裟衣服，
> 尘世凡装在这儿从未有过；
> 自身就有光明把自己照耀，
> 太阳月亮的名字也未曾听说……

这是藏传佛教萨迦派僧人索南坚赞《西藏王统世系明鉴》中对极乐世界的描述。这也就是佛教中的彼岸世界，是针对现实人的重重苦难和不幸，通过无边的想象力创立起来的理想境界。

我恍然置身于这种境界之中，心怀纯净，神思超然，摆脱了所有的烦恼忧愁、困苦迷茫。

除了主佛台外，还有绘在墙上的佛像，它体现了古格人的精神和艺术向往。佛母的皮肤和肢体传达着独特的语言，如果天天凝视那高雅、端庄、温和而又带着淡淡忧伤的神情以及神圣而永恒的微笑，你会觉着她就是我们东方理想中的母亲，感觉她会把我们——她的孩子——引向世界最美好的地方。

无论佛像是否坍塌，佛的微笑永远存在

她就是爱。

这些由艳红、靛蓝和深绿描绘的虽是神佛世界，体现的却是人世情感。红庙的东墙绘制了长达十米的祭祀庆典场景，北边则描绘了七政宝和多种吉祥图案及佛塔和释迦牟尼一生的12个阶段。祭祀庆典图中有山村、溪流、屋舍、行云等自然风光；有王臣后妃、僧侣商贾、贵客宾朋和平民百姓等众多人物；有音乐、歌舞、乘骑、演奏等场面，君民同乐，歌舞升平，渲染出一派勃勃生机，洋溢着古格人乐天浪漫的生活情致。那情景所反映的显然是人世少有的理想王国。

给我印象最深的是佛本生中的魔女和祭祀图中的女人形象，无论她们是作为诱惑者，还是正在地狱接受惩罚的淫乱者，无不姿态丰沛，表情丰富，多为隆乳丰臀、腰肢婀娜、容貌娇艳的美女形象，堪称绝妙的人体画像。而着意刻画的风流体态和丰满的生殖器官，无不把女性作为理想中的天女来进行描绘。这种画风显然已超脱当时东方世俗对女性的偏见，并已把人体上升为艺术来进行表现。

护法神殿中的绘画因要表达威猛森严的气息，即使有浓艳的基调，但由于缺乏明亮的色块，所以给人以压抑之感。但边饰中的十位裸体空行母，却以其仪态万方、妖媚优雅的身姿把整个画面照亮了。

就是这样一个有着丰富内涵的精神王国，却在三百多年前，走上了末路，其灭亡的原因至今众说纷纭。

广为流传的一种说法是，1630年拉达克入侵古格时，古格人曾奋起反抗。拉达克人久攻不下，便欲在城堡一侧修筑一座与城堡等高的作战台进攻城堡，于

古格夏宫遗址

是被掳的古格百姓在拉达克人的逼迫下,日夜不停地干这项苦役。仁慈的古格王不忍心自己的百姓受苦,携财宝向敌人求和,谁知刚下王城即被生擒。最后古格臣民、将士俱被擒杀,古格财产被劫一空。

但没有权威的史料,所有传说和推断都不足信。如果说朗达玛废除佛教致使强大的吐蕃土崩瓦解,那么古格在确立了佛教史上的神圣地位的同时,也走到了它的极端——一个十万之众的小小王国,却有万余僧侣。

也许,这个王国的灭亡还有其他原因,诸如征战、变革、传位等,但它都不屑于记录,以至最终一片空白,无从稽考。

古格王国一代又一代不懈创造的是一部精神的史诗。

被赋予神性的鸟

《格萨尔史诗》中说格萨尔的王妃珠牡是白度母的化身,而黑颈鹤则是王妃的神魂鸟。当年岭国沦陷时,大将加察阵亡,经论十二卷被劫,王妃被挟持到霍尔国,逼她做古嘎王妃,她宁死不屈,被绑到三柱尖上,在她即将死亡时,三只黑颈鹤赶来了,白天含水喂她,夜晚则用自己的翅膀为她御寒,使她终于得救。西藏民歌颂扬它是"三长鸟",即:飞上蓝天的长翅鸟,降落地面的长腿鸟,寻觅食物的长嘴鸟。在札达的那些天,我有幸在象泉河边见到了那对栖在一处水泽边的黑颈鹤,阳光镀在它们身上,水波在它们身上晃动。它们恩爱而安详,也和王妃一样忠贞于爱情。

每年它们在途中结伴成群,迁徙到这里来的时候,都去自己固定的居住点。相依相伴地厮守在一起,一旦在这里失去配偶后,另一只就不再迁徙到别处,而是守在失去配偶的地方,直至自己饿死、冻死或被兽类吃掉。

黑颈鹤是我国特有的珍稀鸟类之一,被国家定为一类保护动物,估计西藏境内尚有两千只左右，由于它们生活在严酷的自然条件下，幼鸟的死亡率很高，所以目前野生种群的数量已不多，因此，《国际鸟类红皮书》和《濒危物种公约》都把它列为急需抢救的濒危物种。

黑颈鹤文静高贵，它的头顶有发丝状黑色稀疏短羽，朱红色的皮肤裸露，所以它像丹顶鹤，它站立时黑色飞羽覆盖着它较短的尾羽；颈上端有三分之一为黑色，它的名字由此而来。它夏季活动于海拔4000米以上的高原湖泽，生性机警，但不怕人，尤其不怕当地穿民族服装的人。它们冬季飞到拉萨河谷越冬，迁飞时场面壮观，排成"人"字队形，头颈平伸向前，双腿后伸，双翼上下挥动、富有节奏，伴着动听的鸣叫声。它们高傲地飞翔在5000米的高空中，是藏族心中的"神鸟"，藏族常常根据它们的鸣叫声来辨别天气阴晴。青海藏族则赋予它一个高贵的名字——"可塞达日孜"，意为"牧马人"，有高尚、纯洁、权威的含义。

正是藏民族给很多鸟类赋予了神性，所以它们能在这里安然地生存。

每年藏历三月十五日，他们要举行迎接布谷鸟的仪式。他们认为布谷鸟是吉祥鸟、幸福鸟，是春天的使者，百鸟之王。甚至把它看作观音菩萨的化身。六世达赖仓央嘉措这位抒情诗人曾写道："杜鹃发自门隅，捎来春天消息。"因此到了三月十五，家家户户都早早起来，带上香草和茶烟点心，到附近的树林里欢迎布谷鸟，祈求赐予财富和好运。

我还在象泉河边看到了黄鸭。它是鸟类中的喇嘛，它使我想起了一句西藏谚语"鸟的法律严"。

黑颈鹤总是成对相守，因此被誉为爱情鸟

班公湖的鸟

这里有一个传说，讲述的是布谷鸟王制定法律的故事。传说有一年布谷鸟重返西藏，发现鸟喇嘛黄鸭闷闷不乐，已21天不吃不喝，就把它请来询问缘由。黄鸭说：报告大王，现在我们鸟类之间，既没有道德可守，又没有法律可循，弱肉强食，争斗不休，我因此心中十分难过。于是，布谷鸟召集所有鸟儿，宣读了严格的法律：山鸟、林鸟、家鸟、水鸟、草地上之鸟，只能生活在自己的领域，不得任意侵犯别人的地面；还任命"宾吉玛"（一种小型的鹰）为鸟类的"更波"（保证），戴胜鸟为文书，斑鸠为牧人，啄木鸟为医生，鸢子为屠夫。那天，乌鸦迟到了，而且乱喊乱叫，不守秩序，鸟王就罚它只能在刺树上做窝，在粪堆上落脚，只能吃剩物脏物，并且给鸟王当伙夫，弄得一身乌黑。

西藏的牧人说，"上空中的飞鸟有鸟法，下地里的昆虫有虫规，中间的人世有人法，若鸟法松时，人法乱"。

由此看来，我们更应该尊重鸟类，因为尊重和爱护它们，就是尊重和爱护人和"人法"。

歌 声

那是在从札达到达巴的路上。我们沿着一道长达30公里的沧桑的干沟前行，来到了一片草原。草原十分开阔，风毫无阻挡地从浅而密的牧草上刮过。周围的冰峰雪岭高高耸立，把寒冷倾泻下来，使这里的所有气息都有一种凛冽而柔弱的硬度。

简单的公路一直往前延伸，直到雪山下面。从这里可以看到不远处喜马拉雅山气势磅礴的雄姿。

一群羊不慌不忙地游动过来，却没有看见牧羊人。同行的朋友说，那可能是野羊吧。但羊群笨拙的移动证明它们显然不是野羊。我们驱车过去，离羊群近了以后，羊群站住了，抬起头来，用被无理打扰后的惊讶神情看着我们。与此同时，冲出来一只小藏獒，凶猛地看着我们。然后，我看见从羊群中伸出来一个油黑发亮的脑袋，风把他长长的乱发拂起来。他喝了一声狗，然后把一只手放在自己的嘴边，另一只拿着羊鞭的手扶着羊背，用明亮的眼睛盯着我们看。

他穿着一件板朝外、毛朝里的皮袍。他仅比成年的羊高一点，年龄在8岁左右。在荒原游走，使他看我们的神情显得过于早熟，如一个饱经风霜的成年人。

我们走过去，递给他两块压缩干粮和一罐可乐，他伸出乌黑的小手接过去了。像是不愿白接受我们的东西，他从羊皮袍里掏出一把风干肉，递给我们。我们不收，他就固执地把小手一直伸着。我们只好收下。见我们接过风干肉，他开心地笑了，是童稚的孩子的笑。然后，他像是炫耀武力似的，跨上一只黑羊的背，作骑士状，嘴里发出高兴的欢叫声。

这时，我发现他腰里别着一把一尺多长的真正的藏刀。这使他看上去像一名小格萨尔，羊就是他的队伍。羊有三四百只，簇拥着他，缓缓地向前移动，像在进行一项庄严的仪典。他做威严状，被他的坐骑——那只不算壮实的羊——驮走了。

汽车的轰鸣惊动了羊，它们向前跑起来，抬起的羊头把他遮没了，再也看不见他。

藏族牧民有一种风俗，当他们的孩子长到8岁时，就开始派他们去放牧，这叫作"八岁豁嘴放百牛"，这是让孩子自己面对生存的第一步。所以他虽然年龄很小，但在这荒凉无人的高原上，却没有丝毫畏惧之色。

他们从孩子成长为牧人的方式与狗成长为獒的方式相同。

藏獒现在只能在某些牧区见到了，它是狗的一种，体大如小牛，凶

挤羊奶的藏族小姑娘

猛胜豺狼，凡是它撒过尿的地方，虎狼便会闻之而逃，它高傲得连虎狼都不屑为对手。

而獒并非生下来就是獒，而是普通的狗。要想培养一头獒，必须在它们生下不久，便放逐到荒野上去，让其自谋生路。在寒冷和饥饿之中，它可能扑向一切动物，包括自己的同类。獒开始成长，体形壮大，成为一种只为战斗而存在的勇猛生灵。这时它回到主人的家中，忠诚于主人，但不摇头摆尾，始终保持一种武士的尊严。如果主人死了，獒的生命也就开始终结，它不再吃喝，直到饿死。

我们望着那群羊，正要离开时，突然听见了孩子的歌声。这用高亢、清亮的童声唱出的歌一下击中了我的心。它像天外来音般突然响起，传播开去，让整个世界猛然跌入寂然、纯净的境界中：

> 天地来之不易，
>
> 就在此地来之；
>
> 寻找处处曲径，
>
> 永远吉祥如意。
>
>
> 生死轮回，
>
> 祸福因缘，
>
> 寻找处处曲径，
>
> 永远吉祥如意。

这是一首很美的诗，一首绝对的经典，而它只是底雅乡的一首民歌。我已不

孤身牧羊的姑娘

知多少遍地默诵过它，每次诵读，都有新的感受、领悟和发现。再没有比它所蕴含的忧伤和祝福更深刻的了。而它的意境又是如此的广阔，连那忧郁中都有一种明亮的背景和对世界上所有生命进行安慰的力量。

他，这个被羊淹没的少年，给了我最富有的馈赠。显然，他已用高原给予他的天分理解了这首歌，并且比我理解得更加透彻。

它把我带入了神秘、遥远而又充满幻想的世界。

我沉浸在这古老、深邃的神奇世界里，常常被一句歌谣、一种声音、一种表情、一处景象所感动。觉得时间的延续，空间的拓展，真实的存在，虚幻的心灵，忽而凝聚成一个明亮的点，忽而又膨胀成一个缤纷的面。梦幻与理想，绝望与希望，历史与现实，苦难与幸福，远古与现在，神圣与世俗，朴野与文明，潮水般向我涌来……

这些来自民间的经典就是民间的哲学，也是民间的心声，它一年又一年地回荡。这些靠生命意识的驱动所编织出来的梦，在跌宕起伏的雪山上、浩渺激荡的草原上、清洁明澈的湖泊里、辽阔自由的牧场上散布着，赋予每一块石头、每一片土地、每一阵风以历史感和文化感。

我不知自己在那荒原上伫立了多久，那歌声像要把我变成一株植物，栽种在那里。我感觉我的根系正在扎下，感觉自己一旦移动，就会枯死。

羚羊跃过山冈

第一次见到这种动物之前，我已多次想象过它优美的身姿、温顺的眼神，想象过它们箭矢一样从高冈上跃过时的神韵。

但在提笔之际，我已为这种动物难受过好几次。

一次是朋友的讲述。说是有一次在神山下，一只母羚羊带着它的孩子，在草地上安详地吃草、散步。可能是神山就在近旁，它们对人并没有多少防备。

但一辆汽车追了过去，母羚羊开始逃跑。车上坐着三位男士、一位女士，有一支猎枪。男人和枪在此时就是羚羊的厄运。女士没有制止住他们。

母羚羊一边逃跑，一边鸣叫着，呼唤自己的孩子。它跑一阵，又停下来，等它跑不快的孩子。车离母羚羊越来越近，为了引开人，而不使它的孩子受到伤害，母羚羊跑起了"S"形路线……

枪声响了，没有打着。但小羚羊被枪声吓住了，停止了奔跑。母羚羊又跑回去，想带走孩子。这时枪声再次响起，母羚羊被击中，但它仍然带着孩子奔跑。跑得稍远了，好像它已嘱咐好了孩子，小羚羊朝另一个方向跑去，它流着血再次把人引开，直到再次被击中，一头栽在地上。

男人们兴奋地冲过去。这时小羚羊又跟了过来。女人看着孤零零的、瞬间失去了母亲的小羊，"哇"一声哭了。男人把对准小羚羊的枪放了下来，他们终于觉得错了，但他们已无法把母亲还给一只小羚羊，耻辱占据了他们的心。那只还没有生存能力的小羚羊在不远处哀伤地鸣叫了两声，然后飞快地逃跑开了。

他们已无法救助那只小羚羊，也无法安慰同行的女人——因为他们伤害的是一个母亲的心。

藏羚羊的毛比同等重量的黄金还要值钱，用藏羚羊绒织出的"沙图什"在过去十年中成了世界上有钱人的时髦物品，但三只藏羚羊的毛才能织一条"沙图什"。这使得藏羚羊的数量很快从100多万只急剧下降到了不足8万只。青海电视台曾播放过一次偷猎者在可可西里屠杀藏羚羊的令人惨不忍睹的血腥场景：一大片藏羚羊倒在产羔地，皮被剥走了，尸横遍野，血流成河，即将娩

藏羚羊是高原上的灵物，是大自然给人类的馈赠，是柔美的化身

出的幼羚在血光中蠕动，目睹者莫不惊恐万状……

那场景，使我不由得想起了南京大屠杀和纳粹集中营。

羊，无论是家畜中的山羊、绵羊，还是野生的羚羊、黄羊、盘羊，性情都十分温驯。特别是绵羊，因为是"上帝的羔羊"，命中注定是上帝的牺牲，所以宰杀它们时它们从不挣扎、叫唤，甚至连一声呻吟也没有。

藏羚羊是青藏高原的一种小羚羊，一般生活在海拔四五千米处的宽阔平坦的谷地草原中。在它们还信任人类的时候，每有汽车从新藏公路上开过，它们总会和汽车一起赛跑。汽车跑得快，它们就跑得更快，直到超过了汽车，才在前面停下来，以胜利者的姿态扬长而去。后来，由于跑到汽车旁的羚羊多被射杀，这种有趣的情景就很难再见到了。

藏羚羊在当地也叫长角羊，公羊头顶有一对约六七十厘米长的黑色尖角，向外微弯，锐利无比，角上还有代表年龄的明显环棱，一岁一环。夏季毛色暗褐，冬为青灰色，腹毛白色。它的四肢细瘦而强健，极善奔跑，是偶蹄类动物中奔跑速度最快的种类之一，时速可达80公里左右。

一群奔跑的藏羚羊快速消失在我们的视野

那天，我在前往达巴的路上看见它们时，只见它们飞奔如矢，呈一线形，平稳地跃过一片连绵的山冈，如精灵一般出没，转瞬即逝。它们就这样靠速度逃过雪豹、狼和豺的追捕。有时，它们也用角积极自卫。那利如刀匕的双角往往会使对手腹破肠流，死于非命。

一对与我们对望的藏羚羊

母羚羊无角，平时靠雄羚羊护卫，产羔期它们就远避水草丰茂而猛兽多的草地，到无水源的海拔更高的高山荒漠地带，组成"母羚团"，去那里生儿育女。它们常常能聚集到四五百只，甚至上千只。小羚羊产下后第一个星期，母羚羊将其藏在自己挖好的土坑里，使敌害很难发现。一星期后，小羚羊便可奔跑。而公羚羊则在母羚羊产羔期组成"雄羚团"，把猛兽吸引到水草丰美的地区。它们浩浩荡荡，所到之处，尘沙蔽日，那一对对尖角在尘土中晃动，好像一支扛着叉子枪的藏族民兵队伍在策马飞奔。

藏羚羊是高原的灵物，是大自然给人类的馈赠。作为柔美的化身，藏羚羊教会我们忍让和善良。但一想起它们至今还在被贪婪的人类屠杀，心里就会十分难过。

诗人铁梅为了安慰我，想用一首诗让那些死去的羚羊复活：

有一只羚羊过山冈

像我们闪亮的幼年和理想

你以跳跃之姿承受命运

你染上恐惧的睡眠

在人类的噩梦之外彷徨

对梅朵和琼玛的祝福

闪亮的喜马拉雅山冰雪的光辉映照着这里，使达巴这个乡政府所在的村落显得更加耀眼、眩目。我发现自己不知何时对"发现"变得贪婪起来。

是的，是"发现"让我在这看似贫瘠的表面领略了丰富的文化宝藏、历史图景和自然之美。我甚至希望自己的目光变成风，把这表面的尘土一层层拂开，让无穷的谜底全部呈现。

这里的海拔4100多米。我们在几个小时内，下降了近1000米的海拔，顿时感到呼吸顺畅，精神好转。达巴古城仍然是依山而建，那近于赭红的小山显得格外凝重。据说，20世纪50年代初，包括政府官员、居民、僧侣，以及刚刚进军至此的解放军部队全都住在小山上的房屋、寺庙和洞穴里。早上，人们在岩壁间进进出出、上上下下，情景十分独特。晚上亦复如此，酥油灯明明灭灭，整座土山被点亮了，勾勒出土山的轮廓，像点缀着星辰的大楼，既显得孤独、荒凉，又显得厚重、神秘。

达巴哨卡就在达巴村，哨卡有村里最好的院子。阿里的楼房，建筑材料全是从新疆运来的。区政府也是楼房，是内地援建的，显得简陋，与周围拙朴的农居相处，显得不伦不类。

哨卡常有许多老乡光顾，他们对军人的感情很深，因为村民有困难时，都能得到军人们的尽力帮助。军医也是大家的医生，老乡吃药不花钱。哨卡还是老乡们了解外部世界的窗口，因为连队可以发电，有电视接收器，可以收到中央电视台的电视节目。一到晚上，总会有老乡在电视机前入神地看节目。达巴小学有很长一段时间设在哨卡的仓库里，我们到达时，学校的44个孩子许多是连队官兵动员来上学的。许多孩子来自遥远的牧区，一来就住校，开水和蔬菜都由哨卡供应。阿里的老百姓无论长幼见了军人，都叫"叔叔"，可见军人在他们心目中的

一位衣着华丽的藏族少女显得卓尔不群

崇高地位。因为达巴距边境的争议地区不到 50 公里，边境一有情况，老乡们也会飞马来报。

我们到哨卡不久，就有两个姑娘到了哨卡的院子里。她们一个叫梅朵，另一个叫琼玛。她们和官兵们很熟，并跟着官兵们学会了汉话。我们也很快就认识了。听官兵们讲，她们一直想到外面去看看，只是不知道外面的路有多远。

我们到村子里去转时，她们就陪着我们，一路不停地咨询"到很远的内地"去怎么走，怎么住，怎么回来，究竟有多远等问题。我们一一作答。她们主要担心走不出去，更担心出去了回不来。她们对外面的世界天真而单纯的向往，令人感动万分。我认真地对她们说："如果你们真想出去，我们可以带你们，并保证安全地把你们送回达巴。"

最后，梅朵大胆地对我们说："其实，我们想让我们爱的小伙子带上我们。那样，即使回不来也不怕了。"

琼玛接着告诉我们，她们各自爱上了哨卡的一个小伙子，只是没跟人家说。她们还说，既然是爱，他们也一定会看出来。他们既然没有说，就证明他们还没有爱上她们。

说到这里，她们的脸上都笼罩上了忧伤，很久没有说话。我们想安慰她们，但又担心安慰的话过于苍白，会将她们引到更深的忧伤里去。

她们把我们引到了正在修建的一座寺庙前。据说这寺庙是靠私人化缘来的钱修建的，已大部分完工，正在做内部装修。旗杆已高高树

为了取暖，在室外读书的达巴村希望小学的孩子

起，经幡已在向上天传达人间的祈愿，煨桑炉里的香火旺盛，蓝色的烟一直飘进天堂深处，与蓝天相融为一色。寺右侧的嘛呢堆上摆满了刻着经文的牦牛头。一只羊小心翼翼地从石堆上走过。

她们的忧伤已经浅了（我们都不再提"到远方去"的话题），自告奋勇地要带我们到城堡上去。

古达巴原是个约有4000人口的小王国，是古格王国的属国，约兴起于10世纪，灭亡于17世纪，其兴衰基本与古格同步。我们沿着唯一的通道爬上山顶。山顶上有一堵寺院残墙，是那种很厚的土墙，断断续续跨越两个山头；还有一些零散的羊骨头、石锅、嘛呢石、盔甲碎片……

历史的悲喜剧似乎才刚刚收场，阳光和风就已带走了一切。我的心情一下变得沉重起来，觉得这片土地被带走的东西太多了，留下的只有对苦难和贫穷的无边无际的承受——因为没有倾听的人，连倾诉这种承受之苦的人也没有了。老乡们与泥土和山峦为伴，依靠着产量稀薄的青稞和羊群生产的一切，固守着这一块悬垂于天际的土地，把历史演变为传说。

达巴宗原是阿里噶本政府在象泉河南岸一个面积达两万平方公里的大宗，是象泉河的发源地，每年都有印度商人翻越喜马拉雅山山口，到达巴的姜叶马集市做生意。那时，数百顶帐篷云集成一个专供买卖的营地。现在，这些山口成了军事禁区，已少有人往来。

我突然有些忧伤地看了一眼梅朵和琼玛——这两个在炫目的正午的阳光中显得黝黑而健康的姑娘，我祝福她们的梦想通过爱穿越无边无际的青藏高原，到达她们的"远方"，以让这大地一隅的故事能在"远方"被讲述，以让这片土地能被她远行于江湖间的儿女所怀念。

祝福你，玛琼——你这"父母心中的小块酥油"。

祝福你，梅朵——你这开在喜马拉雅山下的"花"。

山水的福分

西藏的山水是最有福分的,它们不但被藏民族赋予神性,还被他们赋予了生命和情感。在他们看来,大地上的一切都与他们息息相关,与他们属于同类,如兄弟姐妹一般,或如神佛一般,高于他们,受他们顶礼膜拜。这种对待山水的态度,使他们的内心与大地沟通,使每一棵小草、每一粒石子都有了价值,都充满了意义。

所以,像咋达布热这看似普通的地方,也成了圣地。我对这个地方记忆很深,是因为来阿里之前,我从手头的资料中读到了一首流行于藏北(或更多来此朝拜的信徒的家乡)的礼赞民歌。那民歌是这样唱的:

"咋热"圣地的头用什么装饰为好?

"咋热"圣地的头用印度白绣装饰为好;

"咋热"圣地的耳朵用什么装饰为好?

"咋热"圣地的耳朵用小小贝壳装饰为好;

"咋热"圣地的胸部用什么装饰为好?

"咋热"圣地的胸部用上百佛珠装饰为好;

一座高冈上的佛寺

"咋热"圣地的手用什么装饰为好？

"咋热"圣地的手用小鼓装饰为好；

"咋热"圣地的身体用什么装饰为好？

"咋热"圣地的身体用白布装饰为好；

"咋热"圣地的脚用什么装饰为好？

"咋热"圣地的脚用百布鞋装饰为好。

初读这篇礼赞歌词，你一定会以为是一首哄孩子换衣服时唱的儿歌，以为是天真的孩子们做游戏时唱的歌谣，最多会想到是在打扮一位已经成年、即将成婚或出嫁的小伙子或姑娘，而不会想到是在打扮一个圣地。

是啊，你看他或她的佩戴多么完整，从头至脚，无一遗漏。待你明白装饰的是什么时，你会会心地、欢乐地一笑。

这种世俗中的神圣，或神圣中的世俗，这种充满藏式风情的仪轨是多么彻底呀，把信众天真烂漫的情怀表现得多么生动呀！

这是少见的、最好的对圣地的礼赞。

此时，圣地与信众处于一种和谐、平等的关系，甚至信众在此时成了圣地的长者，长者在考虑怎样打扮自己的儿女呢。

这种宗教与人之间的威仪转化成了彼此毫无保留的爱。这种信仰让人觉得温暖。

这是我一心要前往咋达布热的原因。

去咋达布热前，我已在心中无数遍地默念过"咋达布热"这个神圣的名字。

默念也是咀嚼，是对一种音韵的咀嚼，对一种诗意的体味。除此之外，就只与信仰有关。

——在这里，我可以毫不心虚地使用"信仰"这个词，所以我一遍又一遍地用它。

故城废墟下的民居和佛塔

——在这里，你不得不用这个词，因为它没有被肢解过，因为它准确，因为它符合这大地和这大地上人的情感和生态。

而我以前害怕碰到这个词。当然这不是说我自己没有信仰，我信仰良知，但也没有这里的人坚定，我时时动摇，被迫让步，甚至投降。而这种时候尤其可怕，因为你不知怎样，也不知向谁忏悔，只有将一切的罪和愧疚集于自身，只有让自己充满罪责、沉重地活在世界上，感受着日甚一日的罪恶和悲哀。

在前往咋达布热的路上，我突然想起了哈维尔的话：信仰不是一种迷惑人心的东西所引发的迷狂状态，它是一种内在的精神状态，一种深刻的存在感，一种你或者有或者干脆没有的来自内心的指导，它（如果你有的话）将把你的整个存在提升到一个更高的水平。

而我从没有过深刻的存在感，因为存在从没有完整地属于过我，我总像一个标签，不断被迫贴到一些虚伪、拙劣的假冒产品上，虽然你一文不值，但只要你是生命，就得在这种境况中挣扎。

这是一种普遍的命运。

我不禁长叹一声，但我马上意识到了这种叹息在此地的不宜。

佛塔顶上的鸽子

这是一个生动活泼的地方。

公路坑坑洼洼，路两边是一些低冈丘峦，不时可看到黑色的毡帐，可看到牦牛、羊、马和狗，看到牧人和他的妻子儿女。还有一辆一辆来自拉萨和新疆的越野车，车里载着来自世界各地的人，车开得很野，疯癫着来去，扬起路上的黄尘。无论认不认识，相遇后，都会鸣喇叭向你问候致意。

咋达布热是一座小山，是温泉喷涌后的石灰石形成的，布满钟乳石一样的蜂洞。山下一座小寺，是近年来恢复的，叫咋达布热寺，如果没有房顶上那根直立的经幢，和经幢上飘扬的经幡，你会以为那只是一座民居。

到达咋达布热后，才知这个地方非同一般。按当地人的说法，"转冈仁波钦不转咋达布热，等于没转冈仁波钦"。原来，这里不但是传说中白度母的领地，还存有莲花生的修行洞。白度母也称"救度母"，是藏传佛教中依救度八难而立的本尊佛母，传说是观音化身，以颜色区分，有21相，分称白度母、绿度母、红度母等。莲花生是古印度佛教僧人，早年遍游印度，广访密法大师，公元8世纪中，应吐蕃赞普墀松德赞之请，到西藏传播密教，并建造了著名的桑耶寺，组织密教经论的翻译，后被藏传佛教宁玛派尊为祖师。在西藏民间，有许多莲花生降妖捉怪的传奇故事。咋达布热寺内就供着莲花生的塑像。

阿里的每个湖泊都有一种纯净的蓝

静静流淌的觉河

这里既是白度母的领地，又是莲花生的修行地，难怪来这里朝拜转山的人如此之多。

在阿里，咋达布热这种石灰质的山体并不多，其色呈五彩，一片缤纷。这种山色更是少见，加之石灰质凝结成各种或似神佛，或似金刚，或似佛塔的地表风景，所以被尊奉为圣地。

咋达布热的"乡间史"中还说这里在格萨尔时代，是一个森林密布、风景优美、鸟兽成群的地方。后来这里被妖女占领，这一切都没有了。莲花生除掉了女妖怪，并降服了土著神灵多吉帕姆，使她成了佛教保护神。

我来到山下，果然看见了一个修行洞。洞门前放着一块巨大的钟乳石，据说那是多吉帕姆的生殖器，专供人朝拜。此物旁边还摆放着一块酷似男性生殖器的石头，也是圣物。

两块普通的石头，就这样具有了意义。这也许会令人产生虚无感，但人们"对意义的深深投入"，却是令人感动的。

我宁愿相信这些都是真实的。至少，这些传说的创造者和讲述者都充满了真情——在他们的意识中，这些都是毋庸置疑的。

而我更为感动的是人们对泥土和石头赋予神性的勇气，正如 W·惠特曼在《足以为奇迹》中所吟唱的：

我以为，一根小草并不比天体运行一日更渺小；

蚂蚁与砂粒，鹪鹩蛋一样完美；

雨蛙是至高者眼中的杰作。

黑莓的藤可以装饰天庭；

我手上最窄的关节使任何机器相形见绌；

垂头嚼草的母牛的形象胜过任何雕塑；

而一只小鼠就足以造成使无数不信神者动摇的奇迹。

农事诗

普兰周围是以农耕为主的农业区。我在这里感受到了土地和庄稼的非同一般，也感受到了劳动的快乐和诗意，并再次感受到了石头——特别是那种白色石头——的力量。藏人对白石的崇拜始自古代。《贤者喜宴》记载，松赞干布的重臣琼普邦桑孜死后，人们专门在他的坟上立一白石。而白石是农民心中的"金石头妈妈"，藏语称作"阿妈色朵"。庄稼长势的好坏，能否避过天干地旱，雨雪风雹，都与它有关。

我们到达时正是达巴的秋收季节，我有幸看到了请白石的仪式。只见农人们来到地边，由一位长者走到白石跟前，一边在石头上洒着青稞酒、糌粑面，放上酥油，一边大声吟唱：

> 请喝吧，金石头妈妈！
>
> 大雪小雪的冬天，
>
> 你给我们守护田地；
>
> 大雨小雨的夏天，
>
> 你给我们守护庄稼。
>
> 今天我们开镰了，
>
> 请告诉地里的生灵，
>
> 有头的藏起头，
>
> 有脚的缩起脚，
>
> 不藏头，不缩脚，
>
> 弄出个牛大的伤疤，
>
> 我就管不着了！

接着，农人们用彩色藏毯把白石小心地包好，恭恭敬敬地送回家。在来年安放到地边之前，白石一直供在央冈（吉祥箱）里，给它以神的供奉和膜拜。

石头是农民心中的神祇，是田野和庄稼的守护神，每一个人都相信它能使青稞长得丰茂，并保护它不受自然灾害的侵袭和野兽的践踏。

每年藏历正月初九，是安放白石的日子。天刚放亮，农人们便开始打扮耕牛，把牛角用清油擦得闪闪发亮，在牛角上绑着几尺长的彩棍，彩棍上

一块金色的土地

挂着纷纷扬扬的经幡，牛脖子上挂满锃亮的铜铃，牛肩胛上披着缀满贝壳的彩缎，牛额头贴着日月形的酥油圈。这些体形高大、身躯健美的犏牛，经过这番装饰，显得十分威风。然后，他们给牛喂上飘香的青稞酒、浓醇的酥油茶，以及由酥油、奶渣和红糖调制的叫"退"的高级食品。牛醉得摇摇晃晃。农人们也穿着节日盛装，从央冈里请出供奉了一个长冬的白石，仍用彩毯包好，然后痛饮一番，晃晃悠悠，唱着祈神的古歌，朝自家的地里走去。农人的家人和邻里亲友拉着木犁，捧着祭品，也带着醉意，和唱着古歌，跟着主人行进。人畜同醉，情绪都亢奋激昂，古歌声里不时响起数声牛哞，显得欢乐吉祥。

农民在高原的五月开始春耕

到达农田后，农人先在四周点燃香草香枝，使芳香的烟云弥漫田野，升向晴空，驱走不洁之物，并召唤天空和大地的神祇，一起来参加安放白石的仪式。

在做了迎请白石的仪式之后，农人套上耕牛，绕着白石犁出五道地畦，分别撒上青稞、小麦、油菜、豌豆、蚕豆种子，把它们作为有生命的供品献给"金石头妈妈"。接着，古老而深沉的祈神歌再次唱起，其他地方的歌声也响起来了，孔雀河沿岸都在歌唱。随着歌声，大家跳起古老的"玄"舞，喝起青稞酒，整个田野烟云缭绕，歌声起伏，酒香弥漫，歌舞者忘却了世间的一切，装饰华美的犏牛也亢奋得乱蹦乱跳。直到日头西沉，大家才相互搀扶，沉醉着尽兴地回到各自的家中。

我后来看过一些记录西藏农俗的文章，说他们锄草时，总是一边锄草一边唱歌，以减轻身体的劳累。遇到从田间地头路过的人，农人还要献上一把绿色的青稞苗，并唱吉祥祝福的歌。路人则必须欣然下马，回赠一些酥油、茶叶或银两，表示对辛勤劳作者的慰劳和对劳动的尊重。

他们还有把本很单调的劳动过程变成一场歌舞演出的本领。每个锄草者都给自己取一个鸟儿的名字：画眉、布谷、乌鸦、孔雀、鸽子、山鹰等等，当领头人叫到某种鸟的名字时，叫这种鸟名的人就走到锄草队伍的前面，一边劳动，一边模仿这种鸟的姿态和鸣叫声，逗得大家哈哈大笑。然后，全体劳动者开始唱民歌：

往上飞的鸟往下飞，

往下飞的鸟往上飞。

布谷鸟飞进柏树林，

鬼鸟儿飞进草丛里，

千年不老的古树上面，上面，

巧嘴的宗巴姑娘坐着，坐着，

鸟儿的话心里记着……

这样的劳动多么美好，这就是西藏人的智慧。劳动就是欢乐，一切都在欢乐中进行。

在农人的心中，土地的生命是永恒的。但他们与土地的交往中，情感常常十分复杂，是一种平等基础上的敬畏，一种复杂的爱。他们深情地与神交往，神，也一直存在于他们劳作的过程中，几乎参与了生产活动的全过程。人与人，人与神息息相通。

这是充满诗意的、神圣的劳作。

天葬于风

在阿里，几乎所有的路上都留下过朝圣者的足迹。所以，我在这里走的所有的路，自然都是朝圣路。当我步行，我总是有意走在路边，因为我觉得自己不配走在那些路上。走在这些神圣的地方，我的心情总有些恐慌，因为我意识到自己不可能拥有信徒们所拥有的那份珍贵信仰，并且认为世界上很多人都没

刻着六字真言的嘛呢石

有福分拥有……

那天，我默默地向前走着，走了五公里多路，发现一名汉子背着一位老人向我走来，老人的身体已经僵直，他是在前往神山转经的路上去世的，所以他的手还向前伸展着，作推开六道之状。

我比画着问那汉子怎么回事。

不想那汉子虽是札达人，却懂汉话，他说，"我认识他，他叫格桑索却，已七十多岁了，是从札达的底雅出发叩着头前往神山的，没想到他死在了途中。我跟他一起去的，我正磕着长头，看见他伏在那里不动了，但还是朝拜时的样子，他好久没动，我觉得奇怪，过去一看，他已没气了，所以我就背着他去。唉，他可真有福啊，能死在转山的路上，他已打动了佛，佛让他不再受苦受累，直接到神界去了。"那汉子用欣慰的口气说。

老人的脸上还蒙着厚厚的尘土，神色平静，似乎死亡没有给他带去任何痛苦，似乎他真的去了那无苦无难的神佛世界。

从老人的名字，我知道他是个"拐子"，因为"索却"是藏语"拐子"的意思。"拐子格桑。"我念叨了一声，然后问那汉子："你叫什么名字？"

"我叫陈贡布。"他说。

我说："贡布，让我帮你背一背格桑老人吧！"

汉子听到我的话，吃惊地看着我，不相信地问："你说什么？"

"我说我帮你背一背他。"我重复道。

他以憨拙的姿态想了想，最后干脆地答应道："来吧。"他停下来，让已经变得僵硬的格桑老人站立在那里，用手扶住，使老人看上去好像刚刚磕完一个长头，站起来，双手正要合十置于头顶，准备磕第二个头。他肮脏而破烂的衣服，腿上快要磨穿的生牛皮护膝，头上那脏乱地从脑后一侧垂下来的花白发辫，加之那枯瘦的面容，使他看上去像一尊非常具有立体感的雕塑，且具有一种符合宗教献身精神的苦难感。

我忽然想到，这不就是冈仁波钦的化身么？这不就是一尊关于信仰的雕塑么？

我意识到，应该把这尊雕像立在冈仁波钦的最高处，就以这样的肉身，来宣示崇高、永恒和不朽。塑像的名字，就叫——信仰之姿。

我背起他时，感到他身上已没多少肌肉了，但显得十分沉重。

"人死了，不好背。"贡布说。

"就是太重了。"我喘了一口气，接着问，"我们去哪里？"

"去扎炯阿加措雄，也就是冈底斯山西边的天葬台，在冈底斯有四座天葬台，西边那个天葬台是西藏最大、也最有名气的。格桑是死在朝圣途中的，所以连活佛和喇嘛都得敬重三分呢，他们会无偿地为老人的天葬作安排。"

我第一次背着一个死人，但我心里一点也不害怕，我不知道这是为什么。我觉得他并没有死，只是太老了，老得走不动了。我像是背着自己的父亲。我像父亲在我幼年时背着我到处走一样背着他，沿着他走过的路重温他逝去的时光和我再难返回的童年。

我真的陷入了一种追忆里，但故乡已不在四川的大巴山之中，而在冈底斯的一侧。

贡布一直在说着什么，我一句也没听见。不知什么原因，也许是他一直朝拜着，极少与人说话，他的话显得特别多。他一直让我背着老人，似乎把替换我的事给忘记了。

路上碰到的游客见我背着一个死人，都十分惊讶地纷纷避开。

"扎炯阿加措雄是什么意思？"我不想让他再唠叨那些鸡毛蒜皮的事，就把话题引开。

"听说是五百罗汉的布道盆的意思。我去看过，是一个石头平台，一边高一边低，周围还长着杂树子。"他告诉我。

天葬，藏语称为"杜垂杰哇"，意为"送尸到葬场"，也称"恰多"，意为"喂鹫鹰"。天葬有固定的场所，叫做天葬场或天葬台。其地点多选在离寺不远的山腰和山冈上，这些地点都有各种神秘的传说。冈底斯西麓的扎炯阿加措雄天葬台中央的石面上有一个深深的脚印，相传为佛祖释迦牟尼的四脚印之一。那脚印比现代人的脚印大得多。在脚印西边两米远处，有一块大石头，大石北面堆放着经石以及由经石堆成的"曼陀罗"。那是一座无鹰的天葬台，亡服和人的碎骨铺满了天葬台，天葬台中间那块大石早就被血浆和骨油染黑了。冈底斯山位于西藏西部，佛教徒们认为，当一个人的生命终结后，若能静静地躺在神圣的冈底斯山身旁，以及释迦牟尼五百弟子的布道盆中，便能使自己永恒的灵魂得到超脱而不再遭受轮回之苦。

有人说，天葬台既是生命的终点又是生命的起点，生死轮回的法轮从这永无休止地碾过。天界、人界、鬼界在这里融为一个大世界，"六道轮回"在这里编织着生死之网，让人很难捕捉住生命的神秘。天葬台是藏族心中飘在天际的哈达，在那里，恐怖与真诚、阴冷与热烈、血腥与神圣、祈祷与祝福并存，它就这样，用十分具体的过程使生命不息，教义永存。

藏族丧葬由天葬、水葬、火葬、塔葬、土葬、崖葬等多种葬式组成，堪称人类一种奇特的文化现象。其中，天葬是藏区使用最多的一种葬式，因其属于"文化"禁区，一直笼罩着神秘色彩。它所包含的文化内涵十分独特，与其他民族有很大的差异，因而一直为世界所关注。

读书时，我曾看过一部关于天葬现场的录像带，据说是美国游客偷拍的，在海关被查出后收缴，不知我那位同学怎么翻录到这带子的。从那之后，我就想搞清这种葬式是怎么来的。

藏民族原始宇宙观的理论主要体现在藏族的《创世歌》"斯巴达义"中，《创世歌》认为世界最初是由水、火、土、风四种物质构成的，它们有形状，颜色，也有组成它们的成分，歌中唱道：

> 土的形状是四方形，
> 土的颜色是金黄，
> 它的因子是"蓝木佑"。
> 水的形状是椭圆形，
> 水的颜色是白色，
> 它的因子是"坎木佑"。
> 火的形状是三角形，
> 火的颜色是红色，
> 它的因子是"染木佑"。
> 风的形状是扇形，

神山下的嘛呢石墙

风的颜色是青色,

它的因子是"烟木佑"。

从冯智先生研究雪域丧葬的书《慈悲与纪念》中了解到,藏民族的这种宇宙观与佛教观念不谋而合,古印度哲学派别认为,世界是由土、水、火、风四大元素组成的,人亦如此,"人依四大种所成,若命终者,地还归地身,水还归水身,火还归火身,风还归风身,诸根归入虚空"。释迦牟尼创立佛教后,吸收了这种思想,构造出佛教关于宇宙形成的思想,认为地、水、火、风、空、识六种元素构成了物质和精神世界;地是骨肉,水是血液,火是热气,风是呼吸,空是感官,识是精神元素;并把地、水、火、风称为"四大","四大"组成感觉器官眼、耳、鼻、舌、身及感觉对象色、声、香、味、触,即色蕴。世界或物质(包括人和身体)由"四大"构成。人身无常、不实、受苦,又归结于一个"空"字,"四大"和合,人即为人,"四大"各离,人身即逝。一旦人死亡后,人体本身就应回归于"四大"元素,因此,土葬于地,火葬于火,水葬于水,天葬于风,将遗体还其来源。

天葬于风。他们把生命归于风,来之于风,归于风,风带走一切,风最接近神,最接近天界,它好像彩虹,在死者与天界间搭起了一座联系的桥梁。

天葬葬仪深受佛教的影响,"灵魂不灭论"是天葬思想的核心。因此,藏族对灵魂的重视远远超过了对躯体的关心。人的躯体仅仅是为灵魂的去向服务,人死后躯体既然毫无价值,还不如把躯壳施舍给为饥饿所困的天鹰,以拯救将被天鹰吃掉的其他动物的生命,所以天葬是一种最彻底的施舍。天鹰即秃鹫,它被藏传佛教视为空行母,把尸体奉献给空行母,这也是一种高尚的布施行为,也是为其灵魂的去向行善积德的途径。对于这种布施的最高境界,佛经诗篇《罗摩衍那·阿逾陀篇》第十二章写道:

一地之主尸昆王答应了,

把自己的身躯送给老鹰,

后来他真的送给了那只鸟,

国王啊，他升到了最高天空。

我产生了希望目睹天葬的想法，便问贡布有没有可能。贡布说："这全看天葬师。你一个汉人，背着尸体前去，可能天葬师会同意呢。"他说完，不知怎么又说到了格桑。

"这个老拐子没有儿女。有五头牦牛、三十多只羊，他卖了牛羊后，就开始转山，他准备一直转下去，直到转一百圈，以能立地成佛。他死在转山途中，所以像超度这些仪式也就没法办了，好在像他这样的人不用超度也会超脱升天的……"

我们轮换着背，边走边谈。天慢慢黑了，贡布搭好帐篷，把老人放进去，找出一块白布盖住脸，并献了一条哈达，对我说："你要看天葬，还得等两天，我得去找天葬师联系好再说。"

我只好在这里等待，第三天，贡布领着一个背尸人赶来了。他到达后，很惭愧地说："天葬师不同意你去参观，他已派了背尸人来，让我也不用去了……"

我很失望，但看他那为难的样子，就对他说："不让参观就算了，没关系的。"

背尸人想把老人的尸体蜷曲，成为蹲式，把头弯到膝盖处，用衣服裹成胎儿状，以便使死者以新生胎儿的姿态进入生死轮回的历程。但老人的身体怎么也弯不过来。背尸人折腾了半天，最后说句什么，引得贡布笑了，他翻译给我说："背尸的老兄说这阿爸一死在转经路上，灵魂能得以超脱，就傲得不行了，怎么整也整不直了。"

背尸人只好让老人保持"信仰之姿"，背着他，朝天葬台去了。我站在帐篷门口，一直目送着背尸人远去。

正在向外国游客兜售工艺品的康巴女人

神山

神山冈仁波钦是高悬于尘世之上的，心怀信仰的人都能仰望到它，没有任何阻挡视线的东西，足以让你把神山的神采一览无余。

你还可以看到无数磕长头的朝圣者，他们起来，再伏下，像大地的一部分，像可以移动的信仰的森林，虽然常常被世俗的风刮得紧贴大地，但总能一次次顽强地站起来，一直如此，成为一种永远抗争的姿势。

朝拜神山的人以各种方式赶到那里，有些是转山时才磕长头，有些特别虔诚的信徒是从第一眼望见神山的顶峰时就开始磕头朝拜。

站立，带起来的尘土飞扬开去，双手合并置于头顶，手印置于喉际，再置于心际，俯身双手着地，向前平伸推出，五体投地时尘土像受了惊吓，猛地腾起，再合掌于顶，起身立正。硬木头做成的护手板磕击大地的声音，以一种均匀的时间间隔传过来，像是福分的声音，像是无量功德的回响。尘土和他们口中的六字真言一起，轻轻飘开……

他们浑身都是风尘和泥土，看不清衣服的本色。只有一种泛着微弱亮光的黑黄色。盘好的发辫已经散乱，头发也被染成了土黄色，脸上除了睁开的眼睛外全都蒙满了尘土。他们站起来，是一个土地的神；他们伏下去，便是土地的一个部

夕阳中的圣湖

分。他们目不斜视，心中既没有空间，也没有距离，只有对信仰的虔诚。

这种行为令人难以置信，看起来无疑是一种苦难，但他们把它看得很轻松："我用身体把黑色的大地丈量过来，我用手指把云彩数过来，我像爬梯子一样攀上陡峭的山崖，我像读经书一样掀过平坦的草原。"

我所认为的苦难在神圣者那里成了抒情。好像在他们那里已不存在苦了，或者说他们经受的都是大苦难，这样的苦已不算什么了，甚至连一点痛的感受也没有。

他们就以这一种方式走过那漫长的信仰之路。

磕拜长头是藏传佛教的一种十分有益的大礼拜法，在藏区，男女信徒每天不论怎样都要进行这种礼拜。它不是密宗功法中的一种动功，英国人布洛菲尔德在他的《西藏佛教密宗》一书中指出："磕长头授予了神与数量的恩德。在体位方面，它恢复了每天在三昧现观中度过很长时间对身体造成的不利影响……毫无疑问，古代的那些创造了这些修持法的佛教徒头脑中就具有这种恢复体力的作用。然后就是这种行为的象征性谦卑，它为结束自我之幻做出贡献，因为谦卑是傲慢之后果，而傲慢又是我们主要的精神食粮。"它以这种方式表示了修炼者的虔诚和虚心，因此被认为是一种克己、苦身、柔体的法门。

密宗中的磕长头比普通的磕长头要严格得多，但基本的东西是一样的。那就是用身体丈量大地，纯粹以苦来感动神灵，表达虔诚。

我的目光从朝圣者的身上移向神山，心中有些茫然，我已知道这山对于信仰来说意味着什么了。

"冈仁波钦……"我再次默念它。此时，心中除却一种神圣，还隐隐有些忧郁，怎么也难以平静。

这时，我恍然觉得自己驾着车一直在往神山奔驰，我也看到了它的身影，却怎么也到不了它跟前，好像那车轮一直在原地打转，我只能远远地望它。

与朝圣者比较，我即使抵达确实也算不了抵达，因其仅仅是物质的，与精神无关。而神山对佛教徒而言，是一个像麦加一样的精神圣地，它载负着无穷的祈愿与希望。

"冈仁波钦"在藏语中的意思是"神灵之山",梵语称为"湿婆的天堂"。据《冈底斯山海志》记载,著名的佛尊杰尊·达瓦孜曾对冈底斯山的形状,以及从这山上流出的四大河流作了一番描绘和形容。他说,冈仁波钦形同橄榄,山尖如刺,直插云霄,连蓝天都穿破了。山峰南面,朵朵白云,像山峰磕头朝拜;峰顶上,有七彩圆冠戴帽;山身如水晶砌成,透亮发光。但日月照射到山体时,从它身上反射出奇异的光芒,这时,从它的颈项上,清泉沿石缝流下,发出有节奏的叮当声,那一串串清脆的妙音,有如仙乐般动听。傍晚,西边的落日照在这高高的山峰上,彩云间呈现着光环,山峰犹如披上彩虹一般;这时的山腰,彩虹紧锁,恰似一条七色的腰带。要是正午,日光从山顶正射下来,自上而下,冈仁波钦便套上彩裙了;山脚下,俨然彩裙之边,有绿草繁花嵌衬着,绣花绒般美丽。

冈仁波钦的表情

这位高僧还描写道,冈仁波钦挺立巍然,山峰四周,有如八瓣莲花,背后满山长着珍贵的草药,叫做香山;前面是明净的圣湖玛旁雍错;清澈湛蓝的湖面,有如光滑平坦的巨镜,将冈仁波钦映在镜子里。每逢傍晚,湖水蒸气凝聚,变成薄雾;在微风吹拂下,像一条条洁白的绸带在湖面上摆动。雪峰围着它,就像许多身着素白的少女,向冈仁波钦婀娜顶礼。

按照佛尊的说法,冈仁波钦之顶应有像天上无量宫的宫殿。无上密宗本尊四鲁迦之宫——胜乐轮宫,为人类洒下潺潺甘泉,那便是马泉河、狮泉河、象泉河、孔雀河四大河流。这四条河从四方流下,泉口如骏马、雄狮、大象和美丽的孔雀,人们因此而名其名。

因这些描绘均出自佛尊之口，所以中外佛门弟子，就把冈底斯山当作神山，把玛旁雍错当作圣湖，把那四条河流也当成了神水，从而使这里成了可与伊斯兰圣地麦加相媲美的佛教著名圣地之一。许多佛教徒都渴望到冈底斯山朝拜。要是在朝拜途中死去，那便是佛德高深，从圣地升天；要是朝拜回归，便会得到当地居民的无限崇敬，因为到过"胜地"，且取得"圣水"，撮得"神土"而归，堪称功德高深。

善男信女们认为，能围绕圣迹转山一周，可洗尽一生罪孽，沿山转十三圈为一整圈，因为马年是佛尊米拉日巴战胜外道徒的纪念年，所以马年转一圈等于是其他年份转十三圈。如果转十整圈，可在五百年轮回中避免下地狱之苦；如果转一百圈，便可成佛升天。

神山圣湖是信仰的象征，是灵魂的寄托地。其传说自然纷繁多样，但无不对这神圣之域充满深深的敬意。正是这些，使人类能够面对永无尽头的苦难，能够使自己伤痕累累的心得到安慰。

我赖于此并扎根于此

在普兰邮电局的一次通话，使我明白我已走了多远——我处在朋友们认定的大地的边缘。对于大多数人来说，他们不知道我所在的具体位置，很多人没留意过这个地方，哪怕仅仅是在地图上。

但她是知道的。她的心一直跟随着我的行程，像一个影子，准备在我滑倒时，扶我一把。我在狮泉河写过一封信，那封信走了三十多天。而她则每天写一封信，通过心的邮路寄给我，想象中肯定我已经收到。她的祝愿使我得以返回。因为爱，她相信我肯定能够回去。这是我回到万里之遥的她的跟前时从她写给我的厚厚一摞信中得知的。

而另一位在更远处的京城的朋友则担忧地问我："你到了那么远的地方，还能够走回来吗？"

我不知道该怎样回答他，过了好久才说："我赖于此，并扎根于此。"

朋友沉默良久，并没有追究这句话的出处，只是真诚地说："还是回来，无论走了多远，总能回来的。"

而我当时纯粹是"无家之游"。我像一个明朝时期的浪子，以颓丧的态度，来选择这种生存放逐的方式。在这种现实（转瞬即为历史）困境中，在自我救赎的道路上，我显得如此无能为力，是我从来没有意识到的。

我觉得自己连何心隐也不如，他还能够像他的老师一样，率性所行，纯洁自然，做一个行为与语言的浪子——在明朝专制腐败的政治环境中，做这样的浪子是十分危险的，时时都可能招来祸端。而我只能沉默。何心隐可选择"烈烈而死"，可我仍然碌碌于世。在语言的流浪之路上，何心隐自然是词锋锐利，蹈厉扬风，但他最终还是失败了，他语言的翅膀被权力的铁腕揉得粉碎——可他毕竟做了啊！

我不知何以想起了明朝这个阳明学派的第四代传人。这大概是因为作为"语言"浪子的他，却在语言上失败了的缘故吧。当然，这并不是他个人的命运，也不是当时文人生存性的失败。

他们以"弃家"来使自己的个体生命与世俗世界隔开。这是在走向生命本质自由的道路上的初步胜利，其象征意义更是十分深刻的。但他们并非轻松愉快的旅人，他们无心留意山川江河的美，而忧心忡忡地徒步而行，不免踉踉跄跄，纵情放逸时少，恐惧苦闷时多……

何心隐让我一夜无眠，也就是在这个无眠之夜，我发现普兰的夜色呈现一种独特的蓝。这个夜晚我如此清醒，使我怀疑

高耸在中国和尼泊尔边境的雪山

被赋予神性的石头

自己不仅仅受了何心隐的影响，还受了那蓝的蛊惑。因为我没有通常失眠时的那种焦躁，更没有疲惫的肉体带给灵魂的困乏。

在这样的夜晚，我有一种迫切地想打扫自己思想房间的愿望。其实，思想的房间早已不成其为房间，而成了一个装杂物的偏厦。

这要多长的时间才能打扫干净呀。而除了这里，除了这能清洗心灵之屋的高原，别处是无法做这件事的。

我只有——赖于此吗？

我想起了关于科迦寺的一个传说。

科迦寺在孔雀河边的科迦村。它动人的传说诱使我们前往，并怀着虔诚之心去朝拜。但它却是修复的（它怎么可能被修复呢？），因它曾被毁。只有经堂因用作粮仓而幸存下来，但已面目全非。

参观一座修复之寺，还不如去想象它的从前。

它本已是一座传说之寺。

在民间流传着这样一个故事，说是吉德尼玛衮从前藏来到阿里，把普兰作为基地，并在朗钦日山上建造古卡尼松宫，但是有一位印度阿扎让香客前来从事佛事活动，行前留下七大包银子。吉德尼玛衮惊奇地请教大师如何处理，大师说，此为佛道佳礼，不得占为己有，它昭示着您为众生积善行德。依照佛意和大师的指点，吉德尼玛衮把银子供于色康大殿中，又请工匠在中尼边界的谢仓林地方，塑了文殊菩萨的塑像，还请来大法师仁钦桑布给塑像受了戒。而后，用木轮马车将护法神自谢仓林运往古卡尼松宫。沿途无论遇到岩石、密林，还是冰川、雪山都毫无阻挡，然而当马车抵达杰玛唐与阿米里大宝石相遇后，护法神不再前行了。

护法神停下来，并声称："我赖于此地并扎根于此地。"

是啊，我多想像护法神那样停下来，至少待清洗了思想的房间再走啊。因为我本来就没有故乡，而这里正可作为我的故乡，如那首歌所唱的：

　　加尔嘎山坡有雪的锁，

　　开雪锁的钥匙是金子般的太阳，

　　骏马返回加尔嘎山坡，

　　因为加尔嘎水草丰美；

　　翻过山坡一两座，

　　就能望见故乡科迦的山坡……

但不知为何，我唱这首曲调优美、欢乐的歌时，总带着忧伤。

我赖于此并扎根于此，可我还是走在路上。

走在路上，于我，已是一种宿命。

这仍然让我迷惘。因为无家的人就是在空中悬浮着的人，他始终希望风能使他飘向彼岸的净土，而风却让它始终停留在空中。

帕米尔之书

我是别处的过客

喀什噶尔绿洲是帕米尔高原的基座。

记得我从喀什噶尔启程前往帕米尔高原时，心里很是犹疑。之所以这样，是因为当我已准备走向它时，还对它一无所知，这让我至今想起来，还感到羞愧。

其实，我对帕米尔高原一直怀有过于美好的向往，而这种向往最早可追溯到我的少年时期——它养育过我的憧憬之情。

但我从来没有想到这个遥远的、至美与大苦并存的地方与我的人生会有什么联系。我以为，它只会以一种模糊的、混沌的概念存在于我的向往之中，不会再有别的。

即使到了南疆，我想的也是到阿里或喀喇昆仑，不是因为别的，是因为它们更加高远和艰险。但命运安排我去了塔什库尔干。人们都说，那里比阿里或喀喇昆仑容易生存，且富有文学意蕴，是一个颇有乌托邦色彩的梦境之地。

直到那时，我还是第一次听到"塔什库尔干"这个地名，在这之前，我不知道中国还有这样一个地方。这个富有梦幻色彩的地名显得很不真实，像个虚幻之地。我在心里一遍遍念叨："塔什库尔干？塔什库尔干……"

我不知道塔什库尔干的方位。我的无知又使我羞于向别人询问。回到旅馆，我在地图上找到了这个地方，原来它就在帕米尔高原上。

于是我就在地图上一次次计划前往高原的行程。所以，当终于到了启程之时，我的心情异常激动。在我眼里，从喀什噶尔到塔什库尔干那300公里路程显得非同寻常。这点路程对于新疆这块大地本来是不值一提的，但令我疑惑的是，如此高的一个高原，这点路程怎么能绕上去，那路难道是如天梯一样架上去的吗？

我搭上了开往塔什库尔干的班车。

一出喀什噶尔绿洲，就远远地看见了高耸着的雪山的影子。大地猛然从山影下拔地而起，让你的视野再也避不开那些雪山。雪山是天地之精华凝成的大景象，高踞于俗世之上。

神就那样突兀地把雪山置于你的眼前，没有任何过程，使你有一种想要昏厥的欲望。

过了乌帕尔乡不久，即是一片小小的沙漠，它是塔克拉玛干宏大交响的余音，它却异常顽固，一直与乌帕尔这块绿洲纠结、争斗着。并且，它因了塔克拉玛干这个大后方的支持，显得有恃无恐。

车上的塔吉克乡亲一直都在欢笑和歌唱。这些长期生活在高原的人身上的特殊气味给我留下了最初的、也是最深刻的印象。但我不知道那是一种什么气味，直到上了高原，才品出那就是阳光的味道。

塔吉克男人们身上穿着黑色袷袢，腰上系着绣花腰带，他们大多戴着吐马克帽——那是一种黑绒做成的高筒圆帽，帽上绣着好几道花边，帽里是用黑羔羊皮缝成，帽的下檐卷起，露出一圈皮毛——从这装束就可以看出，他们是前两天才从高原下到绿洲的，因为不知道平原上的气候，所以戴着皮帽子。有几个经常下高原的人已有经验，他们戴的是白布缝制的刺绣的谢伊达小圆帽。当他们脱下帽子，就会露出欧罗巴人才有的白色皮肤——他们是我国各民族中唯一的白种人。妇女们则戴着刺绣非常精美的库勒塔帽——这是塔吉克妇女的传统手艺，姑娘们很小就开始学习——即使戴着帽子，她们也在帽子上罩着鲜艳的纱巾。她们一般都梳着很多辫子，辫子上缀满了银饰。脖子上的项链的工艺也十分繁复，显得雍容华贵。无论男女都有高原的阳光赐予的红黑而健康的脸庞。热瓦甫和鹰笛美妙的旋律伴着他们的歌唱。在这些他们传唱了数百上千年的歌中，班车像一只快乐的鸟，优哉游哉地向高原飞去。

公路沿着盖孜河岸陡峭的山壁蜿蜒而上。进得山后，山体一派暗红，像是开放得太久的牡丹的颜色，又像是远古时代留在这里的霞光。善良的大自然像是要用这些颜色抹去那些无处不在的荒凉，以让远道而来的旅人有一个快乐的心情；又好像帕米尔是一个唯美的诗人，不允许自己有任何瑕疵。

这里是史书中的玉出之地，据说周穆王当时就是听了他的属臣河宗伯夭的话而西行的。

荒哉周穆王，

八骏穷万里。

新疆著名摄影家陈志峰先生航拍的帕米尔高原

朝发昆仑巅，

夕饮瑶池水。

这首很有气势的诗作是明代诗人赵㧑所作。他写的就是穆天子驾八骏西行巡游的情形。

穆天子即周穆王，是西周的第五代国王，姓姬，名满。大约公元前976年至前921年间在位。这位颇有作为的国王在位时正值西周国势强盛之际，所辖疆域辽阔。周穆王喜远游狩猎，《左传》说他"欲肆其心，周行于天下"。

《穆天子传》即是写周穆王西行的故事。这部古籍详细记录了周穆王从宗周启程，经燕然山（今蒙古国杭爱山）至青海，再西进柴达木盆地，到塔里木盆地后，北攀昆仑，抵达山顶，站立在高山之巅，环视四抒，饱览了辽阔疆土的行程。还说他因这里"万兽之所聚，飞鸟之所栖"，特地在这里狩猎五日，并铭迹于此。然后西行，到达西王母之邦，在瑶池之上，两人饮宴酬答，对酒当歌。他到西方巡游后，东归南郑（今陕西华县）。这部西晋时发现的古籍由于久藏地下，竹简多有漫漶之处，且遗失许多，但纵览全书，仍不失为我国古代一部重要的地理著述和西部旅行记。

车已进入山中，彩色的山已在身后，苍黑的山体和载着冰雪的山峰猛地站在面前，让你惊诧不已。海拔7649米的公格尔山和海拔7595米的公格尔九别峰挨得那么近，像一对情人携手并肩地站在那里，畅想着未来的幸福生活。抬起头来，但见冰峰高耸，悬崖万丈，如凌空危垒，似天柱将倾，碧空一线，青苍迷茫。

一出喀什噶尔绿洲，就看见了帕米尔高耸着的雪山的影子

云在半山腰升腾，弥漫，缭绕，成丝，成缕，如烟一般沿着陡峭的山崖，融进那亘古积雪之中，然后又从积雪里飘荡到幽蓝的苍穹。

盖孜河越来越窄，从上百米的宽度猛然收缩为十几米、几米——甚至许多地方只有两三米，河水涌动着，掀起很高的白浪，冲突着寻找激情的出口；而两侧的山全是从有河水的地方拔地而起，它们直刺苍穹，似乎随时准备拥抱到一起。

有一种声音越来越响，那是高峡中的盖孜河奔泻而下的声音。河水用时间和耐心硬在公格尔山和公格尔九别峰之间海拔4000多米的地方，劈削琢磨出了自己的通道，使自己得以飞流直下。那巨大的轰鸣声如不绝于耳的滚滚惊雷，先从天空碾过，再轰隆隆滚过峡谷。大地震颤，岩石滚落，以至路边不停地有提醒车辆和行人小心流石的警示标志。

这就是《新唐书·西域传》中的剑末谷，现在人们把它叫做老虎口。这两种称呼都形象而生动，人在里面行走，极其危险。而这里，就是帕米尔的西南门户，是古丝绸之路出塔里木盆地前往费尔干纳盆地以至更远的欧洲的咽喉，逾越这道天险之前，是坦坦荡荡的大地；逾越之后，则是地沃物丰的大陆。

过去这里是没有路的，古人在峭壁上打凿出一个个方孔，再插进方木，木头上铺木板土石，修成了葱岭栈道。如今，在那高悬头顶的绝壁上，还可以看见一溜溜方孔，偶尔还可以见到一截枯朽的木头。那些方孔如历史老人的嘴，诉说着行旅和驮队惊险绝伦的往事。

风尖啸着，裹着公格尔山的积雪，夹着公格尔九别峰的寒意，无聊地沿着峡谷游荡。

路继续盘旋而上。大约到了海拔3500米的地方，我们看见了两家柯尔克孜牧民的帐篷，几间用石头垒起来的低矮的"地窝子"，两缕蓝色的牛粪烟，站在乱石之间的妇女和她们的孩子们，两条对着我们的汽车狂吠的狗，一群枯槁的羊，几头毛色暗淡的驴，两峰神色忧伤的骆驼，两匹疲惫的马和一匹活蹦乱跳的马驹……这些都像是从岩石间突然冒出来的，像是岩石的精灵在一瞬间的幻化。

雪线很低，冰川很近。两座高山几乎全由岩石和冰雪构成。"公格尔"在柯尔克孜语中的意思为"褐色的山"，据认为征服公格尔之难不亚于珠穆朗玛。直到1981年英国怡和有限公司组织登山队，才从南坡首次登上峰顶；同年，日本京都府喀喇昆仑俱乐部公格尔登山队的三名主力队员，在登到7100米处时不幸遇难。其北峰尤为险要，迄今尚无一人从北坡到达过峰顶。"公格尔九别峰"在柯尔克孜语中意为"褐色的山坡"，1961年中国登山队的潘多和西饶登上了此山，创造了世界女子登山的高度纪录，不幸的是，西饶在下山时坠崖身亡。

这两座山对于要到达其高度和已经到达其高度的人无不显得冷酷无情。

从峡谷里攀缘上来，便是布伦口。天地豁然开朗，回过头去，公格尔和公格尔九别两座山峰如两扇即将关闭的门，峙立在那里，好像在说，进来了，就不能轻易出去。峡谷上面是一片水泽，十分宽阔。这里仍旧是盖孜河段，因为那山峡太窄，夏天水流不出去，在这里被阻滞成湖。湖岸绿草成茵，羊群飘动，骏马奔驰，一派生机。极目四望，群山连绵，重峦叠嶂，山势缓和。与峡谷口正对的那片山峦尤为神奇。布伦口是个大风口，大风被那片山峦所阻，裹挟的泥沙降落下来，堆积在峰峦坡谷之间，愈来愈多，加之沙呈白色，远看像从蓝天里缓缓流泻下来的天河；而近看又如飞泻而下的瀑布，让你感到它还带着水雾、带着飞沫，如此的生动，如此的真切，使你疑为那就是盖孜河的源头。是啊，它如此像水。它告诉我，你已置身高原、置身美中了。我也的确像一个跨进了家门的孩子，没有了恐惧和忧虑。

风并不大，但足以把空中的一切尘埃刮走，

盛装的柯尔克孜妇女

柯尔克孜男人和女人　段离　摄

使天空显得更加明澈，使阳光只需穿过风，就能照耀到大地上。

站在这高原上，我突然觉得我对它是熟悉的。我想念过它，我只是不太了解它，特别是它的内心。

它把它的美和善呈现出来，把忧苦掩藏，像母亲。

我感觉到这是一片从来就没有停止过思考的高原。的确，它思想的光辉一直照耀着西起里海，东达兴安岭，南自喜马拉雅山，北至阿尔泰山的中亚大地（此范围由德国地理学家洪堡划定）。对此，我更不能洞悉。

重返这座高原之前，我已去过阿里和喀喇昆仑，我有了对照。如果喀喇昆仑属于大荒之地，阿里属于至纯之境，那么，帕米尔就是大美之所在。当然，三者都有一种静：阿里是神居之地的那种带着肃穆和神圣意味的静；喀喇昆仑的静则带着死亡之域的那种荒凉和恐怖的气息；帕米尔的静是宁静，它有一种类似于瓦尔登湖的安宁，且带着创世之初的氛围——它还像一具"高榻"，收容并医治着被长旅搞得疲惫不堪的、内心浮躁的游子。

我内心有些战抖。我知道，它对于我而言，已是一处精神的故乡。这里的每块石头，每棵牧草，每片青稞地，每间低矮的地窝子，每个贫穷而又自由的乡亲，每只降生的羔羊，每个月夜，每阵风，每一缕阳光，都已超越了其自身的意义，闪耀在我心灵的最高处。

我不会像同行者那样因为它的美而高兴地惊叹，或抑止不住眼中的泪水。我可以平静以待，像永恒的爱情。

它们正化为血液，流在我的血脉之中。

我觉得我的灵魂已系于此。我想，因了这高原，我将永远是别处的过客。

山与湖

他蹲伏在那里,一直蹲伏在那里,如捕食的豹,如准备咆哮的雄狮,成为生命灵动与威严的象征,久远而又永恒。但我第一次见到他,就觉得他是父亲。他不是要如豹或狮欲捕获什么,而是像蹲伏在那里的父亲,要把宽阔又慈祥的背给你,让你到他的背上去,带你逃离人世里的灾害和苦难。

在这座高原上,你永远无法走出他的身影,他不但是你视野中的高度,也是你内心乃至灵魂的高度,带着太阳似的光芒。

这是我所见到的最可亲近,又最为雄伟壮美的雪山。

而他仅仅蹲伏在那里,我根本无法想象他站立起来时的身姿。如果他蹲伏在那里你还可以双手搭上他的肩膀,或调皮地去摸摸他的耳垂、扯扯他的胡髭,可一旦站起来,你就只有仰望了。

而站起来的父亲又该是多么的俊逸潇洒、风流倜傥呀。

我向他走去。我的心因为激动而不再跳动了,呼吸在喉间停滞着。我深情地呼唤着:

慕士塔格的朝晖

"啊，慕士塔格……"

中巴公路左侧是昆仑山，右侧为萨雷阔勒岭，中间就一道河川，像个顽皮的小女孩，在牧草间蹦跳。"波谜罗（即帕米尔）川，东西千余里，南北百余里，狭隘之处不逾十里。"这里可能就是《大唐西域记》中"不逾十里"之处吧，河是小河，黑牦牛，大红马，白绵羊，是河川中活动的景致。

昆仑山在其发源处就显得气势不凡，慕士塔格无疑最为优秀。它高居于众山之上，带着干达克尔山、孜尔孜尼东山、喀拉拜牧热克山、皮勒山、阿尔孜山和热斯卡木山等几十座海拔5000米以上的雪山——它们几乎没有雪线，也没有其他平凡山峦的支撑，从河川处就晶莹剔透起来。挺拔、秀美、灵动、卓然，持有昆仑山这一山系的举世无双的崇高荣誉。

萨雷阔勒岭则卑微得多，与昆仑山结伴而行，并没有使它沾上什么荣耀。它显得谦卑、和气，到了山顶处才有菲薄的积雪（自然是在夏天），其他地方则生长着零星的牧草，供羊群在上面任意游荡。山与人一样，也有各自的命运。但它像是被命运安排来衬托昆仑山的磅礴似的，它土头土脑的身影距圣洁的昆仑山很近。

公路傍着萨雷阔勒岭而行。记得我第一次上来时，车走着突然停住了，一个塔吉克乡亲下了车，洒脱地朝我们弹了弹指头，算是祝我们走好，自己却到了路边的一块草坪上，躺下来，伸展开四肢，悠闲自得地一边享受着阳光，一边睡着了。可能是那车让他坐着累吧，他要休息一下，再往家里走。从那以后，我每次经过那里，总会想起他，总要往那块草坪望过去，看他是不是仍然躺在那里。

在离慕士塔格越来越近的时候，空气潮湿起来，隐隐听到母亲抚拍孩子的声音，轻柔、温暖。然后听到水禽欢快的鸣叫。这提醒我，是浪在抚拍岸。果然，喀喇库勒湖很快就出现在眼前。

湖边有专门为各国登山者搭设的永久性大本营。附近还有一连串被彼此隔断的小湖和水塘，形成了许多或大或小的山角和小岛，斑斑点点，浓淡相宜，颇似水墨风景。

彼此相距不远的慕士塔格、公格尔、公格尔九别三座山峰，构成了帕米尔高原的极高峰地区。自 1980 年对外开放以来，这里已成为高山旅行探险的最热点，来自世界各地的登山者络绎不绝。

对任何一个旅行者而言，这湖都绝对是大自然给予你的意外的恩赐。谁会想到山下会有如此具有个性的、不乏柔美的湖呢。

喀喇库勒湖像是为慕士塔格专门备下的一面穿衣镜。这座伟岸的山从头至脚全部能在湖里照映。这位风流的父亲，即使在把背给孩子时，也注重仪表，白袍上不能有一点污渍，褐色的裤子要一直保持整洁，即使每一道褶皱也不是随意熨烫的，处处体现着唯美的品性。

只有爱人是自己的镜子，从爱人那里不但能照见自己的外貌，还能照见自己的内心。

父亲黛黑色皮肤的情人……喀喇库勒，与山相互映照，成为当地的谚语："慕士塔格峰有多高，喀喇库勒湖就有多深。"

"喀喇库勒"是柯尔克孜语，意为"黑色湖"，其水面海拔 3500 米。玄奘在《大唐西域记》中对此湖有过描述："波谜罗川中有大龙池，东西三百余里，南北五十余里，据大葱岭内，当赡部洲中，其地最高也。水乃澄清皎镜，莫测其深，色带青黑，味甚甘美。"

喀喇库勒湖的确是一座梦幻般的高原湖，如果乘车，无论是从喀什噶尔出发上高原，还是从塔什库尔干下高原，都是在正午左右经过这里。那时，天空幽深、蔚蓝，洁净得丝尘不染，雪山连绵逶迤，如涛似浪地翻卷到湖跟前，停住，然后就凝固了。不知雪山是被喀喇库勒湖的美所惊讶而止了步，还是慕士塔格伸出手臂，示意雪山不要喧哗，不要打扰喀喇库勒湖宁静的心，喀喇库勒湖就这样躺在慕士塔格的臂弯里，不知过去了多少岁月。

丝绸之路自开通以来，就从湖畔通过。千百年间，喀喇库勒湖不知给多少驮畜和商旅带来过惊喜。他们长途跋涉，风餐露宿，至此终于可以一洗疲惫的身心。

喀喇库勒湖水波浩渺，波光潋滟，水色迷茫，加之蓝天与雪山的映衬，构成了一幅绝美的图景，鸳鸯、天鹅、野鸭、棕头鸥等十多种水鸟，款款游弋，嬉戏时会翻腾出无数朵浪花，使倒映在水中的慕士塔格也随之荡漾；岸边湖水不深，日光照耀下，纤微可见。据说这里的鱼从没人捕食，所以它们一直是自由的鱼。湖边的草滩缀满了红红黄黄的小花。而更远处的湖岸边，则有隐隐约约的柯尔克孜人的村落，袅袅的炊烟有时成为一线，升得很高；有时被风揉散了，弥漫在湖面上。牲畜的叫声与牧人的歌声和波涛声一起飘过来，传递出世外桃源般的气息。

我在一位塔吉克老牧人那里听到过一个动人的传说。这个传说中，慕士塔格只是那个故事的载体。

相传在几千年之前，慕士塔格山顶上不是现在这样被冰雪覆盖着，而是一个森林葱郁、流水蜿蜒、百花争艳、芳香远逸的专供神仙栖居的地方。山脚下的塔阿尔马，有个长相英俊的神箭手，爱上了一位名叫古丽夏蒂的姑娘。古丽夏蒂想把塔阿尔马也变成鲜花盛开的地方，所以，当神箭手向她求爱时，她提出了一个条件，要神箭手登上慕士塔格峰顶，到仙苑去采来神花，种在塔阿尔马的荒原上，当这里成为花园时，她就嫁给他。

为了爱情，神箭手带上干粮和短剑出发了。经历了种种危险之后，他到了仙苑，摘下了仙苑中最美的两朵花。正当他准备离开时，忽然电闪雷鸣，天昏地暗，飞沙走石。原来守护仙苑的仙女发现了他。仙女让恶鬼迪外前来擒拿他，神箭手杀死了恶鬼。仙女亲自来战，杀到半夜，神箭手累得昏了过去。仙女没有杀他。他醒来后，向仙女讲述了盗花的原因。仙女深受感动，让他带走了仙花。神箭手将花种在荒原上，塔阿尔马马上变成了花园，他与心爱的姑娘也终成眷属。而那位善良的仙女却被囚禁在山顶上，失去了自由。仙女不停地流泪，为了人间的幸福，她牺牲了自己。仙女右眼流的是欢乐的泪水，这泪水化作清泉，浇灌着山下的草原和绿洲；仙女的左眼流出的是伤感的泪水，这泪水化作千年不化的冰雪，覆盖着慕士塔格的峰顶。

听完这个故事，毡帐里一片沉默，良久，才有人问：

"那么，喀喇库勒湖呢？"

老人沉吟良久，缓缓答道："喀喇库勒湖嘛，它是那仙女的心。仙女虽然老了，她对塔吉克人的一颗慈爱的心却永远那么年轻，像水一样，永不会老……"

有人说，山上有一座墓，墓里埋葬着仁慈的圣者；也有人说山上有一座与世隔绝的城，城里的居民过着人世间没有的幸福生活；还有人说，山上有一条美丽的闪着银光的河，河边有一对白色的骆驼。

慕士塔格竟有如此美丽、哀婉而纷繁的传说。这传说使慕士塔格显得更加巍然、更加清澈和圣洁。

愈来愈靠近慕士塔格，我的心也愈来愈沉醉。抬头望去，可以清晰地看见冰雪一年又一年堆积时留下的纹路，那纹路与树纹一样清晰。可以看见雪岩冰崖，可以看见雪山在阳光照耀下升腾起的丝丝缕缕的水雾。

在喀喇库勒湖西岸可以看见千姿百态的冰川奇观。慕士塔格冰雪厚度50～70米，冰川覆盖面积达200多平方公里，平均厚度在300米左右，有些冰川一直俯冲到了海拔3900米的地方。由于这里地势很高，气流容易侵入，慕士塔格一年四季下雪，这些雪常年积累，在压力作用下，形成了巨大的冰盖，把整个山峰严严实实地盖住了。

这些冰川似乎伸手可及。第一次来到冰川下面时，就勾起了我接近冰川的欲望。我和两个朋友经过较为细致的准备，攀到了海拔6000米左右的地方。这里虽只是万丈冰川的舌部，但已气势恢宏。这些纵横于山壑间的冰川，像一条条无声的瀑布，流泻在300余平方公里的山体上——即使黄河壶口也没有如此的声威。

蓝天伸手可触，白云俯身可掬，喀喇库勒湖的湖水显得更为黛黑，羊群和毡帐星星点点，银链般的康西瓦河九曲十八弯，悠然自得地汇入盖孜河。南边的塔什库尔干河则闪着光，奔腾着，汇入叶尔羌河。四周耸立着难以数计的大小高低不等的冰峰，近处的高数十上百米，远处的高达几百米。一座座银雕玉塑，在阳光中闪着奇异的蓝光。我还第一次看见了盛开的雪莲，一朵朵冰肌玉骨，蕊红如霞。在这叠银砌玉的冰雪世界里，你无法相信它是植物，只以为它是神异的精灵。

正值炎夏，冰川消融，大大小小的水流在冰缝间淙淙流淌。一尘不染的水，流注于透着莹莹蓝光的冰上，你无法想象这水是何等的纯洁。

一切都只能使你发出这样的感叹：啊！最后这感叹总会变成叹息：唉！——这是你为自己的语言难以表达而惋惜和遗憾。这叹息在此时是感叹的最高形式。

我们顺着一条冰上的小河继续向上攀登，直到看见一大片如林似塔的冰峰。它们或如倚天长剑，寒光闪烁；或如银色城堡，晶莹富丽。低洼处有幽深的冰洞，可容纳六七十人，门口有冰柱为帘，洞内光线幽蓝，寒意萧萧，令人战栗；有些地方可见宽达数米的冰缝，深不见底，推下一块冰，很久才能听见响声；有些地方，外实内空，俯耳于冰上，可以听见十分美妙的潺潺流水声；而最为壮观的要算冰川末端的冰舌了，冰舌一般宽上百米，高十几米到几十米，消融的冰水顺冰舌舌尖往下流，遇冰后又凝结成冰柱，久而久之，成排的冰柱形成了一个巨大的晶莹透亮的冰帘，像一座水晶宫殿。还有腾空欲飞的冰龙，枝繁叶茂的冰树，巧夺天工的冰桥，以及冰屋、冰塔、冰亭……好像真有神灵在这里成年累月地修葺、建造着人间仙境——直到使这一切闪烁着神话般的瑰丽色彩。

我们在夕阳西沉时撤到了冰川末端。在一片冰林间支起帐篷，铺上皮大衣，放上睡袋，准备在这里过夜。

晚霞中的冰川更为瑰丽，所有的冰都流着橘红色的光。整个慕士塔格也像一柄点燃的火炬，给整个高原镀上了那种橘红。此时的慕士塔格给人的印象更为深刻。当一切峰峦都已暗淡，慕士塔格的顶峰却仍然燃烧着，这使其身姿更为鲜明孤峻。此时，你身体中的各种激情都被调动起来了，但不是为别的，只是因为敬畏和热爱。

明月升起来了。月光中的慕士塔格啊……冰雪的光与如水的月光交融、媾结着，孕育出一种无法描述的光彩。这光彩形成了一个巨大的光环——就是我们在佛教图画中看见的笼罩在佛祖头上的光环……

在这座高原上，你永远无法走出慕士塔格雪山的身影

从睡袋里钻出来，面对着这从未见过的清明的、红尘中难得见到的光彩，我感到身体飘浮了起来。我体内一切红尘之物皆被这光透彻地洗涤净了，无须任何托举，我就能在空中自由地飞翔。

我惊奇地呆在那光中。我知道自己并没有做梦……但你无法相信自己不是在梦中。

我不知何时跪了下去，也不知何时泪流满面，最后，我哭出了声。我只有以这种方式来表达自己对大自然之美的惊叹和全身心的陶醉，没有任何语言可以描绘这一切。

虽然如此渴望化为一枚雪片、一滴水，融入其中，但我连一丝梦也没有做，思想和心灵如此空明，如同化境。

那是我平生最为神圣的睡眠。

至今，每每想起，双眼还会潮湿，身体还会有一种飘然欲飞的感觉。我还会轻轻地呼唤一声：

"慕士塔格——"

然后默默吟唱那首古老的歌：

　　山丛中有同天堂一样的花园，

　　鲜花散发的芳香使人们迷恋；

　　泉水像蜜汁一样甘甜，

　　山石像宝石一样耀眼……

足迹可能被遗忘湮没

帕米尔在波斯语中意为"平顶屋",言大地一屋顶也。它是亚洲万山之宗,世界屋脊。喜马拉雅山、喀喇昆仑山、昆仑山、天山、兴都库什山以此为中心,如巨龙蜿蜒,气势磅礴地向四面八方奔腾而去。只有这高原可以束住它,像一位严厉的父亲看管着他的孩子们,他不能让他们肆意乱窜。我们不敢设想,假如有一天这些山脉没人管束了,我们居住的星球该是一种什么情形呀:喜马拉雅一头扎进了印度洋,在里面肆无忌惮地扎猛子;昆仑和喀喇昆仑则轰隆隆直奔东南亚,窜进太平洋,把头搁在了美利坚的土地上;天山在内蒙古草原或华北平原如脱缰野马;兴都库什一赌气跑到了欧洲……那可是真正的天下大乱。帕米尔扣结之重要可见一斑。所以唐代高僧玄奘说,"葱岭者,据赡部洲中"。由此可见,在佛经中的世界四大洲中,它是中心。

看着石头城,我觉得它就是这中心的神圣标志,是这扣结上最关键的栓。谁拔下它,这扣结就散了,就像拔下发髻上的玉簪后,头发会披散下来一样。

而这扣结的含义不仅是地理上的,还有文明。我曾冥思苦想,想找到中亚大地文明的扣结,都不得结果。但当我到达这里,看见石头城,我有些兴奋,"这不就是中亚文明的扣结吗?"

塔什库尔干石头城是帕米尔扣结上最关键的栓

塔什库尔干石头城是一座名副其实的石头城，这里遗存最多的是石头

这城如一粒纽扣，但它没有扣上。它像母亲一样解开着胸怀，用自己吸纳于天地和四海间的精华，喂养着古往今来每一个饥饿的孩子。它又像一架功能巨大的文明发射器，把这文明传播到尽可能远的地方。

在这座高原上，石头城无疑是我最想前往的地方。我想让城头上的风拂走我长路上的孤独。在这里，我还感到了来自四面八方的力量，它让我可以继续往前走下去。而看着艾德莱丝绸一样飘动的河流，河流两岸的草滩，草滩上的帐篷，帐篷周围的牧人和畜群，我可以分享到他们的安宁和淡泊。在高原的那些日子里，我更多的时候只是前往，没有任何目的，我只是想摸摸那高大的墙和城内众多的石头。墙和石头随着季节而冷暖。但自从我知道这城所载负的分量之后，这些石头就一直带着岁月予以的灼人的热度。

这城是丝绸之路上的重要历史标记之一，也是帕米尔高原最显著的文化象征。

我国有三大著名的石头城，一是公元4世纪建造的辽宁石头城；二是公元前333年建造的南京石头城；另一座石头城就是帕米尔高原上的这座。它在塔什库尔干县城东北的一座小山冈上。

《梁书》最早记载了它，说它"城周回十余里"；玄奘见它时，已扩展为"城周二十余里"。据考古考察，它建于1300年以前。它悠久的历史，复杂的建筑，牢固的结构，宽大的面积，在中外闻名。许多城堡学家、历史学家和考古学家都对这座云端中的古城进行过研究。还在公元2世纪时，希腊学者Pitolmis就对马其顿商人玛伊斯提塔亚努斯在前往"丝国"（Seres，当时丝绸出自中国，所以它就成了中国的代称）途中来到石头城的经历进行了描述，他说，石头城在当时是

一个很大的商业中心。法国人L·布宜利诺宜斯在其一篇题为《丝路》的文章中对此进行了证实。后来，斯坦因也来此进行了细致的考察，并在《斯坦因西域考古记》中作了详尽的介绍。

这座城分为内城和外城，外城已遭到严重破坏，只可见到一些露出地面的城墙、炮台和居民住宅的遗迹轮廓。唯有保存较完好的内城还依稀可见昔日的威严。

内城主要是王宫，它由宫府、军政官员的宅邸和佛庙组成。现在，这些建筑已荡然无存，只可寻到残墙断垣。内城自山冈脚下筑起，以山冈的自然结构为基础，与上窄下宽的山冈形状完全一样，既非方形也非圆形。它略高于冈顶，形成巍峨壮观的城楼。

这里遗存最多的是石头。这座城——包括城堞、哨楼和炮台——都是由这些石头垒砌而成的。还有一些石头是专门运上来堆放在城上，作为武器使用的。在冷兵器时代，这的确是很有用的守城武器。

绿色的河滩，褐色的山冈，泥土垒成的古城，环绕四周的雪山，雪山上的苍穹，构成了一幅层次明晰、色调柔和、古朴庄严的图画。

在海路尚未开通之前，帕米尔是东西方之间来往交流的必经之路。班固在《前汉书·西域传》中说，"自玉门、阳关出西域有两道。从鄯善傍南山北、波河西，行至莎车，为南道；南道西逾葱岭则出大月氏、安息。自车师前王庭随北山、波河西行，至疏勒，为北道；北道西逾葱岭则出大宛、康居、奄蔡焉。"这说明古代丝路在进入塔里木盆地以后，分为南北两道，向着不同的目的地延伸，而到了葱岭后又交会一处，直达古丝绸之路上著名的石头城。从那里起，又分南北两道，到中亚、小亚细亚、南亚次大陆以及更远的地方。这使塔什库尔干成了东方丝绸之路的终点和西方丝绸之路的起点。

正因为塔什库尔干是丝绸之路的要塞，因此在周穆王西巡以来的三千年时光中，已有无数的使者、将帅、王侯、艺家、文人、僧侣和往来跋涉的商贾，在这里留下了他们的身影。他们通过政治上的抗争和亲睦，军事上的冲突与结盟，经济上的交流与贸易，文化上的冲撞与交融，科技上的渗透与演进，留下了无数浓墨重彩的画卷和动人心魄的诗篇。

在世界文明的发展史上，它是世界文明古国中国、印度、埃及、巴比伦之间的纽带；在丝绸之路通过的地方，出现过蒙元、波斯、马其顿、罗马、奥斯曼等跨越亚、欧、非的大帝国；在这片高原上，留下了法显、慧生、宋云、玄奘、慧超、悟空、马可波罗、斯坦因等著名旅行家的足迹；各种文化——古希腊文化、伊朗—中亚文化、阿拉伯文化、印度文化、诸突厥民族文化、中原汉族文化都曾在这里交融；各种宗教——祆教、摩尼教、佛教、伊斯兰教先后经这里传播到广阔而遥远的地方；诸种语言——印欧语系中的塞语、粟特语、吐火罗语，阿尔泰语系中的古突厥语、蒙古语、维吾尔语、柯尔克孜语，汉藏语系中的羌语、吐蕃语、汉语以及随伊斯兰教一同传入的阿拉伯语，都同当地语言一起被广泛地使用过；在这条道路上，塞人、羌人、丁零人、月氏人、匈奴人、突厥人、蒙古人自东向西迁徙，希腊人、阿拉伯人、雅利安人、粟特人自西向东迁移，各民族的兴衰荣辱系于此路，在这个高处的点上碰撞；还有各种性质的政权——汉朝时期的"蒲犁国"，在三国到唐朝开元年间一直统治帕米尔的"盘陀国"，唐朝政府设立的"葱岭守捉"，清朝时期的"色勒库尔回庄"，也都曾在此地实施统治……著名历史学家顾颉刚在《中国史学入门》中甚至指出："世界人类最古是在帕米尔高原繁衍起来的。以后，从这里分为去亚洲的、去欧洲的、去非洲的若干支。"

这片高原，这条平凡的路，这座早已荒废的石头城，载负了古今中外多少伟大的人和事呀。如今，这个名副其实的中心已变成了"边缘"，她曾经养育过、扶携过的地方越来越繁盛，唯有她，这位因载负过多，长年操劳，完全付出了的母亲，乳汁干了，自己也越来越贫穷和衰老了。留下的，只有她过去的传说，只有她永远美好的品德。

但我们应该与这位年老的母亲相守。她有别人不可能有的智慧和经验。她的繁荣起来的儿子们——西安、兰州、敦煌、喀什、德里、德黑兰、大马士革、君士坦丁堡……应该有她的塑像。这塑像要突出她白发的头,如这沟壑一样纵横的皱纹,要特别突出她解开纽扣的胸怀,和怀中已经枯萎、如倒空的粮袋一样下垂的乳房,突出它要像突出维纳斯的断臂一样。无论怎样,她甚至可以是一尊残雕,但一定要能聆听到她的心跳。然后,在跟石头城的土黄色一样颜色的基座上,刻上马可·波罗的话——

足迹可能被遗忘湮没。

亡者的邻居

我曾在帕米尔高原有一处临时住所。这住所是一处废弃的营房,建在一个高地上的一条沟里。院子是一个小四合院,但两边都只有房屋一样高的围墙。院里有一株高大的白杨、一丛高原柳,除此之外,整个高地再无别的植物。高地上有纵横交错的战壕、沟壑和碉堡,那是与苏联对抗时修筑的,从没有经受过战火烽烟的洗礼。离住所不远的地方,是一片坟地。左边还有一处城堡式的建筑,那是国民党军当年的营房,现已废弃。右侧则是一座水塔,耸得很高。

我搬进这个住所前,这房屋至少有15年没人住了。据说是因为"闹鬼"。我提出要去住时,人们都瞪大了眼睛。有的说,你疯了?有的说,不要开玩笑。然后,他们都会将那里闹鬼的事描述一番,以证明那里的确有鬼,以善良的心劝阻我不要去冒险。

他们讲的那些鬼故事初听起来十分恐怖,但我的确需要一个能独处的地方——我不怕鬼,只怕人。

这泥土垒成的居所,给我在帕米尔高原的生活带来了温暖。

我把房屋打扫好后，用白纸贴了墙，然后又从水塔里引来了水。在院子里种上了花草。空闲的时间里，除了读书，就是观察种子发芽、生长。

并没有鬼来打扰我。但为了保证能独处，人们问起是否有鬼时，我总是不置可否。所以，除我之外，一直没有人敢搬到这里来住。

我时常在这个高地上散步，也常常到那片墓地去。所以我知道原来有多少人安息在那里，后来又有多少新来的人，并见识了塔吉克族肃穆、隆重的葬仪习俗。我发现，塔吉克人的丧葬习俗是他们的哲学、宗教、社会观念、生活意识、风俗习惯等方面的合成。

他们流泪静听将逝者的遗言。年长者望着将逝者的脸念经祈祷，然后合上他的眼睛，收拾干净房屋。洗净逝者的身体后，让他头冲西方躺卧，并用有刺绣的布将逝者覆盖，在他的头前和脚下各点一盏灯。

挽歌声随之响起，那是令人心碎的歌声。这歌声有一种固定的调子。塔吉克人中有一些善于唱挽歌的妇女，她们在民间有很高的声望。人们按照挽歌的调子哭唱，将死者生前高尚的品德、善良的性格和他的特点、他对家人及乡邻的贡献编为歌词颂唱。妇女们身穿蓝色的衣裙，戴蓝头巾，对她们而言，死亡是蓝色的，所以她们以蓝色哀悼死者。她们的歌声动人心弦。领唱挽歌的人即时创作，即时演唱，唱完一首后，其他妇女则重复最后一句——每首挽歌的结尾都是："愿你的安息之地成为天堂，愿你不朽的灵魂得到安宁。"

由于唱挽歌是丧事中不可或缺的仪式之一，挽歌又有着强烈的感染力，因此，挽歌又被看作是民间礼仪歌中特殊的一种。宗教人士和一些长者并不赞同长时间唱挽歌，他们认为这样会使生者过分悲哀，过多的泪水在阴间会形成滔滔河水，成为死者阴世之旅的阻碍。

但凡谁家有人不幸去世，同村的人都会前来吊唁。这一天全村会停止一切活动，包括劳动、做家务。宗教人士诵经之后，男人们从屋里抬出死者时，要将屋子的天窗关好，并在炉灶中燃起烟火。家中若有孕妇，孕妇便从死者殓衣上抽出一根线缠绕在指头上，为的是日后生产能顺利平安。死者若为未婚女子，其遗体要精心化妆，并让她与屋里的顶梁柱成亲后，方可抬出。塔吉克人认为姑娘来人世一遭不能不结婚，对父母而言，这也是尽父母的义务和心愿。出殡前，死者的亲人要吻死者的手，与死者告别。据说这种时候，有的死者会动容一笑。

抬着死者往墓地去的人走得很快，路上停放三次，这样，亡灵去另一个世界时便会不受阻碍。

每个家族都有自己的墓地，人不论逝于何处，都要葬在自家的墓地里。若葬于异地他乡，那里的土地不会接纳他，死者的灵魂不得安宁，这对于死者是莫大的耻辱。距离较远时，要用骆驼驮运逝者，驮运逝者的骆驼会被装扮得格外醒目。特别是驮运夭亡小孩遗体的骆驼，更是用毛毯、各种刺绣物品和丝穗装扮得鲜艳无比。路途中，每到一处歇息时都要举行祭奠。

塔吉克人在星期三不葬自己的亲人，因为这一天是创世的日子。星期五入葬是最幸福的，因为这一天入葬的死者能见到真主。挖墓穴时，由一人率先动土，丧家根据死者性别送给他礼物，一般是男送匕首，女送剪刀。一旦破土，就不能

我们至今仍可以从"太阳的儿女"的表情中看到塔吉克民族起源的古老传说

再改换地方。这是因为人来自土壤,当他返回土壤时,只能回到属于他的那一块地方。除了裹在死者身上的白殓衣,除了夹在死者手指间的土块,除了枕在死者头上的填着泥土的枕头,没有任何随葬品。真可谓干干净净地来,干干净净地去。

"苏拉吾派迪"(意为"燃灯",即灯祭)是正式送死者上路的仪式。灯祭由"海里派"(村里的宗教领袖)主持。丧家将一只肥羊拴在炕前,它将是死者前往阴世的坐骑——这只羊必须是绵羊,而不能是山羊——因为山羊是精怪的化身。"海里派"做完祈祷,然后将羊宰了,用羊油和棉花制成灯捻将羊油点燃,以便为死者照亮去阴世的路。羊肉不能剩下一星半点,要全部下锅,由一位被称为"霍迪姆"(专职煮肉的人)做熟,再在羊肉里加些麦子,以作为死者去阴世路上的干粮。"海里派"诵读《灯经》后,众人一边吃着羊肉,一边追忆着死者的生平。羊肉吃完后,灯祭也就结束了。

塔吉克母亲的背影和一位微笑的塔吉克少女

他们沿着被羊油灯照亮的路,一步步走远了,然后走到我的身边,成了我的邻居。

我知道,这些被亲人吻后会动容一笑的人,这些被精心化妆过的女子,这些从远方用装饰鲜艳的骆驼驮回来的人,这些头上枕着泥土、手指间夹着土块的人,我完全可以亲近他们,完全可以成为他们的亲人。特别是那些枕着泥土长眠的人——枕着泥土安息的民族已越来越少了,珍视、坚信泥土的价值和意义的人也越来越少了——不知让我多么的感动。

了解了他们的葬仪,了解了他们与泥土的关系,我放心了。他们是可以作为邻居的,或者说,这些亡者会接纳我成为他们的邻居。我只担心自己的梦魇和失眠，我怕我的梦魇和失眠会惊扰了他们。所以住进那个高地的住所之后，我写了一篇小文，贴在里屋的门上：

他从很远的地方来到这里，寻找可以交谈和共处的人。你们让他欣喜。他把大地提供给他的祭品再慷慨地供给你们。他的房子下就有你们的骨头。他信赖骨头，觉得肉体一点也不可靠，所以他只与骨头交谈。白色的骨头用磷火回答他的提问，并安慰他的忧伤。每一具肉体与一切肉体无异，只有骨头有其秉性和品格。所以，你们先放弃了生命，再放弃了肉体，只以骨头的形式存在。灵魂把骨头作为家园，所以骨头只会和发白的时光一样，永不老朽。它们在夜里闪光、踱步。

塔吉克女人的头饰

你们和他一样身处异地，但终于安定下来。定居处不是你们生前的故乡，是你们现在的故乡。你们的爱人和亲人从这里走了，去了别的地方，你们的坟茔只有靠自己清理。他常在黄昏和失眠的时候到你们跟前来，抚摸着简陋的水泥墓碑，注视着你们的名字。你们的名字如你们生前一样普通，只有少数人知道。他感到他坐在你们对面，像一个学生。是的，对于生，特别是对于死，他都还是个学生。他邀请你们到他的屋子里去，他说，他的屋子里有香和烛火。他知道你们喜欢这些，就像他喜欢音乐和失眠。

他与你们相邻，觉得在与你们一起复活，大家一起拥有黑夜、风和寂静，然后以火的方式交谈，以梦魇的方式嬉闹。他衰弱的神经和对白天的恐惧为交谈及嬉闹提供了空间。你们跟他谈起过去，谈起死亡的方式和意义，谈起生者和死者如此拥挤的世界，谈及你们在土地里的感受。你们说，死，不过是从土地表面到了土地深处。他向你们谈理想和信仰，疼痛和凄楚，浮躁和喧嚣，失意和绝望，为你们朗诵一些优美的文字。他说，生，

塔吉克男人的吻手礼

不过是死的一种方式。

他还讲述了他第一次面对死亡的感受。8岁，祖母从教室里把他叫走。天晴得很。祖母拉着他。祖母的手湿热，像在流泪。

他望着祖母的白发和手一样湿的眼睛，问，婆婆，你怎么啦？

祖母说，你爷爷走了。

他走哪里去了？

远处。

爷爷年纪大了，为啥还往远处走？他走得动吗？

人越老走得越快，走得越远。

走那么远，他还能走回来吗？

谁晓得呢。

那我得回去送送爷爷，我也想跟爷爷一起去，他愿意带我吗？

他愿意自己走，他连你婆婆都不愿带，怎么愿意带你。

回到家里，爸和妈都包着孝帕，披着麻，穿着黑衣服，这使他们显得美而且神秘，像要进到幕布后面，然后出来唱戏。

爷爷躺在堂屋里，躺得那么伸展，显得比站着时高。爷爷穿着上路的新衣服，脸上盖着火纸。

他要揭开火纸看爷爷的脸，母亲止住了他，说你爷爷不能再见日光，不然，他会站起来。

站起来不好吗？

不好，因为他正在路上走。

他摸了摸爷爷的手，手温热。他想，这就是爷爷的上路，他躺着上路，走再远也不会累。

所以，他觉得你们都是在路上，真正地走着。而他喜欢与走着的人为邻。他和你们安居的故乡都在永无尽头的路上。

我在那个高地的住所写作,并靠阅读与高山反应带来的记忆减退作了顽强的争斗,还获得了有相互继承的爱和没有边际的孤独,但唯独没有看见他们。我一直希望他们显露出来,与我一起唱一首祈神的歌:

我祈求健康,我祈求力量。我祈求天养,我祈求神气。我愿乡里百姓众人,百事如愿、万事如意!

但他们只给予了我风声中的平静。

骑　士

在瓦罕走廊的明铁盖达坂下,每年夏季,就会撑起一顶白色的帐篷。人们把帐篷的主人叫"鲁斯坦姆",这是波斯诗人菲尔多西的史诗《王书》中记载的一位传说中的塔吉克英雄的名字。之所以把这个尊称给予他,是因为他1944年参加过"三区革命",作战十分勇敢。革命结束后,他拒绝成为官员,继续回到高原做他的牧羊人。

我见他时,他已87岁高龄,留着漂亮的胡须,红黑的脸膛像年轻小伙子的脸一样富有光泽,身子骨硬朗,一顿还能啃一条羊腿,即使喝一斤白酒也没有醉意。因为一辈子都在马背上,他的背有些驼,腿也成了那种在牧区常见的马步状。他年事已高,但从没停止过劳动,当时他还可以骑着光背骏马在河川和草原上飞奔。他一生喜欢骏马,也是帕米尔高原上有名的骑手。据说他骑的那匹马是他花了大价钱从

给小骑士一个吻

阿富汗的一个部落头人那里买来的。因为那马四蹄雪白，全身枣红，他就给它取名"踏雪红"。人们说他是塔吉克人中的富人，在县城的银行里存了很大一笔钱。问他，他说，反正他的那些钱是数不完了。问他能数到多少。他儿子说，过了千就不行了，一千一、一千二，他只会这么数，不知道还有一千一百一十一，他嫌这数字啰唆。

老人每每听他儿子这样说，总会愉快地发出"嗬嗬"的笑声。

同行的人就说："你有这么多钱，还待在这穷山沟里干吗？到城里去买幢房子，做点生意不好吗？"

"这是穷山沟吗？我是鹰，你在城里头见过鹰的影子吗？城里头只有养鸡场，你是要我不做鹰而到城里去做一只养鸡场里的鸡吗？你要知道，鹰因为自由从不会离开自己飞翔的天空，人也不能为了享乐而离开自己的家园。"

"那你说什么是自由。"

他思考了好一阵子，然后用那种特有的塔吉克式汉话平静地说："自由，自由就是只尊重自己的这颗心！"

听他说出这句话，在场的人几乎都傻了。我觉得他多像为丰富美国"自由"内涵而在思考的王福清、马丁·路德·金和Malcolm·x啊！

他说得太好了：

自由，自由就是只尊重自己的这颗心！

这是一句在任何地方都应该用黑体印刷的文字。它却出自于一个数数只能数到

亘古以来，慕士塔格峰和卡拉库勒湖就这样紧紧依偎，在彼此的光芒里相互映现

一千的塔吉克老牧人。

我当时哑口无言。我不得不承认，我是在这里，在这不时可听见马嘶、羊咩，弥漫着荒原味和腥膻味的毡帐里，在奶茶的香味中，第一次接受了关于自由的启蒙。而此时，我已27岁了。

从那以后，我只要去那个地方，总要打听"鲁斯坦姆"老人，但他很多时候不在，他的帐篷四处迁移着。有一次我打听到，他还能骑马，他已88岁了。我对告诉我他情况的人说，如见到他，请转告他，不要再骑光背马了，那样不安全，并留下两瓶酒给他。

不想没过多久，他骑马走了一百多公里，专门到县城来看我。在边防团的营门外下了马，他就对哨兵喊叫道，他要找卢"卡特尔"（长官之意），写东西的那个卢"卡特尔"。哨兵打电话给我，说有一个塔吉克老人找我。我知道一定是他，飞快地迎了出去。

见了我，他高兴地说："我是从塔什库尔干草原赶来看你的。美酒已经收到，还没舍得喝，准备留到哪天骑马需要鞍子时再喝。我还给你带了一条羊腿来。"说完，他把羊腿递给了我，欢快地笑了。

他的马仍然光背。

他从这么远的地方来看我，我荣幸而高兴。我把他请到了我在高地上的住所。他的骏马跟着他，像是他的一部分。

我把羊腿用高压锅清炖后，我们就喝起酒来。喝了一阵酒后，他就打量我的书，然后说书好，书是安拉对人类最伟大的赐予，没有什么能比过它。世界应该是这个样子的，安拉在最上面，其次是自由，然后是书，再然后是大地。他说他不识字，问我能不能为他朗诵一点东西，他愿意用塔吉克民歌来换。

我自然很高兴。

……我要歌颂大地，万物之母，坚固的根基，最最年长的生物。它养育一切在神圣的土地上行走、在海上活动和在天上飞翔的创造物。它们都靠它的丰饶而生存……

"向你致意,大地母亲,繁星密布的天空的配偶。请为我的歌而友善地赐以令人欢欣鼓舞的粮食吧。我要想念你和其他的颂歌。"

这是荷马的《颂歌》,我的声音沙哑,朗诵得不好,但他听得入了迷。然后,我又为他朗诵了方济各(意大利天主教会的圣者)的《太阳颂》。听完后,他竟然记住了第一段,并随口朗诵起来:

赞美你,我的主,

以及你的所有创造物,

尤其是高贵的女主人,

太阳妹妹,

她每天用光赠送我们白昼。

她的美丽,

在光辉中容光焕发:

你的象征,至高者!

他坚持要我把《太阳颂》抄给他:"我们是太阳之子,应该时时听听太阳的颂歌。"

我们一瓶接一瓶地喝酒,他一首接一首地唱歌,其中有我非常爱听的《黑眼珠》《巴娜玛柯》《古丽塔扎》。他的声音已经苍老,但那苍老的声音十分独特,充满了真情,透露出爱情之歌的恒久魅力。我是第一次听一个老者唱这样优美的情歌。我感到唱着情歌的他一点也没有衰老。他歌唱时显得那么年轻,眼里一直噙着动情的热泪。

之后,我给他朗诵了德国作家 E·凯斯特纳的诗歌《依然是老猴》,他听完后,高兴得手舞足蹈起来:"说得太好了,我那两个城里的儿子就是这样——如今他们坐在供暖的屋里,跳蚤跑了。他们坐在电话机旁,但声音还是那样,完全像当年在树上。"

我们成了忘年交,他也是我在塔什库尔干最年长的朋友。那天送他走时,他突然有些伤感地说:"可惜我年纪太大了,不能与你长久地交往。"

我说:"你说不定比我还能活呢。"

他认真地摇摇头,说:"没什么,死后没了这肉体的累赘,灵魂就更加自在了。"

他说着,敏捷地上了马背,见我露出担心的神情,就笑笑说:"鹰翅在雄鹰诞生之前就与天空相配,马蹄在骏马出生之前就与草原在一起。我嘛,我这腿在我出生之前就与马背搭配着,你放心吧!"说完,双腿一夹马腹,马儿就载着他跑开了。

从那以后,我再也没有见过他,也无法与这个游牧者联系。两年后我又一次到帕米尔高原旅行,我想我无论如何也要找到他,打听了半天,得知他刚去世不久。

他刚好活了90岁。

我找到他的儿子,他儿子告诉我,他父亲曾去看望过我两回,我都不在。我给他抄的《太阳颂》,他只要一见到识字的人,就会让别人为他朗诵,后来,他自己就记住了。

去世的前一年,有一天他骑上马背,发现自己在光马背上坐不住了,就跳了下来。他对儿子说:"我要有马鞍才能骑马了,我该喝我朋友送给我的好酒了。"他喝了我送给他的酒,但他发现,因为他已骑惯了光背马,鞍子并没有给他什么帮助。他又把鞍子收了,仍骑光背马,但已不能让马快跑。他的心情从此变坏了。有一天,他从草原上骑马回来,十分平静地进了帐篷,喝了一杯酒,就坐在毡子上,就那样坐着,去世了。

我去了他的麻扎,为我的朋友——这位自由的骑手,按我自己的方式敬了三杯酒,然后为他朗诵了他喜爱的《太阳颂》。

准备离开他的那个静穆的时刻,我仿佛听见从远处传来了他饱含真情的情歌声：

你是群芳之冠，百花与你相伴，

奇花异草把你娇艳的姿态迷恋，

想起你的容颜，花园在我眼前呈现，

美丽的人儿啊，别再用利剑戳伤我的心田，

我这可怜人为追求你早已凋残！

在太阳中飞翔

鹰作为塔吉克人的图腾，是具体的；天鹅作为哈萨克人的图腾，也是具体的；只有汉民族的龙图腾是如此的虚幻。

塔吉克人视鹰为百禽之首。他们抬起头来，就能看见鹰在太阳中飞翔的身姿。鹰象征着翱翔飞旋的自由，象征着自由的高度，象征着搏击长空的气魄，象征着高贵和英勇。

塔吉克人将鹰的精神通过传说、乐曲、歌舞等形式，融入了一代又一代人的血液，使自己的民族具有了独特的品性。

骏马和鹰是高原男人的两副翅膀 韩连赟 摄

我无数次听过各种关于鹰的传说，沉浸于鹰笛悲壮激越的旋律，陶醉于柔美和刚劲兼具的鹰舞的舞姿里。

鹰笛在塔吉克语中称"那艺"，是用大鹰的翅膀骨做成的，长短、粗细、大小不一，一般长25~30厘米，管径约 1~2 厘米，骨管下端有三个音孔，无簧无哨嘴，竖吹。鹰笛的音色明亮高亢，舒缓时清脆悠扬；激越时裂石穿云，悲切凄婉；常用倚音、回音等各种装饰旋律，以增加或热情或悲切的气氛。鹰笛是塔吉克人最喜爱并最具塔吉克民族特色的乐器。

塔吉克人跳舞伴奏一般只用手鼓和鹰笛，前者敲击出节奏，后者吹奏出旋律。每逢喜庆婚嫁或盛大节日，塔吉克人就会拿出自制的鹰笛，在欢乐的人群中吹奏起来，手鼓会随之铿锵而有节奏地敲响，那时，无论男女老幼都会情不自禁地扭动腰肢，跳起舞来。

于是，鹰笛成了整个塔吉克乐舞的灵魂。

鹰舞，顾名思义，其舞姿多模拟鹰的动作，矫健刚武中蕴含高原的淳朴，热烈奔放中不乏温柔舒展，活泼的姿态中具有各种动作的变幻。舞者尽情地表现内心的感受和欢乐的激情，和着音乐旋律，从脚尖、双脚、腰肩、脖颈、眉眼到手臂、指节都随之变幻，形成了一套完整的舞蹈语言。

舞蹈时，每一个人就是一只鹰，有意识中的天空、大地、蓝天、白云、旋风，时而在山巅徘徊飞翔，时而搏击长空，直入霄汉；时而伸展羽翅，静止于空中，成为气流和尘埃托举的雕塑；时而如同闪电，击中大地的目标……起飞、翱翔、敛翅、降落……人与鹰之间肢体的血脉接通了，灵魂也接近了。

年长者的舞蹈符合他们的性格，带着洞悉一切的稳健、犀利和细腻；年少者则展示着青春的活力和激情，舞姿活泼，变幻多姿。其间，男女又各有不同：男子起舞时，两臂一前一后，前高后低，步法灵活敏捷，慢舞则如鹰翔高空，以两肩的微微上下弹动带动表情、步伐和腰身的变化；急舞时则盘旋仰俯，如鹰起隼落，铁翅铜骨，铿锵有声。女子起舞时，高举的双手随着音乐的节奏或向外伸展或向内旋转，虽然起舞和舞蹈间的激情及所表现出的鹰的风骨并不逊于男子，但大多数动作轻缓、平和，整个表情和身体显得格外柔媚，表现出女性特有的美感。

鹰笛属于三孔骨笛的一种。三孔骨笛在我国汉朝的史书和音乐志中就有记载，最先由羊骨做成，被称为"笛把鞭"。它不但是乐器，也是赶马的工具。而关于这神奇的鹰笛和独特的鹰舞的起源，我没有找到历史记载，只在《塔什库尔干民间故事》中找到了一个动人的传说。

说是从前有一对苦命的小奴隶，小伙子叫瓦发，姑娘叫古丽米合尔。两人在患难中长大，慢慢地相爱了。巴依（意为酋长）知道后，硬把两人拆开了。瓦发在很远的一个牧场放羊，他日夜思念着自己的心上人。有一天，他孤独地坐在一个山冈上，含泪唱着思念恋人的歌，羊群突然乱了，接着他看见一只雄鹰为保护他的羊群正与恶狼搏斗。他搭箭射死了恶狼，跑到鹰跟前时，鹰已经不行了。鹰对他说，我死后，请你把我的翅骨取下来，做成笛子，你离你的心上人太远，你唱再悲切的歌她都听不见，那笛子可以帮助你，让你的心上人听到你的心声。瓦发取下鹰的翅骨，在骨头上开了三个孔，骨笛发出了美妙无比的声音。他吹起了以前唱过的那些歌。高亢激越的笛声越过群山，传到了古丽米合尔的心上。

古丽米合尔听到笛声，看到百灵鸟也停止了歌唱，她知道那痛苦的心灵之声一定是瓦发传递给她的，她渴望见到恋人的愿望更加强烈了。

有一天，古丽米合尔正在河边为巴依家洗那永远也洗不完的衣服，看见一群鹰一边翱翔，一边和着笛声展翅舞蹈。她忍不住站起来，模仿着雄鹰的动作舞蹈起来。

过了不久，巴依家举行宴会，请了许多乐师前来助兴，但场上始终热闹不起来。巴依十分扫兴，急忙叫仆人去找更高明的乐师，说只要谁能让客人尽兴，他就满足他的一切愿望。

仆人找来了瓦发。只听得笛声响起，美妙绝伦，在场的人无不如痴如醉。古丽米合尔听到笛声，情不自禁

歌舞的塔吉克人

地跳起了鹰舞,那奇异优美的舞姿同样让人迷醉。巴依高兴之余,兑现了自己的诺言,瓦发和古丽米合尔获得了自由。

从此,鹰笛和鹰舞,也就像眷恋着的有情人一样,不可分割。

"哪里有羊群,哪里就有鹰笛声","哪里有铿锵的手鼓响,哪里就能看到塔吉克人的舞蹈"。鹰

敲鼓的塔吉克女人　韩连赟　摄

笛和手鼓时时表现着这个民族坚定而又有力、细腻而又深沉的内心。

塔吉克人崇拜英雄,在这个民族的民间文学中,除了爱情故事,就是英雄传说了,因此,只有英雄、爱国者和无畏的勇士才能被比喻成雄鹰。

而鹰又是与天空结伴的,它们飞翔的高度可达海拔 8000 米以上,地球上没有它征服不了的高峰。这使它们一直是与太阳最为接近的猛禽。而塔吉克人则称自己为"太阳之子"。作为凡尘中最接近太阳的人,灵魂中自然有自诞生以来就对太阳的渴望。

对鹰的崇拜和模仿,无疑阐释了塔吉克人独特的审美境界,也凝聚着他们曾经有过的光荣与梦想。塔吉克人、鹰、太阳、天空,高原之间隐含着的精神联系是隐秘而又难以诠释的。你看见了这里的人,也就会看到阳光的存在,看到天空的明洁、高原的壮美以及鹰飞翔的姿态。同样,你看见了鹰,也就看见了其他。

牧场的气味

1997 年底,我从帕米尔高原来到北京,有位朋友和我见面不久,就不自在起来,过了一会儿,她终于忍不住了,问我:"你说说看,你是不是在新疆开牧场呀?"

我一听,觉得这个问题问得十分突兀,一时不知该怎么回答,愣了半天,才木讷地问她:"你怎么问了这样一个问题?"

她犹豫了半天,说:"你身上有股怪怪的味儿——牧场的味儿。"

我"扑哧"一声笑了。"你说羊膻味儿不就得了吗,还牧场的味儿!"

她认真地说:"不只是羊膻味儿,的确是由羊膻味、马汗味、干牛粪气息、生奶子味混合成的牧场味儿。你是不是也是'韦鞣毳幕,以御风雨。膻肉酪浆,以充饥渴'呀?"

听她这么说,我就半开玩笑地回答道:"我飘然旷野。"

她却十分认真,又一次问我:"你一定要告诉我,那是不是牧场的味儿。"

我说:"我没有闻出来。"

"谁能闻见自己身上的味儿呢?"

我说:"那么,它就是从我骨子里飘出来的。"

看来,她并不喜欢这个味儿。她说:"你洗个澡吧,把衣服都换掉。"

我笑了笑,认真地对她说:"骨子里的味儿能洗掉吗?我喜欢这个味儿——对,牧场的味儿。既然你不习惯这个味儿,那我就走了。"

她十分委屈地挽留我,说:"我的确不习惯那味儿,我习惯你原来的味儿。"

我想说,我身上从没有过那种"原来"的味道,我是野蛮人。我以前是农民,身上只有乡土的味儿,那味儿是由汗臭味、泥土味、人粪和牛粪、猪粪、柴火灰混合成的肥料味组成的;之后是大兵味,那是由汗臭味——野蛮人最明显的标记、枪油味、硝烟味、金属味以及由"我操"之类的粗话组成的;然后就是帕米尔高原的牧场味儿了。

但我什么也没有说。

从那以后,我就留意起自己身上的气味了。我喜欢自己身上的牧场的气味。我只是遗憾自己身上的气味不浓,遗憾自己身上的气味不地道,遗憾自己只是沾带了他们的一点点气味,所以我对牧场气味的了解也是粗浅的。

——天色微明，塔吉克男人骑着马，带一把鹰笛，抓一把奶疙瘩——制作酸奶子后剩下的、凝固成块或颗粒的奶渣，它略带酸味，营养丰富，止饥耐渴——带一个馕，就赶着牛羊走向了茫茫高原。帐篷里的事情由妻子承担。在男人起床之前，她们已挤完了牛奶，给男人烧好了奶茶；男人走后，她们则要照顾老人，制作酸奶，挤牛奶羊奶，喂养幼小的牲畜，哺育同样幼小的孩子，驱赶靠近帐篷的狼，擀毡，搓绳，绣制衣帽……其辛苦程度自不待言。

　　一般情况下，都是三五户十几户人家的帐篷聚在一起，这样，彼此之间有个照应。白天你到他们的帐篷里做客，帐篷里几乎全是老人、妇女和孩子。谁家来了客人，他们都会赶过来坐满整个帐篷，欢乐的气氛自然产生。要是在冬天，帐篷里还会挤来羊羔、牛犊和马驹，有时甚至有刚出生不久的小骆驼。因为帕米尔的冬天十分寒冷，他们怕冻坏那些小牲口，所以它们一直要和人们居住到来年天气转暖为止。塔吉克乡亲们会像照顾自己的孩子一样照顾这些可爱的小家伙。

　　他们与它们共同酿制了帐篷的气味。

　　——无论在什么地方，塔吉克女人都把自己尽可能打扮得很漂亮。那黄色或红色的头巾，如同花朵，四季常开，成为高原最扎眼的点缀。而转场时的塔吉克女人更为漂亮，她们穿着鲜艳的衣裙，发辫上镶满了各种银饰。新娘还在辫梢饰有丝穗，戴上贵重的手镯和戒指，耳朵上戴着大耳环，脖子上要绕好几道用珍珠

转场

和银子做成的项链，胸前佩戴着叫作"阿勒卡"的圆形大银饰，有的在已有斑斓刺绣的库勒塔帽子上还要装饰上珍珠、玛瑙和宝石做成的饰物，庄重华贵，一如女皇。

塔吉克男女都是优秀的骑手，当你看到妇女和男人一起，骑着马或骆驼出没于草原、荒滩和陡峭无比的山路时，你会觉得不可思议；但当你看到她们不但怀抱婴儿，背上还背着一个稍大的孩子，再带一个更大一点的孩子在鞍子后面，攀上四五千米达坂的时候，你会被她们那惊人的耐力和强悍的生命力所震撼。她们就这样走过戈壁荒滩，走过崎岖蜿蜒的山路，翻过冰达坂，去到新的牧场，把那两峰骆驼所能驮走的家安在新的地方。

因为靠近灶台的地方是专为家人腾出来睡觉的地方，我已不知在多少家帐篷里的灶台边睡过。吃过晚饭，我用塔吉克式的普通话和男主人聊天，女主人会无声地为我铺好被褥，然后会蹲在我们跟前，为我脱鞋。开始时我很不适应——没有一个外乡人会适应，但这是乡亲们的待客方式。他们总是以所能做到的最好、最周到、最温暖、最让人感觉受到尊重的方式来对待客人。

塔吉克女人的一生中，以出嫁前后为截然不同的人生界限。婚前，好姑娘的标志是勤快，少出门，以积累与高原终生相守的人生经验。一旦出嫁，仍旧是勤劳为本，这已是她们的品质。她们以一双从未停歇的手，支撑着这个高原所有具体而细微的部分。

这是女人的气味。

——塔吉克人自古以来就实行一夫一妻制，并相沿成习。一般由父母包办，男子15~16岁，女子13~14岁成婚。这种早婚现象现已有所改

塔吉克人把拾来的牛粪精心堆积起来，用作燃料，燃起的火有一种草原的清香

变。但比较而言，结婚的年龄仍然偏低，男为十八九岁，女为十六七岁。但青年男女的婚姻都是在自愿的基础上进行的。塔吉克社会生活中，离婚、休妻、离开丈夫都是羞耻的，让孩子沦为孤儿更是不可饶恕的罪行。他们的婚姻生活稳定、平静而又幸福，极少有吵架的现象，更不可能有无家可归的孩子。在帕米尔高原，我从没有见到一个乞丐，从没有见到孤苦的老人。一些贫苦的人总能得到帮助，无儿无女的老人是每个人的老人。

　　风雪千年，凝为一瞬，他们就这样紧密地相互依存着，世世代代传递着善良的人性。

　　高原上艰苦的环境和恶劣的生存条件，使婴儿的死亡率较高，因此，他们对于每个生命都给予了百倍的呵护，也保持着异常的警觉。他们很少有赞扬孩子的，这是他们的禁忌，在这一点上，他们与犹太人一样。犹太人认为说了孩子好话，会招来邪恶眼的注意。在塔吉克乡亲家中，你可以赞美他的牛羊，但不要赞美他的孩子，长久地盯着孩子看常会让主人不悦。孩子一出生，他们就把烧煳的杏仁碾成粉末抹在孩子脸上，让那张小黑脸看上去跟包公一样。这种禁忌习俗是怎么产生的，他们也说不清楚。其内含的意蕴，也只有到他们那沉淀了几千年的生命体验中去寻找了。

　　父母对儿女的爱总是不会穷尽，无论儿女有多大年纪，无论哪一位出门或从外面归来，父母总要心爱无比地捧起他们的脸来亲吻。

　　这是他们亲情的气味。

　　——牧季是帕米尔最美的时候，河流早已解冻，流淌得美而欢快。高山上的冰雪还在融化，雪线退到了它自己应该待的地方。牧草正绿，长满了它们希望生长的所有地方，牛羊正肥，天空中的蔚蓝更加柔和，分散在四面八方的塔吉克人大多集中在了草原上。所以塔吉克人的婚礼大多选在这个时候举行。

　　牧季开始时，塔吉克人便骑着骏马，从四面八方赶来，每个人都打扮得很漂亮，而青年男女们的打扮更加精心，这是给他们提供相识的好机会。

在经过以物传情、提亲、定亲等过程后，有情人在结为眷属的前两天，男女双方的主要亲戚就会四处邀请亲朋好友。他们会首先邀请村中一年之内发生过不幸事故（主要是丧事）的家庭，将这些家庭里的人请到家中热情款待，然后将手鼓放到他们面前，请他们擦干悲痛的泪水，为新婚的青年人祝福。手鼓敲响之后，即表示婚礼前的娱乐开始，同时，他们也就告别了那不幸的生活。

叼羊在帕米尔高原更有气势，因很多地方是赤裸的平台，马队呼啸而过之后，顿时烟尘弥漫。漫天烟尘抹去了一切背景，一只只手，狡黠如狼、灵活如蛇，狂舞的手的中心只有一个，就是那只羊。那是一个民族直接力度表现的绚烂瞬间。而马队那狂风般的意志和山洪般的气势，常常会使人沉浸在征战和史诗的双重震撼和美感之中。

这是他们欢乐的气味。

所以说，帕米尔高原的人们的生存状态是超验主义的。

"塔吉克"一词出自"塔吉"一词，这是一个尊贵的词，是塔吉克语"王冠"之意，引申为"尊贵的民族"。他们肤色浅淡，头发金黄或黑褐，眼睛碧蓝，薄唇高鼻，颧骨柔和，具有典型的欧罗巴人特点。在我国共有三万多塔吉克人，其中有两万多人居住在塔什库尔干，绝大多数以游牧为生，过着非常简朴的生活。马、羊、牛给他们提供了必需的一切：卖它们买（或用它们换）布料（以前是自己纺毛线织布）、食盐、米和面；他们的毡帐是用牲畜毛制成的厚毛毡搭起来的，捆东西的绳子是用牛毛搓成的，帐篷里铺的也是自己用牛羊毛织成的毡毯，搭帐篷用的木条是用牛皮绳捆绑的，取暖做饭烧的是羊粪，骑的是马，驮东西用的是牛或骆驼。他们的主要食物是羊肉，喝的是牛奶和羊奶，酒是自己用青稞或马奶酿制的，装马奶的容器也是用羊皮做的——他们把羊皮的腿和脖子处扎紧，就是一个很好的口袋。冬天，他们穿着羊皮袄御寒。男子成年后，用牛羊作彩礼娶回妻子；女儿成人了，父母给的陪嫁也是牛羊。羊粪能散发热量，他们在羊粪上铺一块布，让孩子躺在上面，用羊粪为孩子取暖。他们用羊骨制造笛子，用羊皮绷制手鼓。他们用石头垒建冬窝子，用牛粪和泥土抹平墙壁。他们用羊来招待客人、祭祀神灵——这里的绵羊是有名的大尾羊，个大如毛驴，臀肥如硕妇，有些羊尾巴上的脂肪达15公斤左右。

当然，面对生存的时候，苦便会从大美的景象中凸现出来。这是每个生存者都必须面对的。但这些塔吉克乡亲有可以移动的房屋，游牧生活使他们可以离开他们希望离开的任何"恶劣的邻居"，他们的家和印第安人一样简单。他们大多时候生活在露天里，"草叶之上，没有灰尘"。他们虽安居在大地上，但从没忘记天空；他们呼吸着世界上最纯净的空气。

我珍视这里的气味——珍存它们，就是珍存牧场的气味；珍存牧场的气味，就是珍存我们吟唱了几千年的牧歌。

秋天是帕米尔高原色彩最丰富的季节，这是塔合曼草原的一条林荫道

等待马蹄声响起

　　一对老人相互依靠着坐在草地上，黎明的天光剪出他们亲密的身影。两匹马在不远处闲荡。草原上十分安静。有三两只乌鸦无声地掠过黛色的天空。

　　世界寂静得好像什么也不会发生。

　　但他们知道，过不了多久，他们期待中的声音就会出现。

　　北方干冷的风带着呼啸声从黎明时分的草原掠过。他像孩子似的伸开双臂，任由她帮他把羊皮袄穿上。

　　他恍然听到了一匹马的嘶鸣声。

　　他的耳朵已有些聋了，这时却变得像猎犬一样灵敏。

　　他出神地看着远方，脸上泛着沉迷和向往的光彩。他不只是能听到那声音，好像还能看到那声音的形状——暴雨的形状，她记得他给她讲过。她永远不能忘记他描绘他看见马蹄声的情形。

　　他脸上挂着少年人激动时才会有的潮红，紧紧地握着她的手，激动地说："啊，

但愿在这遥远的塔什库尔干草原上，永远都有马蹄声响起

古丽，我看见了马蹄声，像黎明时骤然而至的暴雨，猛然间……掠过大地，把沉睡的一切惊醒，并冲刷干净，包括人和大地的梦……"

这样的情形她只在他年轻时见过，他在她眼里一点也没有变老。

"你还是年轻的。"她说。

"我们都还年轻。"他的声音因为激动而略微有些战抖。

那年，他77岁，她72岁。

16年前，他们随儿子搬到城里居住后，每年秋天都要回一趟草原，来听马群从草原奔过的声音。他们是草原的孩子，他们难以忘记自己的母亲。

儿子生活的城市离草原500里路，要经过三座城市、四处戈壁，换两次车。但他们每年都像赴约似的满怀着深情前往。下了车，向努尔阿吉家借两匹马，带着酥油、馕和奶酒，就迫不及待地打马向草原深处奔去。

上马时，他们的身手还是灵活的。但在城里待了一年，马一旦跑起来，心中不免有些担心，怕自己的老骨头承受不了那种生命的飞奔。那片草原上的人很少有过年老的想法，他们只有活和死两种概念。即使老人，也很少下马背，很少停止在草原上奔驰。除非有一天，再也上不了马背了，他们才会承认生命的衰老。

一到城里，他们就变得伤感起来，但他们不愿让儿子察觉，所以那伤感就埋在内心深处。是他们在城市的喧哗中感受到了生命的存在，那河流因为枯涩，水流凝重而又迟缓。根本看不见生命所激起的浪花，当然，就更难听见那河流流淌时的畅快之声了——只能听见某种低哑的呜咽，甚至很多时候，只能听见水泡破裂时的轻微的叹息。

当马奔驰起来，他伏在马背上，"哟——嚯——"地尖啸起来。那时，他会听见生命之河的奔涌。他回头看她时，看到她的身手也已变得敏捷，他看见她和自己一样，脸上有泪水在闪光。

来到草原深处，他们下了马，彼此打量一会儿对方，然后相拥着，微笑着拭去彼此脸上的泪。

她说:"我们……还行……我原来以为,我连马都上不去了,就是上去后,也坐不稳了,没想还行……"

风把远处狼群的嗥叫声送来,天地间充满了草原的清香。他们孩子似的躺在草地上,大口呼吸着草原母亲的体香。他在陶醉中忍不住唱起了他第一次向她求爱时唱的情歌:

珍珠离海就会失去光芒,

百灵入笼仍为玫瑰歌唱;

痴心的恋人纵使身陷炼狱,

燃烧的心儿依然献给对方……

他的声音已经沙哑,但仍像过去一样饱含深情,让她怀想起过去的时光,心中充满了幸福,一点也不为失去的一切而伤感。她也忍不住唱了起来:

身材矫健的小伙子,

你是我心灵的向往。

你是耐心的小伙子,

双唇上滴着蜜糖。

他们那次去得早了,就在草原上一首接一首地唱着情歌,一首接一首无拘无束地唱着,有时欢笑,有时哭泣,直到最后在毡毯上沉沉睡去。

黎明,马蹄声伴着阵阵嘶鸣,把他惊醒。

他推了推她,激动地说:"快听,那声音传过来了,至少有500匹马。"他说完,就把耳朵贴在大地上。

"2000只蹄子,敲打着草原,像2000支鼓槌,敲打着草原这面大鼓,又像是……像是大地的心跳。"他的脸上涌着血,一片赤红,把他的白胡子衬得更加耀眼。

"它们近了,越来越近,我听得见它们喘气的声音,里面有马驹子,有近百匹,还有儿马,在里面不守秩序地乱闯,最前面的一定是一匹黑马,黑得发亮的黑马,紧随它的是一匹白蹄的枣红马,有一匹马驹子掉了队,那母马回过头来去照顾它,你听得出来吗？"

"怎么听不出来？它们现在正向左边的河川拐去，正沿着河川像大水一样向远方涌去。以前，我们每年都要到那河川里去。那只马驹子跟上去了，哈哈，小家伙真行呀，它生下来还没满月呢。"

像狂风突然止息，像暴雨猛然歇住，蹄声远去，但天地间早已被强劲的生命力注满。

他的脸还贴着大地。她把他拉起来，用手小心地擦去她脸上的泥土和草屑。

"真主啊，再没有比那声音更充满力量的了……"他站起来，伸了伸胳膊，无比满足地说。

他因为满足而不停地在草地上走来走去，那手足无措的样子，使她忍不住笑了。

他们在温暖的阳光里，呼吸着草原甘甜的气息，再次入睡了，直到烈日当空才醒过来。然后，她拾了一些干草和牛粪，在铝锅里煮好了酥油茶。他们喝着酥油茶，吃了馕，还喝了一点酒，然后才信马由缰地往村里走。他们一路上交流着刚才的感受，直到回到城里。

回城之后，他们不再说什么，把那珍贵的东西藏在心里，慢慢地品味。他们其实也想告诉别人，但没人愿意听，耐着性子听的人，听完后也只会安慰他们似的一笑，露出不可思议的神情。他们心里一定在想，这么大年纪了，跑500里路，到那样的高原上去听马蹄声，一定是疯了。

他和她自进城后一共回了七次草原。她第七次陪他回时，他已经不行了。他们没有骑马，而是坐儿子租来的汽车。他的确老了，即将走到生命的尽头。他祈求她和儿子送他到草原上来。听不到马蹄声，他无论怎样也咽不下最后一口气。

戴着头饰的塔吉克妇女

那个夜晚有一点儿凉，儿子去拾了牛粪，要为他烧堆篝火。他制止了儿子，他说那样会惊扰马蹄声。

她和儿子把他的身体侧过去，使他的耳朵能贴近大地。

马蹄声终于传来时，他那已被死亡笼罩的苍白的脸重新有了几丝红晕。他微笑着，嘴里轻轻地说着什么。她把耳朵凑上去，听见他说："真……主啊，感谢你……和……草原啊……"说完，就闭上了眼睛。

她没有哭，只是握着他的手。她想，他一定是去追随远去的马蹄声了。

"可是，现在我还来这里干什么呢？他不在了，把我一个人孤零零地扔在人世上。我都80岁了，可能是自己老糊涂了。"她下了车后，自言自语地说。

她已不敢让马跑，只任由它走着。这还是努尔阿吉第一次借给她的那匹马。它也已老了许多，像是相互理解似的，它走得非常沉稳。

马每往前走一步，她心中的悲痛也就会多一分。她感到浑身困乏，眼睛里的泪总是难以止住。她知道自己已走不到草原深处，就停下来，把毡子铺好。没有他，她老觉得冷，老是想把衣服裹紧些。

她现在才知道，她原来到这里来，不是为了听那马蹄声，而是为了看他。

世界真安静啊，她一次又一次追忆起他幸福而满足的笑，追忆起他们欢乐的歌唱，追忆起他们相拥着熟睡。她既感到悲伤，又感到幸福。不知什么时候她竟睡熟了。

她梦见她和他各骑着一匹白色的大马在草原上飞奔，直到累得从马背上栽下来。他们一躺到大地上，那熟悉的声音就会惊雷一样从草原深处传过来。

天地间充满了金色的阳光，草原的绿波动着，一浪接一浪地向远方流淌。

她沉迷着，陶醉着，心中掠过丝丝缕缕的忧伤。

当她从大地上抬起头来，她的眼前突然出现了金色的马群，良马神骥，奋蹄扬鬃，引颈长嘶，像金色的旋风从眼前掠过。阳光洒在它们身上，她高兴地呼唤着："神马！神马！真主的使者！"

有一匹马来到了她的面前，它高大骏逸，浑身雪白，它低下头来，用嘴触着她的脸，它温热的鼻息喷在她的脸上。它说话了，是他的声音，他说："你要知道，我会永远陪伴你。"

她兴奋地随那声音站起来，但白马已扬起四蹄，飞跑开去。

阳光有些干硬，日头已升起好高。她沮丧地承认，自己已错过了听马蹄声的时机。她抹了抹额前的白发，然后用头巾把头发包好，烧了酥油茶，吃着馕，把给他敬的酒泼在草地上，然后说："老头子，我错过了听马蹄声的时机，但只要马群还在，我就会有时间再来……"

骑牛探险记

在离开帕米尔之前，我决定对这座高原作一次旅行。其实，这里的许多地方我都已去过，有些地方甚至去过好多次。但那绝非纯洁的旅行。如果脚步不纯洁，我觉得是对旅行的亵渎。

当然，促使我这样做的还有更深的原因，那就是对这高原的爱和眷恋。是的，当我一旦意识到我将离开这里，我的心绪就异常复杂。内心变得像黄昏中的塔什库尔干河一样忧郁和伤感。

我计划了一条线路，那就是先从县城直接乘车到红其拉甫，再从红其拉甫骑牦牛到乔戈里峰下。

我们大清早就出发了。我没有想到，这里的一切变得十分新鲜，好像我是第一次踏上这高原的土地。

太阳在慕士塔格峰的另一边，刚把峰顶抹红。碧空洁净，纤尘不染，整个高原都沉浸在一种透明的氛围里，肃穆、宁静，给人一种创世之初的神圣感。

县城还在沉睡，白杨树的叶子一夜之间变得金黄了，金色的叶子飘得到处都

是，给人一种心碎的、令人惆怅的感觉。几只不合群的羊在街上流浪汉似的一边闲逛着，一边捡食金黄的落叶。两只不归家的毛驴像雕塑一样立在低矮的平房前，突然一伸脖子，引吭高歌起来，高原的清晨就从那个时候开始了。鸡叫得更欢了，羊叫着要去觅食，马也嘶鸣开了，牛也哞哞地叫着，然后，我看见一个早起的人穿过那条孤零零的街道，消失在土色土香的巷子里，留下一溜淡淡的灰尘，然后传来了两声婴儿的啼哭。车子开过后，落叶就会从吉普车的两边飞起来，飘然着落下。清凉的空气中已有些许寒意，虽是9月，高原的秋天已经到来了。

塔吉克人的生存状态是超验主义的，这是我前往乔戈里途中看到的塔吉克民居

小小的县城一晃而过，一到中（国）巴（基斯坦）公路，扑面而来的就是无边无际的荒凉，稍高处就是积雪覆盖的峰岭——雪线已不知不觉地蔓延到了半山腰。在高原上，一过9月，风雪随时都会到来。大地上的一切都已做好了迎接风雪的准备，但没有任何一种植物感到慌乱，它们从容自如，该发芽的在发芽，该开花的在开花，该挂果的在挂果。车把透明的清晨划破，向前飞奔着。有时可以看见一只野兔或狐狸从公路上飞快地窜过，还可以看见荒原上一群受惊的黄羊在飞奔时被自己腾起来的灰尘所淹没。

两边都是雪山，其峰岭或舒缓，或峭拔，或雄奇，或俊秀，交互闪耀，或远或近，其闪开时，天地开阔，而当它们逼近，则寒意萧萧，云遮雾罩，天地狭窄暧昧。一河流水，蜿蜒喧腾，冲出贫瘠的山峡，掘开台地和荒原，义无反顾地朝东流去。

直到到了达布达尔，那种飞掠而过的荒凉才被一种淡淡的田园气息所替代。青稞一片金黄，一种不知名的野生植物撑着紫红色的叶片，不知时节地开放着小

小的花朵。可以感觉到干燥的夜气还停留在上面。这是一个半农半牧的村庄，田地周围就是零星的牧场。牧人已把羊群赶到了牧场上，收获青稞的人已在挥舞镰刀，做早饭的炊烟已飘得老高，到处弥漫着一种温暖的气息。

这里是达布达尔乡政府所在地，有一个小小的邮局，有一所能容纳数十个孩子的希望小学，还有乡政府的办公楼。所以严格地说，这应该是一个小镇。公路从镇子中间穿过，不时可遇到一个骑着高头大马的汉子，或一个骑在毛驴背上的老人。他们见了我们的汽车，便礼貌地在路边停住，微笑着等我们过去，我们也鸣喇叭向他们致意。

但这种田园牧歌式的景象一晃就过去了，给人一种恍然如梦的感觉。两条山脉之间的河川越来越窄，海拔在不知不觉中升高，连绵的群山卓然耸立，闪光的冰雪覆盖着它们，清晨的阳光使它们神采飞扬。雪线低得已经快到谷地。谷地之间的牧草已变得金黄。

这是一段因山险水恶不能乘车、骑马，只能徒步或骑牦牛前往的孤寂而危险的旅途。

健壮的牦牛野性十足，一出营院，便奔跳开了。我骑的牦牛长着一张白脸，四蹄雪白，无角，长鬃披散，我叫它"白脸王子"，它是昨天才从老乡那里租借的，野惯了，性格暴躁，老是甩胯撅蹄耍威风，要给我一个"下牛威"。

越过河水比圣水还要纯净的塔什库尔干河的源头，看见好多牧民已开始转场。高原的冬天即将到来了。

我们涉水而过，爬上河岸，很快就被荒凉的台原吞没了。

我们用两个多小时走完台原，路盘旋而上，迎面扑来一股寒意，但见两座危崖突兀的雪山间，高耸着两座冰峰，在正午阳光的照耀下，闪着锋刃似的寒光。冰峰间有一处高高的隘口，那就是我们今天要翻越的吾甫浪达坂。

两边的雪线在逼近我们。即使正午阳光灿烂，我们仍然感到了铺天盖地的寒意的袭击，大家连忙裹上了棉衣。几位转场的牧民迎面走来。他们赶着绵羊和牛，大人骑着马，小孩骑着毛驴，骆驼驮着帐篷和家具，高大的牧羊犬跑前跑后，把那些试图脱离羊群的羊赶回来，并不忘朝我们吠叫，显得非常忠于职守。牧民们见了我们，停住了脚步，远远地朝我们微笑。那数百只羊也停了下来，几乎是一齐抬起头看我们，神情中满是惊讶，好像对我们现在要去它们已经离开的地方感到不可理喻。

原以为骑牛是件轻松有趣的事，以为可以把自己带回到童年的美好时光中。现在骑到了牛背上，才知道这滋味十分难受。出发才几个小时，全身便疼痛难忍，好像散了架，最难受的是两条腿。牦牛腰身粗壮，肚子鼓圆，乘骑时两腿必须叉开。时间久了，又酸又疼，身体像是劈叉时被撕开了。可能是因为劳累，大家的话渐渐少了。只有向导巴亚克还在唱歌，他一上路就在唱，有时候用塔吉克语，有时候用生硬的汉语。他唱得忘我而又动情。而他唱得最多的是一首名叫《黑眼睛》的古老的塔吉克情歌。

太阳照在吾甫浪达坂上，反射出冰冷、炫目的光芒

不管我打猎上高山，
还是割麦下田间，
不管白天和夜晚，
你迷人的笑脸总在我眼前。

不管我离家走出多远，
高山隔不断我无尽的思念。
你的黑发随风飘扬，
你美丽的眼睛将我召唤。

姑娘啊，你是我的黑眼睛，

我愿把双眼呀长在你心间。

塔吉克民间流传着许多优美的民歌，情歌是其主要部分。好多情歌已流传了数百上千年，从各个方面反映了塔吉克先民对爱情的追求和理解，从中也可窥见其情感世界的丰富。在帕米尔高原，很难找到一个不会传唱情歌的人，而巴亚克据说就是演唱情歌的高手。他略显沙哑的声音使他的演唱多了一份深沉、忧郁与苍凉。

巴亚克是距红其拉甫140多公里远的塔合曼乡的牧民，但他只是冬天才回到那里。他的夏牧场像云朵一样飘浮不定，哪里有牧草和水，哪里就是他撑起帐篷的地方。他其实也的确是个像流浪诗人一样忧郁的牧人，精瘦，面色苍老，虽然才43岁，但看上去已像60多岁的人，头发花白，秃顶，花白的络腮胡长得十分茂盛。鼻梁直挺，眼窝深陷，嘴唇很薄。他有三个女儿、一个巴郎、一位老母，他美丽的妻子八年前生下最后一个孩子后不幸去世。他硬用羊奶把那个无娘的孩子喂活了。他说他是在他妻子去世后才爱唱情歌的，他愿意为她像夜莺一样不停地歌唱，直到把喉咙唱破。

爱和生活的负重把他催老了，他却风趣地说："我们塔吉克人老得早，但活得久，我们八九十岁了还能骑马放牧。"

我们沿着山势而行，在下午3点多钟终于来到了吾甫浪达坂底下。这里有一条结着冰的溪流，水在冰下缓缓地流动，发出潺潺的声音。在溪流两侧，蔓生着浅而细密的牧草，它们已变得跟黄金一样金黄。十多头牦牛和一群羊撒在溪边。

突然有一只狗从低洼处冲出来，冲着我们吠叫。只是那叫声充满了欢乐，它是在欢迎我们。

我们从牦牛背上跳下来，没有几个人能够站住。我觉得背痛腰酸，骨肉飞散，双腿像是浮着的，像踩在飘浮的云上。一进帐篷，我便靠着棉被，但觉得全身还像是在牛背上颠簸着。主人端来了热腾腾的奶茶。我知道，这是最后一顶塔吉克帐篷了，过了这里，再无人烟，也就进入了真正的无人区。所以我慢慢地品尝着，想把这"人间"最后一碗热茶的气息留在心间。

孩子们好奇地看着我们，大人热情地为我们一碗接一碗地倒着奶茶，递着烤馕。奶茶很香，烤馕粗糙，裂缝里塞满了牛粪灰。但我们不管那么多，吃得都很香。主人说，因为马上要转场，他们没有下山去买面粉，烤馕的面是他们用石头砸出来的。

再次出发时，我回头闻了闻牛粪火的气息，闻了闻奶茶和烤馕的余香，闻了闻牲口的气味。我第一次深刻地感受到了我们生活中的人间气息。

牧草变得稀疏了。我们已越过雪线，路若羊肠，山势陡峭，寒气逼人，大家一边小心地赶着牦牛，一边裹上皮大衣御寒。

无疑，吾甫浪达坂是我们探险路上的第一道难关。这条路只有在每年的8月底9月初可以通行，因为从当年10月至次年五六月，吾甫浪达坂被深达几米厚的积雪覆盖。而五六月份天气变暖后，冰雪融化，河水会暴涨，所以，这两段时间人马都无法通行。

巴亚克走在前面小心地蹚雪探路，我们则骑着牦牛小心地跟着他。

每头牦牛都吐着舌头，喘着粗气，流着白沫，尽可能地张大嘴呼吸。我的双腿感受到"白脸王子"的肚子在急剧地起伏。

由于空气稀薄，我感到呼吸困难。高山反应使我头晕、恶心、呕吐。雪山旋转，天地翻腾。我差点从牛背上摔下来。

阳光照在冰雪上，冰雪又把阳光反射到我们的脸上。强烈的紫外线灼得脸像刀割般疼痛。我们用毛巾把脸包住，以防被紫外线灼伤。

积雪越来越厚，已没至牛肚。牛已喘得如同拉风箱一般。雪光刺得牛泪长流，不抽它，它便一步也不想动。抽上几鞭，它们也只挪动几步，便又停了下来。

往达坂望去，那里不知何时已涌出一团白云，白云与冰雪相融，使人难以分出究竟是云还是雪。我是这么近地看到白云，也是第一次看到那么纯净的云团。

它像浓稠的奶液，缓缓地涌动着。

牛战战兢兢地走着。我们每个人都捏着一把汗，说话很吃力。四十多分钟后，我们终于上了达坂。

达坂上的雪很厚，没过了牛腹，牛一走过，牛腹便犁出了一道一尺多深的雪沟。

达坂的另一面，是一条红色的深峡，像是谁把土地狠狠地捅了一刀，正流出红色的血液。进入无名的红色峡谷，就进入了真正的无人区。

这里是叶尔羌河的源头之一。一线白水，时隐时现。在人烟稠密的地方，哪怕是一座小山，一条溪流，也有它的名字，好些甚至有它的往事和传说。而这条飞流而下、好多河段隐藏在深沟峡谷之下的神秘河流，却连一个名字也没有。它的石头、岸、河床与宇宙一样古老，留有远古的印记，却又使我们感觉它好像刚从天地间生出来——新得还没有一个名字。

我们在河的右岸行进。自过达坂，天就变了。天上阴云密布，时有雨雪。到处是不知深浅的沼泽地，一不小心，就有可能陷进去，我们只有尽可能地绕着山脚走。

无人区自然是鸟兽的天地，奔跑起来疾如劲风的黄羊，肥硕、憨态可掬的金黄色的旱獭，显得笨拙的狗熊，羽毛足有尺长的雄鹰，凶猛的猎隼以及成群的高原狼……但是一见我们，它们便迅速隐没了。留给我们的只有大地的寂静——一种亘古便有的令人不安的死寂——一切最细微的声响都被这种寂静扩音成了雷霆般的轰鸣。因此，牦牛踩在泥沼里的声音、我们的喘息、衣服的摩擦声都显得特别响。大家都默不作声，像是想听到除死寂之外其他生命的响动；又像是在承受，同时在抗拒着某种征服。人压抑得直想喊叫，但我们真的喊叫起来后，那声音反而显得柔弱无力，被寂静吞噬掉了。

雪山被阴云涂上了一层铁色，显得更加森然，使人总想裹紧衣服。

这多半天的路程已使牦牛老实得像一个刚入伍的新兵。我骑的牦牛一直走在前面带路。走过沼泽地，下了一处陡坡，我们便到了当天预定的宿营地——铁干里克——附近。这里离铁干里克还有一小时的路程，因为这里有一片草地，可解决牦牛吃草的问题，所以就选择在这里宿营。

骑了一天的牦牛，腿脚早不听使唤了，大家几乎是滚下牦牛的。

"铁干里克"用汉语翻译过来是"黄羊沟"的意思。我们没有看见黄羊，倒是听见了狼的嗥叫。在空旷的高原上，那声音显得格外凄厉，令人毛骨悚然。牦牛听到狼嗥声，本能地聚到了一起，围成一圈，屁股朝里，头角朝外，警惕地瞪着发红的眼睛，竖着耳朵，像一个准备随时为生存而战的印第安部族。

当夜色合拢，天地之间就只有那一堆柴火照亮的小小的世界了。在一段不长的时间内，我感到世界是如此的黑。我也第一次感到我们已远离人类，天地之间，我们是那么孤单，又是这么微小。我感到我们战胜不了任何东西，即使是一星尘埃，一缕清风。

烧起篝火的时候，我突然听到了一声鸟鸣，随着那声鸣叫，一只鸟从黑暗中飞到了我们的头上，然后栖在了离我们仅一米多远的一块石头上，转动着小脑袋，友好而又好奇地看着我们。当我们都转回头去看它时，它不但没有飞去，反而对我们又一次清脆地鸣叫了一声，像是在问候着久别的朋友。当我伸过手去，它往前跳了跳，啄起一粒米，跳到了一边。我怕惊吓了它，就把饭粒洒在它的身边，让它放心地啄食着。

"这里的鸟没见过人，所以不害怕我们。"

"不知道这鸟叫什么名字。"

"可能是山雀的一种，具体叫什么名字谁也不知道。"

大家不再去想那些狼，都来猜想和关心这只鸟的生活。我不知道这只鸟是因为忍受不了荒野的孤独，还是因为那无所不在的恐惧，才来到我们这里的。

鸟吃了米粒，又停在了那块石头上。无论我们说话、走动，它都不惊不惧。它对我们充满了朋友般的信任。

我们围着火堆取暖，有意把另一方留给它，它跳跃着，真往前凑了凑。

我不禁为人与鸟之间这种少有的和谐深深感动。在这荒野之中，我真正感到了生命的平等。我想，在这里，人与任何动物的命运都是一样的。我们对孤独和恐惧的感受一样，对和谐和信任的期待一样，对仁爱和和平的理解也是一样的。

昨夜的狼嗥折磨得大家都没睡好。

早早地又看见了那只鸟。我们出发后，它又跟着我们飞了好几公里路。同伴就说，它一定是只吉祥鸟，看来，我们今天的行程会平安无事。

果然，离开宿营地没两里路，山势便陡然一变，眼前突兀起一条覆盖着白雪的陡峭石岭。石岭经过数千年、上万年的风化，在山下堆集起了数里长的石坡。

前往吾甫浪是一段因山险水恶不能乘车、骑马，只能徒步和骑牦牛前往的孤寂而危险的旅途。这是在红其拉甫附近看到的一个山口

乱石累累，怪石嶙峋，许多巨大的石块凭空悬出，摇摇欲坠，像要随时准备砸将下来。不时有石流从山头滑下，发出巨大的声响。路的一侧，看不见河流，只听见轰鸣的水声，那水声如同雷霆在深渊中运行，震得大地战栗，让人心惊胆战。牦牛也被威慑住了，不时停下脚步，乍起耳朵，一脸惊恐。

我们想尽快走过这惊险的地段，但牛不依人，只得任凭它们在乱石中选路。我们全部从牛背上下来，牵着它们。现在我才知道选择牦牛作为代步工具的好处，原来它不仅耐寒冷、耐劳累、耐饥饿、力气大、脚力好，而且再高的山它也能上，再险的路它也敢走，再急的河流它也敢涉。它看似笨拙，实则非常灵活。

过了怪石坡，我们正要喘口气，突然看见了脚下的河流。同时，也看到了危险。因为脚边是万丈悬崖，悬崖下奔涌的河水掀起让人头晕目眩的白色水花。我目测了一下，那壁立的悬崖至少有 300 米高。而那路宽不盈尺，是一条由黄羊、雪豹踩出的小路。没人敢往路边看，即使偶有胆大者，飞快地看一眼后，也会赶紧把头抬起来。我后悔不该骑在牛身上，我真担心那细若游丝的小路载不动牦牛那数百公斤重的躯体。的确，它只要稍不留神就会坠落悬崖，让我与它同归于尽。我不敢想象自己粉身碎骨的情形。但现在连从牛背上下来都不可能，我在牛背上一动也不敢动，恨不得变成空气，让牛感觉不到我的存在。我不敢惊动它，因为骑牛人稍微一动，都可能惊了牛，使它失蹄不说，还有可能造成这羊肠小路上的拥挤，使其他牛发生慌乱。每一个在牛背上的人都屏息静气，像雕塑一样。空气好像要爆炸了；好像连风都停止了吹动，连云都停止了飘移，整个世界都满怀担忧地看着我们。时间一秒一秒地过去了，极其缓慢，好像每一秒钟都被无限地延长了。我尽量使身体在牛背上保持平衡，甚至可以清楚地听到自己的心跳声。

一步，又一步，我浑身冷汗淋漓，牛身上也湿漉漉的，不知过了多久，我们终于走过了那段险途，来到了铁干里克。

对面是一座铁色的、直插青天的高山，冰雪覆盖，云雾缭绕。我们必须下到铁干里克谷底，爬到那座山的山腰，然后从山腰处下到北其牙里克河边，顺流而行，直到再勒阿甫，才能结束今天的行程。

下到铁干里克山谷的路不太难走，但上山的路异常难行。同样是一条"黄羊小道"不说，还有风化的漫山碎石，人和坐骑往上走四步，就要滑下来三步。有时一不小心，就会滚到谷底。那些石头尖锐锋利，走了没有多久，我们的膝盖、手、手臂和脸全都伤痕累累，牦牛的蹄子和脚腕也是血迹斑斑。而前面的路更加陡峭，其实那里已根本没有路了，只有一线模糊的黄羊走过的灰白色痕迹。一边是高耸入云的雪峰，脚边是更加突兀的悬崖，有些地方甚至崩裂开了数尺宽的裂缝，那一面山体似乎随时要崩塌下去。因为无别的路可走，我们只有在那裂缝间行进。走在裂缝里，像走在末日里一样，觉得一点希望也没有了。

三个多小时过去了，我们带着满身伤痕，终于爬到了半山腰。雪线就在身边。俯视山谷，四五丈宽的北其牙里克河现在看起来像一根丢弃在峡谷里的白线。下山的路更加陡峭。当大家到达北其牙里克河边时，每个人都出了口长气，用衣袖擦着脸上的冷汗。

河水发出不可一世的轰鸣，裹着雪团，挟着冰块，翻着白花花的浊浪向前涌去。

我对牦牛过河有些怀疑。但凭着自己生在南方，懂些水性，便小心地把牛赶下河。河水淹没了牛腹，牦牛一边抵抗着河水的冲击，一边用四脚在河底探着路。据巴亚克讲，只要河水不进牦牛的耳朵，牦牛在水中就稳当得很，而一旦水进了它的耳朵，牦牛在水中就会失去控制力，被水卷走。

行了没有一里的路程，两山像是聚拢了，晦暗阴沉，再也见不到阳光，冷风飕飕地迎面扑来，让人感到了阵阵寒意。抬头看天，仅余一线。要看山顶，不把帽子望掉是看不见的，而有些地方即使望掉了帽子，也看不到山顶。两座山像两个勾肩搭背的亲密汉子，我只能看到他们那由岩石组成的腋窝。

我们终于到了十八峡的第一峡。我问向导，这些峡谷都有名字吗？他说原来没有，包括两边这么高的山，都没有名字，只统称为喀喇昆仑山脉。峡谷的最窄处不足一丈，最宽处也不过四五丈。两边悬崖突兀，峭壁千仞，河水刺骨，激流飞溅，叫嚣喧腾之声在峡谷中回响，让我们感到雷霆就在身边轰鸣，那种不可战胜的力量即使天神闻之也会战抖。我们就在这大地的缝隙里行进，不停地来回渡河，过了一峡又一峡。每过一次河都是一次考验，每过一峡都面临着未知的新的险情。

只有巴亚克精神最好，他满意地嚼几口干粮，唱几句歌。我听出那是"柔巴依"（意为四行诗）的曲调。巴亚克原来一句汉话也不会说，当了二十多年向导，给很多人带过路后，汉话已讲得很流利了，我听出了他歌词的意思：

祖国的土地就像所罗门王的宝座，

祖国的每根刺都像紫罗兰的花朵，

优素福在埃及做帝王时的豪华，

也远远比不上故乡穷窝里的恩泽。

所罗门是古以色列——犹太王国的国王，相传他十分富有，有黄金铸成的宝座；优素福是长诗《优素福与祖莱哈》中的男主人公，曾在埃及为王。巴亚克唱的"柔巴依"，在东方文学中是一种重要的创作体裁。而塔吉克民间历来有创作"柔巴依"之风，有很多作品流传。塔吉克民间的"柔巴依"有专门的曲调，在同辈人的聚会上，一人操琴，座中人便逐一在乐器伴奏下吟唱自己编的"柔巴依"或流传下来的"柔巴依"，形成对唱；青年男女在幽静处倾吐爱慕之情时，也常用"柔巴依"传言；牧人或行路人也常常高诵"柔巴依"，借以排遣旅途的寂寞。塔吉克民间"柔巴依"的格律一如汉族人的古典诗歌，四句一首，结构紧凑，每首阐述一个思想，简洁明快，意味深长。

休息了20分钟，我们继续前进，过了最后一道峡谷，我们看到了横亘在峡谷口的一列雪山和映在雪山上的淡红色的晚霞，前面便是我们当晚的宿营地——在勒阿甫。

作者骑牦牛前往乔戈里

北其牙里克河在这里汇入克里满河，两河交汇，河面一下变得宽阔起来，水流也更加湍急。克里满河横在我们面前，挡住了我们的去路。

牦牛被河水冲击得摇摆不定，我们根本控制不住。我往水面一看，当即觉得自己和自己所骑的牦牛已被大水冲走了，头一下子眩晕起来，觉得自己身不由己地要栽到河水中去。这时忽然听见同行的老任大声喊叫道：谁也不准看河面！抓住鞍子，踩牢脚镫，只管盯着河岸，只管抬起头来！我得了提醒，赶紧把头抬起来，水已淹至牛鞍。一会儿，就只看见牛头还露在河水外面，冰凉刺骨的河水已淹到我的腰部。河水冲击着牦牛，牦牛多次打战，多次差点被水冲倒。还有几次，我感觉牦牛在水上漂了起来，被水带着飞快地往下游漂去。但勇敢的牦牛总是在我绝望的时候踩实了河床，我也尽量保持镇定。靴子里全是刺骨的河水，衣服早就湿透了，身体像在冰窖里冻着。好在大家有惊无险，平安地到达了河洲上。

河洲上长满了红柳，红柳间满是肥美的牧草。

这里是中巴界碑间的地段，所以中巴双方的军人都把这里作为巡逻的宿营点。这里有巴方军人用石头垒起来的用来防风的石墙，石头上有用英文和乌尔都文写的留言。还有燃烧篝火留下的灰烬、木炭、柴头，以及一些牛羊的骨头和弹壳等东西。这是我们翻过吾甫浪达坂以来第一次看到的人类最明显的踪迹。

因为河水把衣服打湿了，大家把牦牛身上的鞍具卸下来，就忙着去捡枯死的红柳枝，在石墙后烧火取暖。

除了防水的睡袋，我们所驮带的东西几乎全被打湿了。我更惨，我带的相机进了水，根本使用不成了。我看着湿漉漉的相机，像泄了气的皮球，坐在那里，再也不想动了。

"色克布拉克"的意思是"温泉"，这是一个唯一能让人产生温馨感的地名，我们每个人都怀着一种特殊的感情想象着它，有人已想着怎样去泡一个澡。它诱惑着我们早早地出发了。

我们顺着克里满河河岸走了一个多小时后，路在不知不觉中抬升起来，我们走在了陡峭的断崖之上。中国与巴基斯坦以河为界，山是一样的焦枯——好像是在火中焚烧了几千年后才被造物主放置在那里，有一种永远不会冷却的灼人的温度，有一种让人绝望的气息——而天空也是一样的颜色，阴晴变化一点也不管人们怎么划的界线。的确，一切界线都是人为的，它是人类克制自己欲望的需要，也是人类不能把握自己的表现，更是人类内心隔膜的象征。

又得过河。但以前下河的路已经没有了，大地被河水活生生地切去了好大一块。原有的路已没了踪影，只有断崖和悬着的巨石。这里河道狭窄，河水湍急，我们尽量傍着河岸走，但好些时候河水还是淹到了牛鞍。

大家都走得很急，因为挨近中午，上游融化的冰川的雪水马上就要涌来，只要天气暖和，便会与大海涨潮一样准时。

我们顺河走了近四公里路，河面才稍宽了一些。我们也看到了一处稍经修理便可爬上去的陡坡。

轰隆隆的河水声震撼着高原，激荡着河谷，从远方传来，越来越近。紧接着，清澈的河水浑浊了，水位一下子增高了许多。这些沉默的冰山，只需融化掉自己小小的一部分，就足以撼天动地。而天空是如此晴朗，使你觉得这些涌来的大水一点也不真实，因为它与天空没有任何关系。

我们都有些吃惊，而更多的是侥幸——侥幸在洪水来临之际赶到了岸上。

上了陡坡，河的对岸便是巴基斯坦，对岸的山离河较远，从河岸到山下是一川荒野，比较平坦。而中方的路则蜿蜒在悬崖之上，形似犬牙的石山从河岸直刺云天。没有一棵树，许多地方甚至没有一棵草。只有流石不时滚落下来，在河中击起丈余高

一位年轻的母亲和她的孩子

的水柱。我们一边走着，一边小心翼翼地提防着那些不时滚落下来的石头。

正在这时，我们看到了好大一群刚在河里喝足水、正慌乱地向山上涌去的黄羊。

黄羊在悬崖上奔跑起来如履平地，所经之处，乱石滚滚，黄尘弥漫。被它们踩松的石头不停地滚进河里。

黄羊消失在山的另一侧后，我们彼此之间继续以三四米的间距行进，把脚下的路、包括生命都交给了牦牛。大家脚尖点着脚镫，以防牦牛受惊或有牛滚下山时逃生，眼睛则死死地盯着山崖。我手心里全是汗水。因有极大的危险，我心中早已忘记了河水的咆哮和脚下道路的险要。

13公里路程，我们竟走了五个多小时！

平安地过了飞石路段，我们都松了口气。但没走多久，我们意识到那口气松得早了点。走了不到一个钟头，前面一条飞流直下的河水拦住了我们。那水流非常急，斗大的石头一推下去就冲走了。牦牛一次次下去，又一次次慌乱地退回来。巴亚克急了，决定让驮东西的牦牛先过去，但这些牦牛往前走了几步，也马上退了回来。无奈之下，我们只有沿河而下，寻找河宽水缓的地方。沿河走了一里多冤枉路，才找了一处稍宽些的地方。巴亚克先过河，把背包绳甩给我们，然后把我们一个个拉到了河对岸。

夜幕降临，我们在月光和雪光映照下继续前进。月近中天时，我们终于到达了色克布拉克。

一路想象了很多的温泉被夜色掩盖着，只有隆隆响着的水声和月光下树林朦胧的剪影。但我们仍然闻到了水草和树叶散发的香气。

解鞍之后，看看表，已是夜里12点钟。

明月当空。四周罩着薄薄的水雾。篝火燃烧起来。林中不知名的夜鸟被火光惊飞，鸣叫着消失在蒙蒙的月色里。

大家已忘记了疲惫，都有些莫名的兴奋。巴亚克甚至在篝火前跳起了鹰舞。他舞姿健美，风格淳朴，步法矫健灵活。他乐观的天性感染了我们，大家也跟着他胡乱舞蹈起来。

大家吃了一些东西后，纷纷跑到温泉泡起澡来，一入水中，便觉浑身通泰。当晚那一觉睡得格外舒服。

天一亮，大家就钻出睡袋，迫不及待地向四处看去。沿沟两侧约20米之间的地域长着古老的胡杨和红柳，沟两侧是被水冲出的累累巨石。那一溪温泉泛着白浪在茂密的丛林里时隐时现。还有一株古柏，挺拔在距水两丈高的石岩上，高约三丈，粗约十围，根如盘龙，苍叶虬枝，有如临泉而居的高人雅士，这是我在帕米尔高原第一次见到柏树。这溪由数股温泉汇成。这条绿色林带长约三公里，从泉眼一直延伸到河岸。

我们趁早饭前的机会匆匆游览了温泉胜境，便整好行装，继续出发。

出发前，巴亚克介绍了当天的路况。他脸色严肃地说："今天有很长一段路程是在栈道上走，其余路段也大多在悬崖峭壁上。稍不小心，便有危险，所以大家不要骑牛，人与人之间至少保持两米左右的距离。"

果然，走了不到两里路，路就没有了，一道三十多米高的陡壁拦住了我们。用了两个半小时，我们才把路凿通。

爬上陡壁，我们发现不知是谁用石头垒了两个高台，每个高台上各放了一具盘羊的头骨。不知这高台垒了多少年了，盘羊的头骨已经风化，只余下盘了三卷多的粗壮的羊角。牛头和羊头是塔吉克人心中的图腾，可以避邪驱灾，保佑他们逢凶化吉。

然后我们看到了挂在悬崖峭壁上的栈道。我们牵着牦牛，手脚并用，小心地一步步往前爬着，好像是在一根钢丝上行走。

克里满河乱石累累，白浪滔天。巨大的水流的轰鸣声震得山摇地动。河岸上堆积着无数被摔死的黄羊和牦牛的白骨。这是高原，海拔很高，走路本来就很吃力，何况是这样的险途。我们尽量不看河底，尽量不看河岸上的白骨。

我感觉携带的枪弹越来越重，胸闷气喘，头也有些眩晕。前面便是栈道，看起来，那的确是一条路，但格外危险。那栈道是在峭壁上先凿了石洞，再横穿着碗口粗的木头，然后，再在木头上铺上木板、杂树之后，再铺上石头。由于已有十几年时间，有些木头已经朽烂了，好几处有了脸盆大的窟窿。所以，我们只有尽量靠着石壁走。

我现在更加佩服这些看似笨拙的牦牛，它们是那么机灵、聪明和勇敢。它们无畏地走在我们前面。它们对脚下的路似乎有一种天然的感应，知道何处可以下脚，何处绝不能行走。它们的体重是人的好几倍，所以只要那栈道能承受它们的体重，我们跟着它们走，就绝对是安全的。

但还是出事了。一头驮运给养的牦牛身体失去了平衡，跟跄了一下，一头栽了下去。我们只听见它发出了一声短促的哀鸣，便已在乱石堆里成了一摊肉泥。远远看去，像一朵骤然开放的红花。

我们停住了，心里涌起一阵悲伤。牦牛们都停下来，望着悬崖下遇难的同伴，

一位塔吉克母亲和她的女儿在简陋的家门前

也像是在默哀，有两头牦牛还低哑地叫了两声。

一个多小时后，我们心惊胆战地总算走完了栈道。而我仍觉得自己身体的重心在向路的右侧斜，觉得脚下仍是晃晃悠悠的栈道。过了里斯马姆后，前面的路虽然很艰险，但我们已不觉得了。渡过了阿克吉勒尕河，翻过一个隘口，路好走了一些。

河水声越来越大，那是克勒青河的水声。克里满河也就由此汇入克勒青河。

我曾经想知道帕米尔高原上很多地名究竟是什么意思，但很多地名本来的意思连这里的乡亲也说不确切，好像只有远古的风雪知道了。卡拉苏、阿然保泰、卡拉其古、明铁盖、托克满苏、克克吐鲁克、帕尔哈德、苏巴什、色勒库尔、答布达尔……这些地名读起来就像一曲残了的古典乐章，散布在这些冰峰雪岭、山川河谷之间。一叫它，就拨动一下你的心弦，然后戛然止住，让你只能在遗憾中回味和联想。

到傍晚 8 点 40 分，我们看到了一片开阔的沙滩地。那就是吾甫浪。

这一带的山以棕色和铁锈色为主，只有三座山上堆着些凌乱的积雪，山上悬着的天空依然湛蓝，云白得如同刚从苞蕾里绽出的棉花。高空中偶尔会出现一只鹰。荒岭间不时可见到一群不慌不忙的黄羊。如果没有河水拍击河岸的声音，一定可以听见阳光的倾泻之声。但主要的感觉，还是令人绝望，这块被遗弃的地方所呈现的完全是世界刚刚毁灭时的景象。没有人能打破这里的死寂和秩序。

牦牛已饿了两天。这里除了河岸沙地上偶有一丛丛生的节节草之外，再无别的植物。这种草牛闻都不闻，它们的肚子已饿得塌了下去。就凭这一点，这里也不是久留之地。

我们只有改变计划，向塔吐鲁沟进发，寻找到水草后，再设法向乔戈里方向前进。

走了不久，我们发现了一片草地，还有一小股温泉，几株胡杨，数丛红柳。

大家像发现珍宝似的欢呼起来，这是一个很好的宿营点。

如果顺利，从这里可以到达新藏公路的麻扎达坂下，这条通道极少有人的踪迹。

有了可供落脚的宿营点，我们继续向塔吐鲁沟前进。前行的道路不时闪出一道宽数十米、深达上百米的深谷，那是山洪冲刷而成的，我们只有绕到深峡的上头，才能过去。就这样，十来公里路我们走了近一个上午。然后，一道深不见底的峡谷再次拦住了我们。我们想了很多办法，都没能够过去，只好返回，在断崖上凿路，下到河岸。又前进了两公里多，克勒青河猛一拐弯，河床变窄，河水深达数十米，咆哮着冲击得河岸打战，水沫飞溅，白浪翻涌。我们再次停了下来。往上游河宽处寻找渡河点，但牛没走两步，水就没到了鞍部，牛没命似的只管回头往岸上窜。最后，我们只好放弃。

英国探险家扬·哈斯本曾经来过这里，并渡过吾甫浪河。他是一名英军驻印度密拉特龙骑兵近卫队的军官，这自然使人怀疑他探险的纯洁性。但他在《帕米尔历险记》中所记叙的有关这片高耸于尘世之上的高原的一切还依然如故。山脉、冰河、荒原、天空依然是那样荒凉。

到不了塔吐鲁沟，我们只好返回。没有到达目的地，就如同一场战役只打了一半一样，大家都有些丧气。

但第二天凌晨气温降低了，下起了大雪。当我们从帐篷里钻出来，到处已是银装素裹。我们都很高兴，感到上天有意在帮助我们。这样的天气正是我们所盼望的，因为气温一下降，积雪不再融化，克勒青河的水位就会下降，我们就可以继续向乔戈里峰进发。

我们在渡克里满河时，感到河水流量明显减小了，心中便对到达乔戈里峰脚下充满了希望。从吾甫浪到乔戈里峰脚下都是海拔5000多米到6000米以上的冰山，无路可以通行，凭徒步很难到达。

12时许，我们到达了克勒青河河边，但见河水浑浊，河宽处近百米，最窄处也有35～45米，一米多高的恶浪裹挟着冰块，裹着雪团汹涌向前。整个河流如一只出笼的猛兽，显得不顾一切，不可一世。

我们选了第一处渡河点，把准备好的绳子接起来，系在腰上，但往河里走了没到五米远，河水即淹没了牛鞍，牦牛被河水冲得站立不稳，死活不肯再前进一步，大家只好返回岸上。我们又寻找了三处渡河点，但都因河深水急，渡河没有成功。我们仍不死心，溯河而上，希望能找到一处河宽水缓的地方试试。往上游走了半个多小时，终于在北纬36°34′47″、东经75°55′48″处，发现河水被分成了三股。我们不由得一阵高兴。涉过前两股稍平缓的河水后，在下午4时30分，我们就着河水咽了两块压缩干粮，然后开始渡第三段湍急的河流。我们用塑料袋把牛耳朵堵住——以免河水灌进去，然后，相互用绳子拉着，小心地向河里走去。走了近20米，接近河心的地方，水位一下子高了，牦牛在河里慌乱起来，差点把巴亚克甩进河里，好在他已富有骑牛经验，一看情况不好，使劲将牛绳往上拉，最后终于到了对岸。我们后面的人沿着拉在河两岸的绳索，都渡过了河。

我们烧起篝火，裹着大衣，烤被打湿的衣服。这一路，我们已好几次不得不赤身裸体了。但这次感觉更不相同，身边就是漫山遍野的雪，寒风从河谷里呼啸而过，即使有火，大家也冻得直跳。

前面纯粹没有人的踪迹，也没有路了，连"黄羊小道"也看不见了。脚下是咆哮的冰河，头上是连天绝壁，连天绝壁之上是倒挂着的、不知多少年的冰柱，再往上是高耸云天的冰峰雪岭。冰河和来自冰峰雪岭的寒冷从上下袭击着我们，永不停歇的风在峡谷中来回冲撞着，鬼哭狼嚎一般。自我们进入峡谷两天以来，就很少看见日头。其阴冷刺骨如在地狱。

第三天下午，我们看见了远处海拔8611米的乔戈里峰。看到了她俊逸的身姿，夕阳的笼罩使她显出几分虚幻和神秘。她是我梦想中的山峰。在我心中，她是一位威严中透着慈祥的母亲，正看着我们这几个向她走近的孩子。而我没有想到的是，我还看见了另外四座高山，回来后我通过查找资料，知道它们就是格夏布鲁姆群山，其海拔均在7800米以上。在这里，我可以很清楚地看到冰川，非常遗憾的是，我的相机已不能用，无法在我的镜头中留下冰川那雄伟壮丽的身姿。

当晚，我们就在雪山下宿营，嚼了根火腿肠，吃了块压缩干粮，就扒开积雪，钻进了睡袋里。在轰鸣的河水声中，在从远处传来的狼嗥般的风声里，在寒意凛冽的月光下，我们枕着荒野入睡了。

那天晚上太冷，我们根本没有睡着。大家裹着大衣，睡在睡袋里，还是冷得直哆嗦，没有办法，就只好天南海北地扯着家常，好容易挨到了黎明。天刚亮，我们继续向乔戈里峰前进。冰雪越来越厚，山势更加险要，路越来越难走，大家磕磕绊绊地走了六个多小时，山势猛然变得陡峭，它们好像是突然扑到我们面前的，两山对峙，壁立如剑，抬头仰望，雪峰林立，冰山巍峨，冰川高悬。克勒青河挟带着浮冰，从两山间汹涌而出，河浪飞溅，两岸的峭壁上的水沫把岩石染成了铁色。

这里，不等到河水冻结是根本过不去的。我们在河岸徘徊了很久，才无可奈何地决定撤回吾甫浪。当我们每个人都尽了最大的努力，用尽了最后一丝力气，沿着原路走出了吾甫浪沟；当我又闻到久违的牛粪烟、烤馕和奶茶的香味，看见在金色的草地上安静地吃着草的羊群、奔跑着的小马和牧民的帐篷，听见牧羊犬的吠叫、塔吉克少女动人的歌声和婴儿的哭泣声时，我觉得自己重又回到了温暖而又亲切的人间。

传说之马

帕米尔高原这样纯净的地方是诞生传说的地方，也是产生原初之梦的地方。在这梦想产生之地，我最希望梦到的自然是传说之马。我希望它从传说中奔驰到我的梦中来，再通过我的梦在现实中复活。

我曾梦见自己在被雪峰映照得微明的子夜，屏息恭候它的到来。但我即使在梦中，也无缘见到它。虽然世界在那里被一种清爽的气息所充溢，一切都带着远古的芳香，我梦到的仍只是马匹零散在无数道路上的寒骨。

过去，只要有道路的地方，就能听到马的嘶鸣，铁蹄所到之处，道路也随之诞生。道路是马的生命，马是道路最纯洁的血液，二者相互依存。所以，我头脑里的传说之马始终奔驰在传说的道路上。

而现实早已把传说之马彻底地驱逐到了道路的一侧。过去谈良马，而今说名车。除了怀有古典情结的英雄外，恐怕就只有面目全非的草原和已经荒芜、废弃的古道还在怀念良马了。

马作为动物中的俊杰，毫无疑问被现代文明伤害得最为彻底。而在过去的时空里，马一直以其驰骋之姿承载着人类的历史和文明。直至近代，我们还可以听见它们在烽火硝烟中的嘶鸣声。翻开任何一个民族的历史，除了听见马所创造的文明的回音，看到刀光剑影的征杀，闻到血腥的哀号和弥漫的尸臭，我们还无法回避马匹疾驰的身影，无法不听见它们席卷苍茫时空的暴风骤雨般的蹄声，无法

这是塔吉克人赛马叼羊的场景，道路是马的生命，马是道路最纯洁的血液，帕米尔高原是诞生传说之马的地方

不闻到弥漫在每一页史书上的马类的气息。

马曾经以奔驰的方式踏出了"马路"——人们至今仍以其名称呼宽阔的大道。文人雅士歌颂怀念或以其自喻的文字更多,伯乐就因相马而留名至今;曹植的《白马篇》更是脍炙人口;昭陵六骏至今风采依然。

即使在这曾经蛮荒,至今仍旧僻陋的遥远高原,看着迎面扑来的黑色柏油路,我仍可听见清脆而急促的马蹄声,仍可看见马们矫健的、梦一样远去的身影。

我自小生活在内地,少见良马,我脑海里良马的形象,大多来自于想象,但我一见到这匹叫兴干的退役军马,就觉得它是从我的想象中复活的。

"兴干"本是一匹传说之马的名字。说是很久以前,塔什库尔干本没有山。这里是一片鲜花盛开的美丽草原。那时,圣人阿里就住在这里。他有一匹神马,这马每次来草原上吃完草后,总是自己返回,随时准备奉圣人之命而驰骋四方。但是,有一次却发生了意外。那天当这匹神马来到草原吃草时,被魔鬼诱惑,吃了昏睡草后沉沉睡去,未能按时返回。阿里非常愤怒,遂变出兴干山,将神马置于其上,将其变为石头。

这匹石马位于江格拉克东边那座高山上。从塔什库尔干出发,东行约15公里,有一座陡峭的高山,山腰处有一块马形的山石。石马鞍辔齐备,俊逸潇洒,风骨毕现。这座山山石光滑,石色发黑,这匹石马却纯洁如玉,而且石马周围再无杂乱的石头。这里已被塔吉克人视为圣地,他们将此马奉为神马,人们经过这里都要虔诚地仰望神马祈祷。

我觉得这匹叫兴干的退役军马与传说之马有某种血缘关系,希望它就是传说之马在现实里的复活。

这匹已经退役多年的老马自从解鞍卸辔以来,便落落寡欢,不甚合群,常独自出没于荒滩戈壁之间,隐迹于旷野深处、河流源头。

我从红其拉甫达坂下来看到兴干时,它正伫立在向南的高冈上,雕像一般。高原的冷风使它的长鬃飞扬,像飘忽的火焰,背后是晶莹的雪山,脚下点缀着几片残雪，封冻的红其拉甫河从高冈上绕过。它凝望着湛蓝的天空，似要看透宇宙的隐秘。

看见我们的汽车，兴干先友好地嘶鸣了一声，接着，便跟着汽车飞奔起来。

司机告诉我，这匹马老想与汽车赛跑，它总想赛过汽车。以前，还可以，不过，现在它老了，已显得很吃力啦。

我看着兴干飞奔的身影，在心里说，它还没有老，因为它还在战斗——与我们乘坐的有四个橡皮轮的对手战斗。它要从这战斗里夺回马类的尊严，重现马类的辉煌。

在好几个地方，兴干超过了我们的汽车。它像一支带着红色焰火的箭，挟着风和烟尘，嗖嗖地向前飞去。

我想安慰兴干，就让司机将车开慢些，但它似乎敏感地意识到了。它受了轻慢和侮辱似的停下步子，以"士可杀不可辱"的凛然之情看着我们。

我觉得我的内心被什么东西重重地击了一下。

在连队那两天，我总想靠近兴干。它在马厩外立着，长鬃凌乱，风骨清瘦，神色孤傲，目光中流露出难以掩饰的忧郁。见到我，它慢慢地踱开了，然后前蹄腾空，猛地立起来，对天长嘶一声，一溜烟似的消失在了高原的暮色里。

一位少校告诉我，兴干像一名耐不住寂寞的老战士，总想显示一下自己的本领，总想再去冲杀一番。

我说，我从没看出兴干已经老了。

少校说，每匹军马都有服役年限，兴干已超期服役七个年头。他来时，它已在这个团，他骑着它巡逻过，很多次，上头决定让它退役，但他们一直请求让它留下。他们已联名为它请求过好几回啦。他们实在舍不得它。

军马退役后做什么呢？

大多卖给牧民。

少校接着说，这匹马不但行如疾风，而且非常勇敢，很通人性。前年，战士哈米提骑着它去放羊，遇到了七只饿狼，哈米提忙着收拢羊群，它则冲上去用自己的铁蹄与群狼搏斗，一直将群狼击伤击退。还有一次，突遇的暴风雪使巡逻分队在群山间的雪原里被困，是它飞奔回连队报信，使分队获得了援救。每次参加塔吉克民间的赛马会，它总是一马当先，次次夺冠。

我不知道一匹驰骋于边关的军马被罢黜为牧马后会是怎样的一种心境。

我在连队那两天，经常去看兴干。我们慢慢地熟悉了，它会过来跟我亲近，打着响鼻，用头蹭我的肩，或用粗糙的舌头舔我的手。开始，它一见我，总会长嘶一声，前蹄腾空，飞奔一阵，然后再回来，在我身边转几圈，很像老廉颇在证明自己还能吃饭。

临离开红其拉甫前往卡拉奇古的前一天，我决定骑兴干出去转一圈。

我打量着兴干，它也打量着我。

我提来了马鞍。当我把鞍子搭在兴干背上时，它的肌肉战抖了好一阵，四蹄因为激动而不停地轻叩大地，像要把大地从梦中叩醒。

我翻身上马。一出营院，其他马便飞奔起来，急促的马蹄声踩碎了高原的宁静。兴干似乎知道我的骑术一般，先是踩着碎步，然后小跑，然后才慢慢快起来。此时，其他马匹已跑出两里多路。我开始以为它真的跑不动了，我在心里叹息了一声。

不想兴干已在不知不觉中加快了速度。当它飞奔起来，我竟没有感觉，那么平稳，像是在空中飞翔。高原风呜呜地掠过耳畔，褐色的大地嗖嗖地向后隐退，一列列雪山如从眼前划过的银色闪电。其他军马都被它很快

我的忘年之友鲁斯塔木永远是个自由的骑士

甩在了后面。

我觉得我是骑在一团红色的火上，我突然想仰天长啸。

兴干将马的力量发挥到了极致。我给予了它重新显示力量的机会，它对我格外感激。它似乎显得年轻了。

而军令是冰冷的。既然每年都有士兵离开军营，就不会在乎一匹确已衰老的骏马。

离开连队时，我去向兴干道别。我给它添上玉米和牧草。它嗅了嗅，很慢地、礼貌性地咀嚼了几口便抬起了头。它微垂着眼睑，像要忍住惜别的泪。我觉得它突然之间衰老不堪。这时我也忍不住眼里的泪水。我感到，惜别和衰老一样，都使人忧伤。

后来我专门写信去边防连询问兴干的情况。连队回信告诉我，我离开不久，他们就没有再见到兴干。他们四处寻找，也没见到它的踪影。后来，只有几位牧民传说他们看见过一匹红棕色的马闪电样从雪原上划过，马蹄声脆，常常踏破高原死寂的黎明。

我想，兴干也许为了维护一匹战马的尊严，保持一匹良马的晚节，隐遁到了荒原的深处，隐遁到了雪线之上圣洁的冰峰雪岭之间，隐遁到了同样充溢着静谧和苦难的尘世之外，重新化作了石头。

也许，马早就意识到了自身难以摆脱成为传说的命运，所以它在那时就给自己在江格拉

三个柯尔克孜女人

克塑好了遗像。那遗像之所以塑在了遥远的帕米尔高原，是因为它知道，只有这样荒僻的地方才是它最后的家园，也只有在这样的地方才能干净地走向死亡，才能在临死之际尽能地靠近自然，接近天堂。

我曾见过一名正在朝拜的塔吉克老人，他骑着一匹枣红色大马，风尘仆仆，显然走了很长的路。他那无论是行走还是站立都分开着的双腿，证明他已是一名老骑手了。一问，他果然已 78 岁高龄，但他的身板硬朗，步伐矫健，白发飘然，声音洪亮。他说他是专程从 300 公里外的木吉乡赶来祭祀神马的，他每年都要来一次。他还告诉我，他 8 岁学习骑马，没到 9 岁就开始跟着父亲骑马放牧，踏遍了帕米尔的山山水水。从那时起，他就几乎与马形影不离。

我觉得，马是他生命的一部分，他本身就是一匹奔驰了一生的老马。

老骑手在山下铺了一块毡子，拿出随身带的干馕和酒，要请我。我看到他的食品不多，就婉言谢绝，但他非得给我敬了酒才作罢。

他还要待好几天，他说他要听到神马的旨意后才能离开。我问他是否听到过神马的旨意。他说，听到过，神马曾对他说，马是随着英雄诞生的，英雄没有了，马就该隐退了。神马劝他们这些骑手不要为此悲伤。

我相信这话出自神马，老骑手只是个转述人。见他已入定般面对神马坐好，我悄悄地退开了。他的枣红色大马站在他的身后。

世界一片肃穆，我感到大地之间已被一种纯净而崇高的东西笼罩了。

我突然醒悟过来，老人的行为不再是对某种神圣的崇拜，而是两种灵魂在飞升中跨越了无边的时空，正无声地融合。

母与子

永恒之马化为石，化为马的纪念碑。神在无意中让马永恒了。

我凝望神马，隐隐约约感到了某种昭示——英雄也许不会与马同时灭绝，但离马灭绝之期不会太远。

不可否认，马正在成为一种牲畜，一种传说。

爬上帕米尔高原后看到的景色

喀喇昆仑之书

叶城的气味

每个地方都有每个地方的气味。对于我而言，有时候，与其说是凭地理方位分辨一个地方，不如说是凭气味把某个地方同其他地方区别开来。

我以此分辨出哪些地方值得留驻——即使这里无比简陋，没有可以欣赏的风景，但这里也会出乎意料地给我另外的东西，比如遇到一个有意思的人，一件有意思的事，给我一个从没想到会做的梦……

叶城泥土的腥味似乎永远不可能消退，这是乌鲁木齐到和田的公路穿城而过造成的。来来往往的车辆呼啸而过，不但把长路上带来的尘土抖落在这里，还把那些已经落定的尘埃卷起来，加之这里本来干燥，灰尘本来就多，这座城市就只有常年被尘土笼罩着，成为一座尘土中的城市。尘土的腥味也就成了这座城市的气味。

因了这尘土的气息，这城市在我的感觉中，更像一个徒步而行的旅者，已走了很长很长的路，又渴又累，疲惫极了，风尘仆仆地在这里停了下来，准备喘一口气后，继续前行。这里的一切都是模糊的，显得不确定——房屋、街道、树、摊点都像临时拼凑起来的。所以叶城给我的是一种随时要上路的感觉。

叶城有些过于简朴了，比一顶便于驮走的游牧人的帐篷还要简朴。

这使我感到更加亲切。相对于高原来讲，这里的尘土代表的是人间，是尘世。

闻着叶城尘土的气息，我可以更清晰地想起藏北高原、喀喇昆仑山和帕米尔高原。那种令人敬畏的高度，那些高悬于云彩之上的地方，那些人神共居、人神相通之地所给予我的神圣而崇高的震撼，使我不知道该以何种方式去仰望那一切。

但我终于可以放心下来，我准备好好地睡一觉。不想躺到床上不久，就做了一梦。梦境开始有些纷乱，如20世纪六七十年代四川乡村晒坝里放的电影，由于技术原因，常常会放出一些莫名其妙的镜头。不久，梦境开始变得有序起来。那个邂逅的老者就是在这个时候出现在梦境中的。他穿古人衣服，牵一匹瘦马，腰上挂一柄锈迹斑斑的宝剑和一个金黄色的酒葫芦。

他在我跟前停住，喝了一口酒，问我："壮游于山水，知山水乎？"

我点点头，又摇摇头。

"你岂敢点头。圣人言'知者乐水，仁者乐山'，你非知非仁，乐什么呢？"

叶城巴扎一角

"乐于行。于行走中向山水求知求仁。"

老者嘻嘻一笑："吾与点也。"

"难道您是圣者吗？"

"吾乃村夫子。"

"二月过，三月三，穿上新缝的大布衫。大的大，小的小，一同到南河洗过澡。洗罢澡，乘晚凉，回来唱过《山坡羊》。这是鼓瑟的曾皙回答圣者的话，如您真是村夫子，您就能把曾皙的话理解得最准确。"

老者又是嘻嘻一笑。"'乘物以游心'，山川景物不是僵死静止的，而是充满灵性，蕴含着高深的哲理。你只有把它当作灵性之物，才能感悟到山水的广阔，景象的无边，宇宙的博大。而你只把山当作山、水当作水了，没有把它们作为生命。所以，你得到的知和仁是有限的。"

"你指点得非常对。"

"不过你对山水还算尊重，对行旅还算虔诚。'驾言出游，日夕忘归'，你已数月未返了。亲近自然之人，流连山水之士，当是有福的。对山水的寄托，滥觞于先秦，发展于两汉，风行于魏晋、盛唐，其或多或少都暗含着自己的入仕之心。你漫漫行来，倒是为何？"

"仅乐于行。"

老者看我良久，问："饮酒乎？"

我接过酒葫芦，猛饮一口，说："好酒，有'伊力特'之味。"

"看来，山水已给你甚多，'曳裾诚已矣，投笔尚凄然'。你如今无一室一居，一桌一椅，'丈夫三十未富贵，安能终日守笔砚'？至少，也得有个避风之处，可安一桌一椅。"

"我命如一萍，而路是载负它的河水。我一旦停下，必然水竭河枯，浮萍萎黄。天地之大，石头累累，略高者为桌，略低者为椅，足矣。"

"善哉！壮游之后，为文乎？"

"然也。"

"记叙山水，尤为不易。即使山水诗最高成就之谢灵运，也因山水千变万化之姿态，而竭智殚虑，为求精确描绘，不得不运用大量繁缛辞藻。何况冈底斯、喀喇昆仑、葱岭，以致天山，皆大景象，无不险峻刚毅，铁骨峻峥，风姿卓然，气势磅礴，很难传达。"

"大必笼天海，细不遗草树。"

"善哉善哉。老夫上路矣，尔亦速上路。"

说完，老者跨上瘦马，摇晃而去。我心里着急，竟然醒了。看看住处，空无一人，唯有月光映照。这梦如此真切，使我忍不住爬起来，走了出去。

外面刮着风，不太大，杨树叶在风中簌簌地响成一片，空气里弥漫的黄尘使月如玉米饼，星似炒黄豆，月色昏暗，白杨叶泛着淡淡的金属的亮光，明明暗暗，如水一样闪烁着。

诱人的馕坑烤肉

我仿佛听见了村夫子"踢踢踏踏"的脚步声。

尘土的腥味……我一边喃喃自语着，一边往屋子里走去。

躺在床上，我一遍遍地想着村夫子的话，我再也睡不着了。我非常急切地想上路，好像不是内心的驱使，而是大地在推涌着我往前去，如波浪推动一片树叶，如大风推动一块卵石。

在清晨卖馕的维吾尔族女子

我虽然梦想把一块大地走完，但现在我不得不承认，即使任何一小块地方都是永远也走不完的。因为——一切风景都在内心。

也许正因为这样，我才会一直保持走到路上去的渴望和激情；也只有这样，我才会一直走下去，才会感到风景无边。

所以，我喜欢这个词——"在路上"。

啊，你想想这个词吧，它能载负一切。

上路者已没有故乡

我把前往世界屋脊之路称为"天路"，其实，这一点也不夸张。更准确地说，我要去的地方是"世界屋脊的屋脊"。喀喇昆仑、昆仑、冈底斯、喜马拉雅等巨大山脉纵横于我们居住的这个星球之上，成为人类需要永远仰望的高度。这一地区自古以来的封闭和前往那里的路途的遥远艰险，又使其成了中国，乃至整个世界最为神秘的地区之一。

上路的那天早晨，叶城的天空点缀着薄薄的橘黄，显得十分宁静。空气中烤

我喜欢这个词——"在路上"

羊肉和孜然的味道还没有散尽,人们还沉睡在这种迷人的气息里,确切地说,那时还是新疆的黎明。

但澄明的天地之间,一切都显得格外清晰。

小城的这一天,从我们和另外几个早起的维吾尔男人的莫合烟味中开始了。

毛驴开始高唱自己的情歌,鸡和狗也大声应和,一起抒情地歌唱着这个早晨。

小城像一架大床,响起了人们翻身的声音。人们陆陆续续被唤醒了。

上路者已没有故乡——哪怕这故乡仅仅是象征性的

山影明晰起来,褐色的一片。没有见到朝阳,高处的山峰被照亮了,一片瑰丽,像悬浮在尘世之上的圣景。

白杨的叶子在晨风里沙沙响着,偶尔飘飞下一枚金色的叶片,像大自然写给我们的书信。我拾起几枚来,带在身上。

对我而言,叶城只是我的又一个出发地。而"零公里"的里程碑,则只是前往阿里的起点。

"零",在此时既是开始,也是结束;既是出发,也是回归。

当越野车近乎仪式地缓缓跨过那个路标时,我感到自己进入了一个陌生的世界。

一切,都只有靠那高原无处不在的神灵引导了。

单车走昆仑、阿里,任何人都会感到畏惧。

那毕竟不只是一座悬于高空、神奇诡异的高原,还是一片沉雄辽阔的梦境,几千年来,没人能够惊醒它。

早已有人试过,在那里,仅有勇敢和万丈雄心是不够的。勇敢在它面前会显得幼稚和鲁莽;因为它本身就是一种无可比拟的高度,所以万丈雄心在它面前也会显得矮小。

在那里，你首先得学会敬畏自然。

遍布于昆仑、阿里的积雪覆盖的群山、飓风横扫的荒原、奔腾汹涌的河流、险恶卓绝的山谷和高耸云天的达坂的妖魔鬼怪，虽然来自于人类的信仰，但它们以信仰的方式存在于天地之中，传播于时空之间。它们告诉我们，凭我们弱小的肉体是无法不对其充满敬畏的。

我宁愿相信那是一个看得见，却不甚清晰的世界；或是一个超越宇宙现实的纯净领域，只有满怀虔诚之心，用信仰者的眼光才能看得分明；只有用静穆、庄重的准则和繁复的宗教仪式才能控制；只有将自己的身心融入其中，成为其虔诚的一部分才能理解。

晨曦照在昆仑山陡峭荒凉的绝壁上

我们前往的是神的领域，圣者的住所。神圣之域，那不仅是地理上的，更是信仰上的。

路旁，一辆蒙满尘土的吉普车旁，两名青年人点着香火白烛，摆着祭品，正朝昆仑磕头致敬，其虔诚的神情让人顿时肃然。他们的脸上闪烁着泪光，那是感恩之泪。

他们感谢神的帮助，使他们平安地从天上降回到了人间。

我忍不住回头望了一眼叶城，心中顿时涌起一股留恋之情。我觉得自己不是走在新藏线上，而是站在易水之滨，到处一片肃杀苍凉的景象。铅云满天，黄叶遍地。可转念一想，这景象正适宜壮士出行。恍然觉得自己正是一白袍飘然、利刃在握的壮士，正要去刺杀这凌驾天下、目空一切的山的暴君。

田野和村庄一掠而过，已有维吾尔族农民从村庄里坐着毛驴车出来，悠闲地到地里去收获。一位骑着红马的牧羊人赶着一团灰白的羊，吹着口哨，正往山里去。一只不知名的鸟穿过刚刚逝去的夜晚，乘着清爽的晨风，朝我的身后飞去。

我知道，我除了向前走去，已别无选择。

因为，车辆驰过"零公里"里程碑的时候，我就已经上路了。

上路者已没有故乡——哪怕这故乡仅仅是象征性的。

叩开昆仑之门

一座座大山从车窗外冒出来，然后越来越高，直上云霄，只觉得头顶飕飕发冷，头皮一阵阵发紧。

过了八十里兰干，人烟渐渐稀少，又行50公里，到了普沙。普沙是进入昆仑山前的最后一个村庄。在大山的怀抱里，这个小村庄像一粒尘沙，随时有可能被一阵风刮得无影无踪。

阿卡子达坂是进入昆仑的第一道门槛,全长22公里,路面狭窄,地势险要,经常塌方,峰回路转,形若盲肠。

心惊胆战地翻过阿卡子,无边的荒凉就像大海中的恶浪,滚滚而来。褐色的山峰从狭窄得只能容下一辆车通过的道路两旁拔地而起,直插青天。四周顿时阴暗,寒意逼人的山风在沟谷之间冲撞着,发出困兽般的厉声嗥叫,震荡得岩石不停地从山上滚落下来。

车已扎入莽莽昆仑之中。我猛然意识到了我们的无助,原来从没有感受过的巨大的自然的力量,把我们推到了孤独的境地。一块岩石、几丛杂草、一星尘埃也似乎比我们强大十倍、百倍。

这种力量让我们静默,不敢言语。

我们听不见大自然的任何声响。所以,当我们看见公路边那一绺溪水时,心情格外激动,是它告诉我们这大山还有生命,是它在安慰着我们惶恐的心。潺潺

新藏公路有"天路"之称,现在从新疆进藏仍非常危险

流动的小溪，闪耀着银色的水珠和白色浪花。小溪对这些高山巨岭毫不畏惧，虽然同样孤独，却一直在快乐、自由地歌唱。

没有树，连一片成形的草甸也难以见到，除了高处的冰雪，这是一个由枯槁的山石组成的死寂的王国。

在从阿卡子达坂到库地达坂的六个小时的行程中，我们没有看见一个人，没有看见一辆车，甚至连一匹马、一头驴也没有看见。我们只感觉到了某种气势非凡的东西正向我们逼来，压迫着我们，使我们呼吸困难。

当我看见那道隐伏于云雾和残雪之间的白线时，库地达坂到了。

库地达坂，昆仑之门户。

我们停下车来，仰望着那巨大的岩石、陡峭的悬崖、直上青云的冰峰雪岭、游丝一样蜿蜒缠绕的公路和云雾缭绕的达坂顶，突然间有一种不寒而栗的感觉。

我们都是第一次走这条路，心里没有底。这条路传递给我的信息似乎是：在这条路上一定要静默，要少说话，目光也不要乱看，要像一个循规蹈矩的清教徒，要把这条路看成自己必须皈依的神。我就像个第一次贸然闯入某个神圣殿堂中的顽童，感到了从未有过的威严。

新藏公路起自叶城，至普兰结束，全长1420余公里，全线平均海拔4200米，是世界海拔最高、路况最差的公路。全线要翻越十多架达坂，最高的界山达坂海拔6300多米。这条公路路窄，坡陡，弯急，夏有水毁塌方，冬有积雪冰坎，许多达坂一夜积雪可厚达两米。据不完全统计，自1958年通车以来，已有2000多辆汽车摔烂在这条路上，将这条路称为"天路"，的确是一个再恰当不过的称谓。

我们的车以10公里的时速缓缓行驶，像一个风烛残年的老人被迫攀一根垂直而下的命运的绳子。我们不往路边看，因为路的宽度刚够搁下车辆。我不安地看着司机——他无疑是我们生命的主宰。他紧紧地抓着方向盘，脸黑着，不时骂一句"我操"！

就是这道达坂，使许多欲进入昆仑的人，一腔豪情而来，到此后就骇然止步，不敢再往前行。

终于来到云雾与白雪交融的达坂顶上。

在这里，我生平第一次领悟了何为高度。

——那是一种眩晕，是一种被现实和理想同时击中脑门、带着双重痛苦的眩晕；同时，还有些酒后沉醉的飘飘然，觉得身后长着一对翅膀，只要展开，即可飞去。

脚下是壁立的危崖，岩石突兀，峭壁千仞，鹰翔于脚下，云浮于车旁，伸手可触蓝天，低头不见谷底。太阳像突然变胖了，显得硕大虚浮，没有一点真实的感觉。

高处的风带着凛冽的寒意浩浩而来，雪如此圣洁，以至让人觉得它的光芒就是神的光芒。阳光没有一点暖意，但把对面的山岩照耀得格外清晰，几乎可以看见岩石的纹路。更远的苍茫峰岭则笼罩在一片混沌之中，看不分明，好像神有意要将其掩盖起来。

寒冷使我们不愿久留，但看看下达坂的路，我们又有些绝望。公路是在壁立的危崖峭壁之间硬凿出来的，稍有震动，流沙碎石便哗哗而下。路是一个巨大的"之"字，像一柄巨剑，野蛮地刺向远处，又蛮横地劈回来。窄而倾斜的路面，稍有疏忽，就有可能车毁人亡。

路边的护栏像神灵伸出的手臂，要护住我们，却又力不从心。

这时，我们却遇到了一个小小的驼队。一个维吾尔汉子赶着五峰骆驼，向我们迎面走来。他让我想起了斯文·赫定——似乎说到中亚这块大地，就不得不提起他。其实，他只是无数个在这条道路上走过的勇敢者之一。唯一不同的是，他记叙并告诉了我们他的历程，别人却没有这么做。他是为着功利，其他人则仅仅是为了生计。两种不同的追求，导致了前者踩着后者的足迹而留名于世，后者却如泥土一般，默默无闻。

他们其实一样伟大。赶驼人一步一步地走着，细细地品味着旅程的长度，感受着每走一步所要付出的艰辛。

驼铃悠悠。在这空旷的天地间，在这高山巨壑里，驼铃显得悠远而清脆，像是从某个古老的时空里传过来的。这一回响了几千年的特殊旋律，曾长伴着旅人商贾，走在古老的丝绸之路上。而现在，我没想到还有这样的一个驼队，像远古的一个遗梦，悠悠地在这险途上缓缓地飘动，有些恍惚，却又格外真实。

那汉子四十多岁的样子，留着浓黑的胡须，裹着毛朝里、皮朝外的羊皮大衣，手袖着，跟着骆驼，步履沉稳地往前走着。

可能是常年在这高海拔地区生活，他已习惯在这缺氧的环境中行走。他面不改色气不喘，令我们不得不惊叹人类适应环境的能力。

下了达坂，我们每个人的手心里都是汗，再回望刚才走过的路，更觉得害怕。看上去，路如琴弦，似乎一拨动，就会"铮"然断去。

库地是个很小的村庄，夹在两列高耸入云的铁青色大山的最底部。村庄里有七八户牧民、十来家饭馆、一个兵站和一所由兵站官兵集资修建的小学。兵站最为气派，是砖木建筑，其他房屋都是土坯房，像一些土坷垃一样，随便摆在路的一侧。一条浑浊的小河沉郁地从村边流过，把大山的寂寥带到不可知的远方。数十棵白杨和高原柳挺出一片绿荫，顽强地与无边的荒凉抗争。

这里居住的牧民不知道是什么时候搬进来的，男人们赶着羊群到无边的大山的褶皱里放牧去了，家里只留下了老人、妇女和孩子。他们守着简陋的家，打发着与大山一样枯燥的日子，等待着男人在某一天下午或黄昏，带着大山的风尘和高原的日头，骑着一匹老马或一头毛驴，疲惫地归来。那时他们会献上所有的爱、温暖和关怀。

新疆的天黑得很晚，昆仑山的白天也显得格外漫长，黄昏就一直绵延着，以便让我们尽可能地发现这个小村庄的秘密。

我们就这样漫散地转着。村里的人们或倚着土墙站着说一些古老的话题；或坐在地上一边捻着羊毛线，一边想着已不知想了多少遍的心事；不时有一条狗、三两只羊、一头毛驴点缀在土坯房和牧人之间。

我进到一户人家，房子低矮得不能抬起头来。几乎没有什么家具，唯一的财富就是那老人的年龄。她坐在那随便用石头垒起来的土炕上，从屋顶上的天窗漏进来的天光刚好笼罩着她。破旧的衣服裹着她显得很瘦小的苍老之躯。开始时我没有看清她的面容，以为是个孩子；待看清了，又以为是个魂魄，吓得我赶紧退出来了。

有人说这位老人已有120多岁，问她自己，她有时说70岁，有时说90多岁，有时还说140多岁，有一次她又说自己才50岁。村里的人都认为她在90到100岁之间。她没儿没女，丈夫已去世很多年了。她晚年的生活主要靠乡亲和兵站接济。

老人从屋里走出来，倚在门上，用慈祥的目光看着我，脸上的每一道皱纹里都充满了笑意。我看清了她花白的头发，红黑的脸膛。她站起来后，不再像孩子那么瘦小，显得高大了许多。看上去，她似乎比喀喇昆仑山脉还要苍老，好像她就是这山脉的灵魂。

她说她的祖父、她的父亲、她的男人都生在这里、死在这里。她也出生在这里、也会埋葬在这里。她一生从没有离开过这个地方，她去得最远的地方是离这里要骑七天毛驴的一道山谷。那山谷里有一眼泉水，那泉水浇灌出一片不错的草场，她和丈夫每年都要赶着羊群，到那里度过两三个月美好的时光。

对她而言，的确可说是"不知有汉，无论魏晋"。这片方圆百里的枯槁大山就是她的整个世界。

新藏公路的一段

行走的群山

赛力亚克达坂也叫麻扎达坂,"麻扎"之意为"坟",这名字听起来就让人不寒而栗。

麻扎是名副其实的行路人的坟墓。在道路没有整修、白骨没被掩埋之际,这架达坂一片森然。麻扎达坂与库地达坂挨得如此之近,似乎就是要一比险恶。麻扎无疑更胜一筹。

下谷底的二十多公里路依然很差,几乎与昨天一样,花掉了我们近五个小时的时间。车到雪线,上达坂的路才走了一半,时间却已是中午了。

除了阳光和高处的雪,除了那位老人,半天行程中,我们没有看见任何活的东西。

老人裹着一件油黑发亮的老羊皮袄,骑着一头毛色灰暗、面无表情、疲惫不堪的老驴。他是个赶路人,谁也不知道他骑着这毛驴走了多少天。他浑身裹着路上的风尘和喀喇昆仑冰雪的寒意。他的头发已许久没有理过,白发飘萧,银须凌乱,面容黝黑。见了我们的汽车,他勒住毛驴,立在路边。他又老又长的双腿几乎触着路面。他面带微笑,用赶驴的棍子向我们致意。我们也向他鸣笛、挥手。我们不知道他从哪里来,也不知道他要到哪里去。与他错过后,我们停住车,有些怅然地目送他一颠一摇地慢慢远去。

路随山势,如羊肠般缠绕,直到海拔 5080 米的达坂顶部。

一过雪线,呼吸就变得浊重,高山缺氧明目张胆地袭击了我们。这个无形的对手除了氧气,谁也拿它没有办法。它无处不在,任何一个地方都有它抡着钝斧的手。它一斧又一斧,准确地、狠狠地砍在你的头上,让你顿时脸色苍白、嘴唇发乌、双眼晦涩、头痛欲裂、胸闷气短、阵阵恶心、呕吐、肠胃痉挛,其苦难言。

这就是高山反应。对于身体虚弱或心脏不好的人,它就是死神,可以随时置你于死地。

一位常年走新藏线的上尉告诉我，1986年12月，一支13人的巡线分队突遇暴风雪，最后冻伤7人，冻死1人。在料理那名被冻死的士兵的遗体时，发现遗体蜷曲着，怎么也弄不直，最后只好用炉子烘烤。20世纪90年代初，黑卡达坂上腾空而起的泥石流一下子就把一个正在行驶的车队埋没了。1986年，一名翻车身亡的士兵的遗体从三十里营房运往叶城途中，又两次翻车，使不幸的亡灵再次遭受磨难，难得安宁……

　　天路的险要让人感到生命的渺小和卑微。

　　是什么让我们奔波于危途？我突然产生了这样的疑问。是爱，是仁慈？有一些，但更多的是欲求，是野心，是因为无知所表现出来的莽撞。

　　此时此刻，我有一种特殊的感受：

　　就像已分手多年的爱人，你在某段短暂的时光——神以全部的仁慈只能赐予的那点时光，突然感到你仍然爱着。此时，你欲哭无泪，你的心一阵阵绞痛，心

> 那是一种大寂大静，好像世界刚刚降临，还没有第一次呼吸

灵脆弱如冰，不能趋向温暖，也不能承受打压，只能在寒意中寂然不动。

17岁从大巴山走出来时，我决计抛弃自己的故乡。新的故乡在路上，在不能停止的寻找之中。怀抱着这偌大的梦想，以致我对每一缕扑面而来的气息都感到惶然。如今，我已习惯。但我总愿意盯着道路的两边，在行进中去发现和感受。

我又产生了年少时对面临的世界一无所知时所产生的惶然。

这些永生永世的雪，黑褐色的岩石，偶尔一小丛珍贵的无名小草——仅这三种事物就包含着了降生、死亡和抗争……

我不知何时昏然睡去。旅途中，除了夜晚，睡去是可耻的，而我却在羞耻中睡去了。

我梦见了这庞大的山脉大步向前走着，发出"咚咚"巨响，大地震颤，地球发抖，宇宙骇然，我和一群群人因为恐惧而奔逃、而大声呼叫。

醒过来后，我仍心怀余悸，不能不以敬畏之心仔细打量路途的每一座峰峦，每一块岩石。

这些带着愤怒的表情，屹立在中亚心脏地区的世界最高的山峰，气势磅礴，蜿蜒逶迤。它们惊人的高度足以使任何旅人惊叹不已。维多利亚时代的旅行家将这里称为"世界屋脊"，"世界屋脊"从此就成了这里的别名。它横空出世的雄姿，千百年来与世隔绝的状态，流传广远的神话传说，使其显得更为幽秘，也更加令人神往，以至被传说为神居之地。

大概很少有一个地区能像这里这样成为世界的秘密心脏，再也没有这样的神秘能引起人类的种种猜想。这里更属于想象之境，只要沿着神圣而

这些带着愤怒的表情，屹立在中亚心脏地区的世界最高的群山，气势磅礴蜿蜒逶迤　　陈志峰　摄

又纯净的方向，你的任何想象都可能是对这里的独特显现。在一个已经昭然若揭的、不存在多少秘密的世界上，这里所具有的一切看上去都是那样的神秘。

对于一个笼罩了神秘和虚幻之光的实在之境，一些人视自己的抵达为人生莫大的荣誉。这片高原和这片高原上的人，也以他们宽厚的胸怀拥抱那些探寻者。但当英国和俄国力图把他们的帝国扩展到西藏时，这里的人为了自己的宗教、生活方式和采金地对所有的人关闭了大门。

但还是有各种各样怀着不同目的人闯了进来，他们中有秘密间谍和士兵，探险家和传教士，秘术士和登山者。有些幸运者返回了，带回了为他们的帝国绘制的地图；有些讲述了一些令人称奇的故事；有些人却永不能返回，他们的尸体或埋葬在荒凉的高原，或留在了冰山雪岭的陡坡，或被沉到了奔腾汹涌的河流……

幸运地，也是真正穿越喀喇昆仑，进入西藏的是斯文·赫定，他于1896年7月、1901年3月、1905年8月三次从这里穿过。一次他走了55天才见到人，另一次走了84天才见到淡蓝色的炊烟。英国探险家奥里尔·斯坦因在翻越海拔5568米的喀喇昆仑山口时，冻坏了双脚，右脚中间的两个脚趾全部切除，其余三个趾头也从前面的关节处切除了。

昆仑对任何人都是毫不留情的。

车停下来。我摇摇晃晃地回首达坂顶，达坂显得缥缈虚无，像是并不存在似的。只有当年筑路部队用石头在山坡上摆出来的毛泽东的头像和他的诗句"无限风光在险峰"显得格外分明。

有人说，麻扎的山岩是不能盯视的，盯视它，你会觉得山在运动，在以一种魔力向你逼近，令你头昏目眩，猛然倒地。我起初不信，试后果然如此，突然觉得那山中隐匿着的无数的精灵，正对我施展魔法，使我觉得刚才的梦境是真实的。这些奔跑的群山一定是累了，正在喘息。其实，这只是因为我刚在达坂上承受了高山反应之苦而出现的幻觉。

麻扎达坂下是麻扎兵站，由此可通往塔吐鲁沟沟口，那是通向克什米尔的一条通道。很少有人愿在麻扎兵站停留，原因是这里高山反应太厉害。人们一般是住库地兵站，要么就赶到三十里营房，所以麻扎兵站显得尤其清冷。

路口却有两家"帐篷饭馆"，是两对夫妻所开，一对是甘肃人，一对是叶城的汉人，均30岁上下。他们主要经营面食：拉面、炒面、刀削面；也有炒菜和烟酒。开始我们大为惊讶，在哪里开饭馆不行，为啥要到这样的地方来开呢？

主人回答得非常机智："在哪里都可以开饭馆，为啥在这样的地方就不能开呢？"

此时，我已不得不想到使用"百姓"这个词——唉，还有比中国百姓更能容忍、更加坚韧的人吗？

这是我后来听到的一个故事，我把它写在这里。说是一对四川夫妇，丢下家到阿里找活路。他们搭便车走到了奇台达坂，妻子因高山反应，倒地死了。男人抱着妻子，欲哭无泪地返回了红柳滩，不知该继续前行还是返回故乡。他抱着妻子过了一夜，决计还是往阿里去。他把妻子埋在达坂顶上，往前走了。在阿里待了一年半，他揣着挣得不多、但自己十分满意的一笔钱往故乡返。到了奇台达坂，他刨出妻子的骨头，背着回乡了。

这个故事给我的印象十分深，每每想起昆仑、想起阿里，我都会想起一个背着妻子的骨头走在天路上的男人的背影。我的双眼就会潮湿，我从没那么深刻地认识过平凡人的伟大。

正是这些平凡而伟大的人，使我在麻扎留意了路旁的一棵小草。小草是从一块褐色的石头下长出来的，四周是大片大片的石头，石头周围本来毫无生机，却因为这棵小草而显得生机勃勃。

小草生长着。

小草承受着阳光，但一点也不卑微；小草承受着风雪，但一点也不畏惧；小草承受着不幸，但一点也不悲观。小草顽强地挺立在那里，寻找一切生存下去的机会。

小草只有三枚叶子，一枚长约三寸，一枚二寸许，另一枚尚不足一寸，像刚长出来不久，但已和另两枚一样金黄。风拂动着叶子，也拂动着叶子上的阳光，拂动着炫目的金黄。

风不时地把小草按倒在地，小草总是一次次挺立起来。

不知这粒种子是风从何地、在何时带到这里来的，不知它在这里待了多久，也不知它是抱着怎样执着的信念，才终于有了一个萌芽和生长的机会。

我在周围的乱石间寻找了很久，没有寻到别的植物。

小草使这里充满了孤独的涩味。

小草使这荒凉成为无边的大荒。

与小草对应的是兵站、帐篷饭馆和不多的几个人，以及叶尔羌河奔流不息的河水。

我久久地看着小草，感觉着它顽强的生命力。

小草在我的心中渐渐幻化为一棵绿色的树，根须扎在岩石深处，树干挺拔，

乔戈里峰夕照　赵磊　摄

枝叶努力地去接近天空。就像在这里开饭馆的店主，以及那背着妻子遗骨回家的汉子一样，努力去实现生存的可能，去接近生命能够到达的高度。

明亮的河

叶尔羌河是我见到的第二条澄明至极的河流。第一条是帕米尔的塔什库尔干河，我曾无数次地徜徉在它的岸边，想发现它澄明至极的缘由。因为我的浅薄，我没能发现，却在不知不觉中被它洗涤。我变得干净，纯洁得如我的童年。

塔什库尔干河是至美的帕米尔的组成部分，与那里的景象是协调的，而叶尔羌河却在大荒凉中保持着自己的品性（一开始就有一种悲壮的气氛）。只有褐色的岩石和山顶的千年积雪与它相伴，深蓝的河流得不到大地的呼应，只有黄羊偶尔去饮几口水，只有走单的狼不经意到了河边，在水里一照自己孤独的脸面；呼应它的只有湛蓝的天空——白昼里的天空和有月色星光的天空。

在这无边的荒凉中，流动的河是唯一能使人感觉到生命存在的物象。在鹰飞翔的高度，叶尔羌河以其蜿蜒的身姿、孤寂的流水以及没被玷污的源自久远的深蓝，令人感动并得到安慰。

我特意到了河边，掬起一捧水来，饮下，然后把凉而湿的双手捂在脸上。水润着我的肺腑，清醒着我的头脑，而我的口中留下了河水忧郁的味道。

这种味道缘自孤独吗？

不是的。因为它从一条溪流成长为一条大河，一直在孤独地战斗。

我曾去过这条河的源头，除了零星的草甸，稀少的红柳，只有亘古荒凉。

孤独是它与生俱来的东西，是它已有的品性。

这忧郁来自它对自己命运的无奈。

在土地与河流构成的大地上，土地一直是个现实主义者，坚守着自身的原则，有什么便向世界提供什么——食物和美，丑陋和贫穷；而河流却是个理想主义者，它以飘逸的流动之姿，以不停地歌唱、永不停止地奔波，直到到达自己应该到达的宽度和广度。

而这条以不可想象的力量，劈开了喀喇昆仑的河流，却在山下的大漠中消失了。

它到达大海的梦想肯定破碎过，但它的追求是永恒的。

叶尔羌河具有成为一条大河的条件，帕米尔和喀喇昆仑是它的源头。假如没有塔克拉玛干沙漠，就会有一条横穿新疆，经蒙古，奔东北或华北而入太平洋的大河。果真如此，这片大地该是一种什么样的情形呀，它又会孕育出什么样的文明？

但具有劈山之力的叶尔羌河，却被尘沙囚禁了不知多少年。现在，它不但没有前进，反而不得不退却。

我终于明白，叶尔羌河的忧郁是一个理想破灭者的忧郁，它仅仅是一个遥望

一户人家院墙内开放的桃花

大海怅然哀叹的囚徒。

难怪叶尔羌河的流水声里夹杂着叹息。

我以为我理解了这条河，至少看出了它明澈之中包含的忧伤。不想当我重新前行，因困顿而迷迷糊糊入睡之际，却听到一个十分洪亮的、从远处传来的声音说："每条河流都有自己结束的方式。在外力让它结束的地方，河流才真正开始。你要认识它，只有成为这条河的养子，在它的岸边垒一间石屋，住下来，听它的语言。"

"这么说，这条河流连忧郁都没有了？"我小心地问道。

"这是一条明亮的河，像没有云彩遮蔽的太阳一样明亮。"

"哦，明亮的河……"我一遍遍地喃喃自语。

"叶尔羌河知道自己前景绝望，但它不愿放弃岸边的一棵草、一株树、一垄庄稼、一个村庄、一片绿洲。它为此前往，认为完全值得，认为那每一种在它浇灌下生长着的生命本身就是一片大海，所以这河有一颗母亲那样明亮的心。"

醒来时，我眼里噙着泪水。我在心里情不自禁地吟出了布罗茨基《切尔西的

夕阳中的叶尔羌河

泰晤士河》中的诗句：

　　空气有自己的生活，与我们不同，

　　不易理解，那是蓝色的风的生活，

　　起源于上方的天空，腾飞而上，

　　不知在什么地方告终……

没有人能帮助你到达远方

　　三十里营房到了。三十里营房并没有三十里长的营房，只有一条十余米长的小街，街上停满了满载物资的卡车。有军人、老百姓在街上来回走，挟着寒意的风呜呜地叫着，刮得他们袖起了手，尘土也从脚下腾起来，但没人在意。每个人都比漫步王府井大街还悠然自得。路两边是高高低低的红柳，视线由此展开，是营房，是黑色的山岩，然后是洁净得近乎神圣的雪峰。雪峰在瓦蓝的夜幕即临的

叶尔羌河是一条明亮的河

天空里发着光。星辰已撒在天上，残月已经升起，最高的雪峰上，有一抹夕阳还留恋在那里，像一瓣凋落在白玉上的玫瑰花瓣，美、脆弱，又带些伤感。

三十里营房是喀喇昆仑山上最大的人类居住点。这里海拔近4000米，是喀喇昆仑腹地海拔最低的地方。高山反应十分厉害，我们在兵站早早住下，准备早点休息。天一黑，人们都回了各自的房间，大山恢复了寂静和空旷。

高山反应使我头痛欲裂，怎么也睡不着，只好坐着。我隐隐有些恐惧了，坚韧的生命像玉一样摆在一个摇晃的桌面上，一旦离开桌面，轻轻一摔，就会碎去。我不知该如何应付这一切，只好去看一束从窗外漏进来的月光，看它怎样缓缓移动。即使这样，仍然掩盖不住心中涌动的悲壮。

是啊，我毕竟已到达了我从没梦想过到达的地方。

叶尔羌河的源头——乔戈里峰壮美的冰川 赵磊 摄

——喀喇昆仑山脉的腹地。

亿万年前那声震撼寰宇的巨响，那来自次大陆的裂变，那地球板块的剧烈碰撞，猛然间使特提斯海高高隆起，成为地球的制高之点，成为莽昆仑，成为凝固了的、变形的、站立的大海。

这就是莽昆仑。

昆仑山山势雄伟，悬岩峭峻，巨峰拱列，犹如万笏朝天。抬头仰望苍茫云海，那冰冻千载、雪积万年、直刺青天的伟大山系，总会令人肃然起敬。昆仑山古老苍凉，神奇壮丽；昆仑山横空出世，阅尽天下春色。自从盘古开天地，昆仑山便贯通华夏文化，历经5000年历史长河，一直笼罩着神秘的色彩。昆仑山雄浑伟岸，乃群山之祖；其峡谷深阔，实为万壑之宗；更有众多江河源在此交汇，又可谓万水之源。

作为孕育了中华民族及其文化的黄河的发源地，昆仑山在华夏文化中一直都被视为祖脉所系。作为地球上最孤寂的高地，昆仑山苍茫千里的身姿，实实在在地存在于中国的西部、存在于亚洲的中心地带。但由于千百年来人迹罕至，昆仑山传诸于世的，是神话传说，是至高之境、神居之所。昆仑山被视为先祖皇帝居住的"圣山"，是通往天堂的"通天"之山，还被奉为道教的圣界。在古籍《穆天子传》《山海经》《楚辞》《庄子》和汉代的《淮南子》以及不明年代的《神异经》等典籍中，都有有关昆仑山的神奇记载。许多神奇的故事或根植昆仑，或情系昆仑，或源出昆仑，或归隐昆仑，千古流传，直至今天，使昆仑山成为古往今来无数持有不同心态之人的向往之地。顾颉刚先生曾著文指出，"在《山海经》中，昆仑山是个有独特地位的神话山中心"。

在文人墨客眼里，昆仑山是一座想象之山。司马迁在《史记》中说，"昆仑高二千五百余里，日月所相避隐而光明也，其上有醴泉、瑶池"；毛泽东也有"飞起玉龙三百万，搅得周天寒彻"的诗句。还有人在比喻昆仑之高时，说"一伸手攥着满天星斗"；仅清代的《佩文韵府》一书就编辑了古代流传的与昆仑有关的词汇一百多个。

难以抵达,就只能神往。就连壮游过天下的李白也只能以"风涛倘相见,更欲凌昆墟"来表达他的登临之志。

如今,剥去神话色彩,昆仑山就显得沉重了,它更多地只与军人有关。神仙湾、天文点、空喀山口,海拔均在5000米以上。它们是"设在天空中的防区"。

在这里生活就要与自然抗争,因了肩负的使命,军人必须在这里设法生存下去。

于是,人,荒原,冰山,雪岭,长天,在这里形成了最孤独、最宏大的组合。

由于自古以来少有人烟,这块广阔的地方没有自己具体的传说,很多现代信息也极少能抵达这里,直到新藏公路穿越这里,直到有士兵驻扎此地。

但这些故事、传说的色彩淡了一些,所反映的往往是现实。1962年的中印边境自卫反击战,是人类在这一带汇聚最多的一次。枪炮声第一次在这里炸响,硝烟第一次在这里弥漫,战争第一次在这里打响。硝烟散尽后,留下了一个陵园——康西瓦烈士陵园。

我们的车在风的吼叫声中前行。风的巴掌一次次扇着车身,像打人的耳光一样清脆。只有风的声音,风声将这无边的寂静填满了。月亮已经隐去,星光也淡了些。天仍然蓝、仍然新,将白云和雪峰衬托出来,雪峰看上去也和云一样飘浮在天空中。

太阳升起时,我们正好到达康西瓦达坂下。爬上达坂,就看见了雪山下的康西瓦烈士陵园。那雪山看上去比周围的山低,但积雪很厚,雪线也很低,一直漫到了陵园的后面,像要装点陵园似的。

风停止了,真寂静啊。我似乎可以听见烈士们的鼾声正从地底下传来。陵园的确像士兵宿舍一样简洁,只有泥土和石头,没有树也没有花草(就像只有白色四壁的营房)。

墓前制式的小水泥碑也好像花名册一样简明,上面刻着牺牲者的姓名、×

省×县（市）人、××年入伍、×月×日在×次战斗中不幸牺牲等字样，有军功的刻着军功。他们大多都很年轻，入伍不到一年。

　　翻昆仑、闯阿里的都是血性汉子，所以纪念碑前摆了很多酒瓶，一看商标都是新疆的烈性酒，还有军用罐头、压缩干粮。我特别注意到有一个墓碑前有一根白杨枝，叶子还没完全枯黄，还可看见绿色的脉痕。这一定是谁有意献上的。

作为孕育了中华民族及其文化的黄河的发源地，昆仑山在华夏文化中一直都被视为祖脉所系

苍茫的昆仑山脉是我们生存的星球上最孤独最宏大的组合。也正是这个原因，使我对那匹老狼难以忘怀

这是再普通不过的树叶，但它在这里就成了最美的花。

有茶炊和烟火的土地上，处处都有士兵倒下的躯体。而这里没有茶炊，也没有烟火，却仍有倒下的士兵。

康西瓦烈士陵园下面，有一块青绿中泛着金色的小草滩，草滩上有几间废弃的房子。那就是对印自卫反击战时新疆军区的前沿指挥所。从废弃的指挥所附近跨过喀喇喀什河，有一条简易公路，可通往神仙湾。这条公路没开通之前，去神仙湾必须绕道天岔口，翻越海拔5617米的奇普恰普山口，走惊险万端的天神达坂才能到达，要多走300多公里险途。这条新路是在哈巴克达坂上硬凿出来的，从平地直插云霄，只有沿着那数不清的回头弯盘旋而上，才能穿越云雾盘绕、冰雪堆积的天险最高点。

上了达坂，峰岭之间倒显得开阔起来，雪线就在不远的地方，提醒我们已来到了一个危险而冰冷的高度。与冰峰比肩，同雪岭接踵，稍远处很多峰岭如怒涛狂澜，在脚下汹涌翻腾。大山谷中的永久冰原闪耀着锋利的光芒，笑傲着飞速流逝的时光。

山谷间有一条冰溪，不知已凝固了多少年。我们的车驶过去停下，我跳下车来，抚摸冰溪冰冷而秀美的躯体。冰溪有青春的气息，一种淡淡的甜味，一种含苞时的清香。我伏下身子把耳朵贴在冰面上，听见了冰下的流水声。这流水声就是冰溪的心跳，冰溪的心是如此自由，谁也禁闭不了。

冰溪的旁边，生长着一种不知名的小草，浅浅的，沿溪岸铺展开去，有的地方一直接上了雪线。我用手去抠泥土，发现泥土冻结得比石头还要硬，但这些小草仍长了出来。小草都是金色的。从翻库地达坂起直到多玛沟千余里行程中，我见到的草大多是金色的，是那种纯正的金色，这也是大荒之境中生命的本色。

我们逆溪流而上，简易公路的两边不时会有一堆黑色的灰烬，那是汽车兵的车抛锚后，困在这里，等待救援时为抵御寒冷，迫不得已时烧汽车备胎取暖留下的。

不久就下起了雪，我们的车已不知不觉地行驶在雪线之上。愈往前走，积雪愈深，路愈难行，雪愈密集，风也愈大了。有一种尖叫声——是风的尖叫，又像是别的尖叫——始终在车外响着。

神仙湾边防连海拔5380米，是世界上海拔最高的驻军点。神仙湾边防连的士兵是长时间在高海拔地区生存的人类。每超过5000米这个海拔高度一米，生命就脆弱一分，死亡的可能就会增加一分。所以，5380米不仅仅是一个海拔高度，还是一种危险的象征。

我们漂浮、颠沛在这个海拔高度之上。

在这个屋脊上，只有我们这一

作者在海拔5380米的喀喇昆仑山口与前往巡诊的女军人合影

辆车在蠕动着。孤独不知何时包围了我们。

我突然想起了加西亚·马尔克斯的话："在文学创作的征途上，作家永远是孤军奋战的，这跟海上遇难者在惊涛骇浪里挣扎一模一样。是啊，这是世界上最孤独的事业，谁也无法帮助一个人写他正在写的东西。"

任何到达的意义如果没有真正的行程，就不可能实现。所以，远行也是一样，没有谁能帮助你到达远方。

一匹老狼的嗥叫

当时一片死寂，雪已经停止不下了，崭新的雪铺在海拔5300多米的高处。天空离大地很近，带着宇宙里一种特有的清淡气息，除了高原，这种气息在别的地方是闻不到的。这片高原还是一张纯净的白纸，没有写下任何诗行。孤独和由死寂带来的恐惧占据了我疲惫的身心。

突然，我从倒车镜里看到了它——一个像精灵一样突然出现的孤独的寻觅者。它跟着我们，不远不近，就十来米。棕黄色皮毛上披着一层薄雪，尾巴像燕尾服似的拖在身后，阴郁的目光里有一种穿透内心的力量。双耳有力地支棱在头上，嘴巴紧闭，鼻孔里呼出的雾气飘散开来凝在脸上，使它的脸变白，令它看上去颇像一个白面书生。

我们的车在雪地里拱路，像一头觅食的猪。它很悠闲地跟在后面。它一定以为我们还没有发现它，所以脸上流露出得意的窃笑，似乎心里还在说："啊哈，啊哈，你们完蛋了！"或者它根本就没有把我们放在眼里。它的眼睛锐利，只半睁着，不时不屑一顾地扫一眼雪山。在它眼里，这车是在给它运送食物，到了开饭的时候，就有人把我们摆在它铺着白色桌布的大餐桌上，供它慢慢享用。

从几乎贴着背脊的肚皮和瘦骨嶙峋的身架可以看出，它是一匹饿狼，是一个落魄的贵族。它保持着饥饿者的尊严，像大学里有品性的教授，没有用舌头舔嘴巴，更没有垂涎三尺。它在饥饿中仍不失风度地思考着很严肃很重大的问题——如何获得前面的美味。

它一定是在我们出发时就跟定了我们，是我们诱惑它来到了绝境。在这生命禁区，除了我们，只有稀薄的空气供它捕食。我不禁有了愧疚，因为同行者中谁也不愿成佛，去以身饲狼。它跟着我们，只是徒劳，只能使它走进更深的绝望之中。

狼我已多次见过。非常奇怪，我对这种动物并不反感。因为在这个星球上，它们已越来越少，只有幸运者才能见到它们的踪迹。

这匹走单的狼一定是被狼群抛弃了。我忽然担心地想起，这是匹老狼。可从它的步态中，又看不出来。它的步态轻盈而不失稳健。

我想让它返回去，返回它可能获得食物的地方去。我大吼了一声，像吼一条狗回家。它惊乍了一下，因为思绪被打断而面露愠色。但它仍然跟着我们的车，像一位执着追求爱情的年轻王子。

我把军用罐头拿出来，撬开，把一块肉扔出去。它受惊似的跳了两跳，抬起鼻子，朝空中嗅了嗅，然后用受了侮辱似的目光看着我。

由于路的原因，我们的车停住了，而它没有注意到，仍往前走了几步才停下来。它警觉地后退了几步，立住，看着车。因为距离很近，我更加清楚地看到了它的眼睛：深邃、湿润，满含忧郁。

雪原、蓝天、狼，这就是我所面临的世界，宏大而又孤独。这是一个整体，缺少一部分，就意味着这世界的残缺，就意味着更加深重的孤独。我希望它能与我们同行。

它往回走了几步，脚步有些蹒跚，腰也塌了下去，尾巴无力地低垂着。渐渐地，老狼的身影越来越小，最后消失在雪原之中。

我们乘坐的吉普车已经"趴了窝"，只有坐在车里空等救援。时间像被冻结了，不再流动。高山反应，彻骨的寒意，死一样的沉寂，把我们一步步推向绝境。麻木的心连同自身生命存在与否都感觉不到了。要是那匹老狼不走就好了——我不禁怀念起狼来。

没有比孤寂之境的生命更需要陪伴的了。

这时，我听见了一声狼嗥。凄厉而又低哑，像从梦境中传出来的。我不相信地朝四面望去。

我发现了它。不知它是什么时候返回的。它蹲在离我们二十来米远的雪丘上，披着一身更厚的雪，看上去像传说中的雪狼。

我和同行的人都很惊喜，我们怕惊扰了它，只静静地守望着。感觉中，世界一下子完整了，孤寂也轻了几分。

五个多小时后，边防哨卡的牵引车终于从雪谷里钻了出来，那巨大的轰鸣声并没有把那匹老狼吓走。

荒凉的遗留物

我们要离开时，来救援我们的军人一齐朝那匹老狼喊叫，它没有动；用雪团赶它，它也没动。一位少尉朝天放了一枪，它仍然没动。这使我们深感惊奇。

"那家伙死了。"一位中士说。

我们跑到它跟前，见它仍然一动不动地蹲着，才相信它确已死了，它的身体已经僵硬。

我们没有动它，让它就那样蹲着，像一尊不朽的生命雕像。我们把那个小小的无名山丘叫"雪狼丘"，作为对在我们身陷绝境时，一直陪伴着我们的一匹老狼的怀念。

那一声凄厉而低哑的嗥叫一直留在我的记忆里，使我难以忘怀。我也一直在琢磨那声嗥叫对我们的重要性。它把我们从恐惧和绝望中拯救。我相信那声狼嗥还留在空旷的天地之间，也会留在大自然的记忆里。

前方再无山，天空突然间沉下去了。我们像是到了大地的边缘。这是我前往喀喇昆仑山口看到的寂静、荒凉而又美丽的无人区

长风抹不去的足迹

到达神仙湾边防连时,我们大都不行了。整个身体轻飘飘的,好像不是坐在车上,而是躺在云彩上,任云彩乘载着自己,飘向不可知的远处。

两边的雪山显得低矮了。之所以这样,是因为有了最高的托举。积雪把它们的棱角抹去,使它们显得和哺乳期的女性乳房一样丰满而柔和,使人好像行进在覆了白雪的南方丘陵之中。

雪像是突然停止的,连零星的雪也不再飘飞。天空重新笼罩在头上,是没有任何污染的湖蓝。西沉的太阳像在那水里洗过,把傍晚时的瑰丽洗却了,显得月亮一般晶莹剔透。只把那浸湎了玫瑰的水洒在峰峦顶上,像红的乳晕。天地尽头,只有一抹红霞,在等待着太阳归去。月亮也早已升起来,是一轮弦月,比太阳更为晶莹,像一块用羊脂玉做的工艺品。

快到哨卡,才见到一些雪没能遮住的深黑色危岩。山势也拔高了许多,显出险峻之势。两边的山靠近了,四面再无更高的山。山间一条河流,早已完全封冻,奔流之势被凝固在那里,直到来年六七月间。

前方再无山,天空突然间沉下去了,我们像是到了大地的边缘。

虽然积雪覆盖,我们还是在路上发现了零星的白骨。它印证了人类的勇敢和试图在一切能够前往的地方踏出通道的决心。这条通道虽然偶有通行,但正如斯坦因当年在英国皇家地理学会的演讲稿《亚洲腹地》(载于该会出版的地理学杂志第 65 卷第 56 期)中所说的:其地海拔约 18600 英尺,仅此一路可通拉达克及印度河流域。道路既高险,地复荒凉,运输上颇为不便,故除近日因政治背景,提倡由此路以连塔里木河及印度外,其在昔日,实非冲途。

但自 1847 年 8 月,英国人亨利·斯特雷奇和汤普森奉英印政府之命探察喀喇昆仑山等地以来,直到 1946 年希普顿到喀什噶尔出任领事,取道喀喇昆仑山口,西方人的足迹在这里就没有断绝过。

踏着亨利·斯特雷奇和汤普森的足迹,1857年7月,普鲁士人阿道夫、赫尔曼、罗伯特三兄弟,从拉达克出发,翻越喀喇昆仑山到达阿克赛钦,又沿喀喇喀什河到喀喇格托克山口。后来,阿道夫被叛乱的倭里罕处死,而他的兄弟则绘制了喜马拉雅山和天山的详图,并带回1400种土壤样品和植物标本,沙皇授予他们"萨昆仑斯基"的头衔(意为"攀登过昆仑山的人")。

十年后,英国人罗伯特·肖华化装成商人,从列城出发,取道喀喇昆仑山到达叶尔羌,著有《喀什噶尔行记》;1873年5月,匈牙利人伯尔占茨自彼得堡出发,取道维尔诺、纳伦、喀什噶尔、叶尔羌、沙都拉、喀喇昆仑山口,到达列城;13年后,英国探险家扬哈斯本探察过这一山脉;1893年6月,英国人厄尔率探察队越过喀喇昆仑山口,前往新疆考察;此后是俄国人诺维茨基和英国人斯坦因,以及由英国地理学家罗斯比和法国上尉昂什涅联合组织的探察队;1905年,英国地质学家亨廷顿与巴雷特也从列城出发,越过这个山口到达了和阗;次年,英

前往喀喇昆仑探险的驼队行进在冰山前 赵磊 摄

国领事弗雷泽和第6次到中国考察的斯文·赫定,以及日本参谋部陆军少佐日野强在此穿行,去向不同的地方;1911年,美国的沃克曼夫妇来此测绘喀喇昆仑地区的冰川;次年,意大利科学家菲力浦博士途经印度,翻越喀喇昆仑山口,进入叶尔羌地区;1927年,浪漫的英国陆军中尉格雷格森偕同夫人从斯里那加到叶尔羌旅游,也曾翻越这个山口;然后是英国汉学家维塞博士对喀喇昆仑的考察。他们虽身份不同,目的各异,但都有巨大的收获。或有科学考察成果,或获取不同的荣誉,或成了探险时代的英雄。

但在所有闯入世界屋脊的人中,斯文·赫定和斯坦因是比较幸运的。

我们所走的路与斯坦因当年所走的路径大体一致。他是1908年8月来到阿克赛钦地区的,身材矮小的他和赫定一样终身未娶。在登越喀喇昆仑之前,他刚刚把从敦煌、和阗、吐鲁番等地挖掘的十几大车古代文物运回伦敦。他从这里取道印度回国,是想顺便勘察昆仑山主峰和喀拉喀什河河源。

一群军人在前往神仙湾途中休息

这两个人中，我更喜爱赫定。作为一个探险家，他更干净一些。这不在于斯坦因以4块马蹄银从文盲道士王圆箓那里拿走了29大箱敦煌的经卷、绘画和珍贵的文物。这些东西，它作为财富，可以属于一个国家，但作为艺术品，只要没有毁坏它，它可以属于整个人类。它仍然是中华民族创造的，只是放置的地点改变在了英国或别处。这主要是斯坦因的身后当时常常拖着大英帝国扩张野心的阴影，他们考察队里大多是化装成仆人的英籍、印籍军官，也即是间谍。他们以探险考察之名，利用当时先进的测量工具对新疆地区进行军事侦察，为白金汉宫提供所需的情报。

斯文·赫定的探险或考察不是以"寻宝"——攫取文物为出发点的，他的目的纯正，他一再表示：不与各国古董商做交易。

他以"天使般的耐心"，用双脚在亚洲腹地跋涉着，寻找着，毫不懈怠地向人生目标前进。

斯文·赫定1865年出生于瑞典首都斯德哥尔摩一个中产阶级家庭。当时正值19世纪地理大发现的热浪一潮接一潮地涌起，西方地理学界，甚至可以说整个知识界已向地图中的空白点宣战，征服极地的船队不断驶出港湾，许多无名之辈，因为测绘了一条河流或标明了某座处女峰的海拔高程而一夜间名扬天下。这使斯文·赫定把探险作为自己的人生理想，并在19岁时就开始踏上实现理想之路。

1907年准备前往西藏时，已是他第四次来中国，他1893年途经喀什噶尔时，刚好听说法国地理学家杜特雷侬·德·莱因斯进入阿尔金山后，失去了踪迹。1894年5月1日他再抵喀什噶尔时，正逢杜特雷侬的助手格伦纳死里逃生，向公众揭示了杜特雷侬及其探险队的命运。原来杜特雷侬进入阿尔金山之后，穿过无人区，到达了青海藏区。这时，灾难也开始降临，先是达赖喇嘛下令阻止他们前行，因为他无意会见这些不速之客。他们被阻于大江江源，由于无视当地居民，酿成惨祸，被愤怒的族藏民众追上，投入了长江的激流之中。

而俄国中尉普尔热瓦尔斯基也曾在1870年至1886年4次进入亚洲考察，

他最着魔的是拉萨,所以倾毕生精力,希望能进入西藏,他第一次到了距拉萨100多公里的布姆扎山,但西藏官员严词拒绝了他进入拉萨的要求。因为洋人"向无进藏先例",西藏僧俗也"众立誓词,切实付结,纵死力阻",他只好悻然而归。1883年,他再次准备进藏,到了黄河河源处的鄂陵湖和扎陵湖。由于触犯"神湖",数百名青海果洛藏族民众前来干涉。普氏愚蠢地下令开枪,40位藏民血染神湖。他的这一野蛮、罪恶的行径使苏联学者讳莫如深,闭口不谈。

普氏一行辗转八十多天,来到和田地区,准备先越昆仑进入藏北高原,走了几天,就被吓回来了。但普氏对未能进藏耿耿于怀,49岁时,他又来到中国,由于喝了有病毒的河水,暴死于卡腊科尔。他最终未能瞻仰布达拉宫的神圣姿容。

斯文·赫定没有被吓住,他决心翻昆仑入藏。他自负地宣称,要除去西藏地图上"UNEXPLORED"(尚未考察)等字样,给山脉、湖泊、河流标上原有的真名。

前往喀喇昆仑山口的路

这一点他没有做到。但正如他所宣称的，每走一步对我们关于地球上的知识都是一种发现，每个名字都是一种新的占领。

的确，直到1907年1月为止，我们对脚下这颗行星表面上这部分的了解，同月球背面一样一无所知。他奇迹般地成功了，不但在西藏作了考察，有重要的地理发现，还成了班禅额尔德尼的座上客，为札什伦布寺所接纳。他的如下经历已成了人类探险史上的经典细节——第84天他看到帐篷时，已饿昏了头，为了向互不通语言的藏族民众换一只羊，他趴在地上一边学羊叫，一边摇着手上的银币。

他的目的是逼近包括阿里、羌塘草原在内的大片无人区，寻找印度河河源。因为这期间，英国皇家地质学院发表的最新西藏地图上，托加藏布河以北的白地上只有"UNEXPLORED"的字样。

他近乎疯狂的探险热情、卓越的吃苦精神、坚定的奋斗方向和明确的决心以及视科学为最高信仰的态度，使他走向了伟大的成功。

大风已不能把他留在这路上的脚印抹去。斯文·赫定这个名字与中国西部：内蒙古、甘肃、西藏，特别是新疆再也难以分离。

岁月的长风一直没有停歇过，但已难以抹去他们的足迹。当然，留在这里的仍旧是高处的险象和无边的荒凉。留给我们的还有思考。在地理大发现的100年间，是西方把中国西域和西藏展现给了世界；是他们力图来发现和探寻。而我们却什么也没有做。

天界

我们是怎样接近天界的呢？

是以一种恐惧、赴死的方式。

那天的行程是从康西瓦出发，经红柳滩、甜水海、铁龙滩、空岔口到多玛，其中，要经过使人闻之色变的死人沟，翻越康西瓦、奇台、界山和苦倒恩布四架达坂。行程总计四百多公里，这也是天路最险要、最难走的路段。跑天路的人们说："天不怕，地不怕，就怕红柳滩到多玛。"

由于高山反应，我们感到身体沉重，头脑格外空明，好像脑子里有生以来所盛下的一切都被洗涤得一干二净。那时，你会突然感觉到肉体是一种实实在在的累赘，希望能将其抛却。同时，你身体的每一丝疲惫、每一缕困倦，头脑都能感受到；每一股寒意、每一阵大风，以至高原上的一切事物，都显得格外分明，且成倍地膨胀着呈现在眼前。

我们的车冲下奇台达坂后，大地平坦而宽阔，山峰闪得很远，因此也显得低矮得多，像有一种强大的力量使它们显得十分卑微，但它们都带着白银铸造的桂冠，在蓝天的映衬下，在近乎辉煌的阳光的照耀下，闪耀着夺目的光芒。

一群野驴飞奔而过，它们敲击亘古荒原的蹄声清脆而急促，它们身后高扬起的尘土透明且富有生机。它们消失得那样疾速，像闪电，像一个转瞬即逝的梦，留给我们的，只是无边的寂静。

那是一种大寂静，好像世界刚刚诞生，还没有第一次呼吸。

神仙湾上站过哨，

甜水海边洗过脚，

死人沟里睡过觉，

界山达坂撒过尿，

班公湖里洗过澡，

穿过甜水海荒原的天路

蹦两蹦，再跳三跳。

据说能在喀喇昆仑山上做到这六点的男人，是真男人、真英雄。但这六点都是不能贸然去做的。神仙湾上站哨，需要一番苦修，有所适应后才能完成。甜水海边洗脚，那是不想活的人才会干的事。而死人沟里睡一觉，可能就永远起不来了。界山达坂那泡"高尿"更是不能随便撒的，第一，那里居住着过往者心目中的神灵；第二，在海拔6370米、飞机飞行的高度上，停留的时间最好短一点，以免自己撒了一柱"高尿"后，就再也撒不出第二柱来。班公湖里洗澡，就可能魂归湖底。有一个年轻的、第一次上山的通信兵，从电杆上下来时，到了离地一米左右的高度，以为没什么问题，就势往下一跳，没想跳下后再也没有起来。所以，蹦跳吼叫这些十分平常的事，在这里却有可能夺去你的生命，所以也不能随便做。

黑色的电杆在路的一侧延伸着，像没有尽头似的，但它们也是我们最好的伴侣，只有它们一直陪伴着我们。

峡谷两边的山并不险峻，路边还偶尔可见一丛羊胡子草，但只能让人觉得这

是大自然的恶作剧，甚至是某种满含阴谋的诱惑。它想使你麻痹，然后冷不防置你于死地。

常跑阿里的汽车兵告诉我们，每年5月初开山通行之际，他们总会在死人沟里遇到被一个漫漫长冬的大雪裹紧，不知什么时候抛锚于此的汽车。拉开车门，总会无一例外地看到冻死在驾驶室里的司机和同行者。初见时，你不会以为他们已死。他们坐在那里，面色如初，像在一边休息一边等着某个人。只有连叫几声没有动静，你去拉搡，他们才会呈坐姿僵硬地跌出车外，这时你才确信他们早已死了。

高原的天气变化无常，大雪封山的时间更是说不准。这些不幸的人就这样，被一场突如其来的大雪埋在了这里，做了高原的祭品。

车在海拔5000米以上的高度颠簸，也像得了高山反应似的喘着粗气。连续数夜的失眠已使我们灵肉分离，加之高山反应，我们感觉身体早已支离破碎，东一块、西一件，在天空里胡乱地飘浮着。但我们不能睡着，也不能停下。苍白的脸随车的剧烈晃动，如飘忽的白纸。

谁也不想开口，张一张嘴都觉得费劲。

几个人沉重的喘息声盖过了车的噪音，呜咽的风在耳边也模糊了，微弱了。长天大地好像都在飘忽着远去。

这是我有生以来，肉体和意识所承受的最大的痛苦。因为头痛欲裂，我只有用绳子和毛巾一次次将头紧紧地勒住，但效果并不明显。

隐在云朵后面的太阳一片模糊，像蒙着面纱的汉子，有些怪异。太阳在云朵后面偷偷地西沉了，以至夜幕降临了我们都不知道。

让人恐惧的暮色把高原笼罩了起来，只看见极远处有一小片天光在闪烁。只有凄厉的风一阵紧接一阵地从头顶上刮过，车被风摇晃着，发出噼噼啪啪的响声。

死人沟紧接界山达坂，两地并无明显的地势差异。山势与喀喇昆仑相比，要柔和许多。

数十道车轮碾成的沟槽像一道道伤痕，画向那个著名的高度。越过雪线，沿那些伤痕盘旋而上，我们终于看到了五彩的经幡。经幡下，立有一个简陋的石碑，上面骇然刻着：

界山达坂 6730 米

字用红漆描过。

界山达坂的实际高度只有 6370 米。但即使是这个高度，也是世界海拔最高的公路的最高点。

从地图上看，界山达坂应在 219 国道 660 公里处，那是真正的新藏交界处的达坂。人们通常所称的"界山达坂"，在军用地图上称"苦倒恩布达坂"，意为"红土达坂"。为什么要把"界山达坂"的石碑立在这里呢？

据说立碑的是个汽车兵。这碑不立在真正的界山达坂而挪到海拔最高处，就是要让它成为只有英雄才能越过的高度。

翻越这样的高度，即使对探险家来说，也是一种骄傲。因为，阿里的神奇、险峻和绝美,盖因其海拔之高。海拔高度,既是大地的高度,也是人类梦想的高度。

不管你是戍边的将士,还是猎获风景的旅行者;不管你是大地隐秘的探寻者,还是前往神山圣湖的朝圣者;即使是为了生计的逐利者,要抵达这块天空中的高原,无一例外地要有勇敢无畏的精神。

所有的汽车经过这里,都要围着经幡绕上一圈,以祈求神灵的保佑。

天似乎更低了,云雾在山腰涌动,降下些雨雪,雨雪落地后不一会儿便无声无息地散了。

界山达坂,就是天界。

天界已没有高度,只有一种卓越的寂静笼罩在周围。

在死寂的死人沟口看到的一群牦牛

喀什噶尔之书

想象中的大地

1996年7月，我第一次启程前往喀什噶尔时，那里的一切对我来说，都只有想象：遥远、热烈、辽阔，被金色的沙铺满，沙中有古国的遗迹，维吾尔的气质、禀赋、言语、痛苦、欢乐……这一切都沉浸在阳光之中——阳光的气味泛着瓜果熟腐后的酒香。

我的心情十分激动。因为我早在1993年就对那片大地进行过想象，我在那年写就的长篇小说《黑白》就是以那里为背景的，小说里的人物就生活在那片沙漠中一个叫"黑白"的王国里，故事也在那里展开。在那部小说中，我已感知了沙的重量和热度。我已用心灵的双脚在我想象中的南疆大地上行走过；或者说它已承载过我小说中的人物、故事和激情；承载过我创作时的欢乐和痛苦。我到那里去，冥冥中早已注定。我只是从想象王国回到现实。

那是我应该去的地方。那里有我用想象和才情创造的王、子民、诗、美女，包括绝望。

我去意坚决地离开，使我从北京到乌鲁木齐的行程变得顺利起来。刚过哈密，兰新铁路就因洪水中断了，直到半月之后才恢复通车。到了乌鲁木齐，南疆的交通也因洪水而中断，不几日，就有可怕的消息传来，说在后沟有二十多人被泥石流卷走了。边城处于一种焚烧似的燥热中,我被煎熬着,只想尽早离开。

路还没通我就出发了。半个月没通车,那辆去喀什噶尔的、浑身泥渍的长途客车却没有坐满——大家都还不敢前往。车上坐着 21 个人,除了我这个汉族人外,其余的全是久困乌鲁木齐的、急迫地要回家乡的维吾尔族人。

车是一对剽悍的维吾尔族父子开的,虽然他们的一举一动都显示着不要命的架势,但因为路况太差,客车还是跑不起来。这种缓慢的车速使我感觉自己好像坐在一辆中世纪的旧马车上,在古老的丝绸之路上且歌且行。客车日夜不停,五天五夜才走完那一千五百多公里路程——即使路况好的话,当时也要走两天一夜。

我为如此广阔的大地而震撼。荒漠,绿洲,就像绝望与希望一样,交替着闪现,像在预示着什么。

8 月的阳光在南疆大地的上空燃烧着,把一切置于它无与伦比的热度中。汽车里一直有一种由阳光味、尘土味、莫合烟味、汗酸味、羊膻味组成的浓烈气息,南疆大地的气息。

在和硕,有个老乡甚至赶上了一只肥硕的绵羊。羊显然是第一次坐车,它一直惊奇地看着车窗外飞掠而过的景色,不时会因为惊诧而发出"咩咩"的叫声。那位老乡也是第一次出远门,他不知道到喀什噶尔的路有多远,所以带了足够的给养——为自己带了半口袋馕、两个五公斤装满了水的塑料壶,还为羊带了两麻袋草料。羊在车上吃草,不时把乌黑发亮的羊粪蛋"乒乒乓乓"撒在车里,当然,还有它排泄的液体。羊干这样的事天经地义,毫无愧色,只是苦了他的主人,羊撒羊粪蛋子,他就要站起来赔上笑脸,说几句表示歉意的话,把羊责怪一番;羊撒一泡尿,他也要

这是南部新疆的戈壁滩上一段新生的路,它周围的荒凉是如此广阔

站起来鞠个躬，批评羊随地大小便。但羊好像是要有意为难它的主人，拉屎撒尿的频率很高。所以那老乡几乎每隔一两个小时就得"引咎"一次，这反而弄得我们不好意思了。

他是到喀什噶尔看望他一位生病的亲戚的，这只羊是他送给那亲戚的礼物。最后，这只尊贵无比的羊与我们一起到了喀什噶尔。车里，无疑一直弥漫着越来越浓郁的尿臊味。

油黑的沥青大道被水冲击得残破不堪，但它笔直地向远方延伸着。穿过村庄城镇的地方总有卖新疆饭食的路边店，门口挂着几只已剥皮剖腹的肥羊。店名总让人忍俊不禁，诸如"巴音郭楞888马家清真饭馆"啦，"博格达艾孜拜父子555手抓羊肉馆"啦，"艾提尕尔999沙湾大盘清真家养土鸡店"啦，全是像要显示气势似的店名，让人念起来颇有些奔流直下的味道，让你从店名即可感觉店主的幽默和风趣。

饭馆大多简陋，但特别宽敞，有些可坐二三百人，姑娘们旋风般地招呼客人，倒茶上菜；小伙子们一边歌唱，一边翻动着大铁锅里的抓饭，玩魔术似的把一个大面团拉成均匀的面条……

五天的旅行中，车上始终只有我一个汉族人。我听不懂他们的语言，但可以感觉到他们的欢乐。他们一路都在唱歌，使人一点也感觉不到旅途的漫长和艰难。车过阿克苏不久，差点翻了，歌声变成了惊叫，但最后发觉车只是倾斜着倒在沟边时，歌声又响起来了。

他们的心有时像阳光一样明亮，有时又忧郁得像被阴影遮蔽的月光。但在旅途中，他们是无忧无虑的，胸怀像路边的大地一样宽广，那善良淳朴的品性让人觉得他们刚刚从泥土中诞生。

我沉浸在他们的欢乐中，不知不觉中就到了中亚这座神秘诱人、难以理解的城市。

如今，我每次去喀什噶尔，都保持了第一次见到它时的那种新鲜感，每次都有新的认识和发现，然后在认识和发现中爱它越来越深，像一桩刻骨铭心的爱情。

喀什噶尔总是在阳光下躺着，即使夜晚，也留有阳光的温度。白杨和沙枣以及庄稼以它为核心，向四周绵延开去，直到高山脚下，直到大漠戈壁边缘。褐色的群山顶上覆盖着冰雪，冰雪下面就是帕米尔高原。慕士塔格山、公格尔山、公格尔九别峰闪光的山顶照耀着整个喀什噶尔绿洲，冰峰雪岭与黑色的戈壁、金色的沙漠一起，把这块绿洲衬托得像一块翡翠。

很有气魄的广场，拓宽的街道，现代化的楼房，穿梭往来的各式汽车，刚修通不久的铁路，国际机场，代表着喀什噶尔现代的一部分；但它还保持着传统，保存着一些古老的风情和生活方式。它们交织在一起，组成了喀什噶尔五彩的、深具内涵的生活图景。

在这里，百分之九十七是维吾尔族人。凡是在这里生活了一些年头的汉族人，无论是官员，还是商贩，大多被"维化"了。他们维吾尔语说得和汉语一样流利，面食和牛羊肉吃着比家乡的大米还舒服，习惯了用碗或茶杯畅饮，说话直来直去，不再拐弯抹角……没有人试图改变这座城市，大家在享受一种很有情趣的土生土长的生活方式的同时，悠然自得地等待着现代文明的来临。最后，使二者各自呈现在了这座城市中。虽然有一种不协调感，但它仍然是一个比较纯粹的充满浓郁的中亚伊斯兰气息的城市。

这里的人从未拒绝外来文化和异族文明，甚至他们的血缘。喀什的男人身材健壮，相貌英俊，而女人的艳丽是在很久以前就令人惊异的。1868年，俄国探险家乔汗·瓦里汗诺夫到喀什噶尔考察时，这里外国人的人数相当于当地居民的四分之一。他们大多是浩罕人、阿富汗人、犹太人、印度人、鞑靼人，还有英国和俄国的使节。那时，这里就是大探险时代来来往往的探险家的落脚地。

上溯历史，在张骞"凿空西域"之后，特别是唐、元、清三朝代，喀什噶尔的内地军士、使节和官吏往来不绝，加之丝绸之路南道和中路都必须由此经过，使它成为塔里木地区的门户，再加之战争导致的人种的迁徙，使不同的血缘沿着丝绸古道源源不断地融会于此，最终成为现在的喀什维吾尔族人。据文献记载，当年任何信仰伊斯兰教的外国人或内地人都可与当地女子结婚，这使喀什噶尔成为一座名副其实的"混血的城"（诗人沈苇语）。

英国驻喀什噶尔总领事马嘎特尼的夫人凯瑟琳·马嘎特尼是位勇敢的英国女子，她远离英国，随丈夫在这里生活了17年之久。1931年她用细腻温馨的笔调，满怀深情地写出了《一个外交官夫人对喀什噶尔的回忆》。在这本书中，她就说喀什噶尔人"颇具欧洲人特征"；她还说，"人们很难说清喀什噶尔人到底属于什么人种，因为在过去几千年里，由于四面八方的入侵，这里的人种混杂得相当厉害。使他们既具有游牧民族的奔放豪气，又有汉民族的中庸适度，还具有西欧人的风度、南亚人的热情，这一切在他们身上形成了一种少见的贵族气质。"

因为少雨，尘土仍然是这个城市的一部分，这当然也是阳光的赐予。毛驴的叫声会不时在某个街角响起，白须飘然的老汉骑在毛驴背上，悠然地任驴把自己驮到要去的地方。老太太和妇女则坐着毛驴车——就那种平板车——在上面铺一块毡子——和她们的孙子、孙女们半卧在上面，有时一驾毛驴车可奇迹般地坐十

喀什郊外黄昏的云

多个人，毛驴显得跟只老鼠一样大小。它细碎的步子踩着脖子上的铃铛声，神情卑微而平静。因为车上拉的是女人，驴一般都打扮过，脖子上挂着铃铛，额头上顶着一团大大的缨子，使它看上去像一位打扮过的新娘子，即使这样，毛驴也从不神气，反而感到羞涩，显得朴素而诚实。

不时也有骑着高头大马的汉子，叼着烟卷，腰上挂着英吉沙刀子，威风得像骑士一般从大街上走过，勒住马缰时，马会"咴咴"嘶鸣。马车更多，车也是平板上铺一块鲜艳的毡子，马却装饰得很是富丽，脖子上挂着闪闪发光的铜铃，红艳的缨子点缀着马的额头。有些马身上还披着图案精美的土耳其织毯，"嘚嘚"的马蹄声和铜铃声使你老远就能感觉它的到来。

马车和驴车都可出租，人们称这种车为"马的"或"驴的"，游览喀什噶尔，坐这样的车是再好不过的。

有时也有骆驼迈着尊严的步子，像武士一般，从大街上走过；还有从帕米尔高原赶下来的成百只羊，从街道的另一头涌过来，带着风尘仆仆的味道。车子都停下来，恭候它们通过，人们都远远地看着它们，好像在送一支远征的队伍。

城市的节奏并不匆忙，大街上的男男女女悠然自得，你虽然恍若置身于某个阿拉伯城市，但绝大多数妇女并没有在脸上蒙着黑色的面纱；为显示自己地位优越、生活舒适而不再保持身材的中年妇女们，显得雍容富态；少妇则无法掩饰她们的天然风情，年轻的姑娘有一小部分穿着时髦的正在上海或东南沿海流行的服饰——是的，时尚是个没有办法阻止的东西——但大部分人还穿着用鲜艳的艾德莱丝绸做成的衣裙，梳着十数根黑色小辫，戴着装饰高雅、色彩红润的帽子。你常常会为从自己面前走过的姑娘的美丽而惊讶，而惆怅，但她们已飘然走远。当你大胆地注视她们，她们也会回过头来，用传神而勾魂的眼睛更大胆地看你，直到你垂下眼睑，不得不逃避，她们才以胜利者的姿态，或快乐地笑着跑开，或转过头去，再对你回眸一笑，使你由惆怅而变得忧伤。

还有那我不知道该怎样来描述的世相的色彩。

那是一种飞扬流动的花纹，一种喜气洋洋的铺张，一种宏大的天籁般的交响，一种绚烂的幸福与安然……所有的色彩都集中在了这里，成为从古丝绸之路开通之际就已开始的色彩的沉淀和积累——谁也测不出它丰富的程度。

画驴的黄胄说，"春风捉笔写不尽，七彩古城四季新"。这里的七彩是一个无限延伸的词语。

喀什噶尔巴扎（即集市）载负着这些色彩，把这个民族的物产和情趣展现给你的同时，也让你进入了丝绸之路风情的长旅，进入了一个无所不有的世界。

一到巴扎日，就会有五六万人从四面八方赶到巴扎上。那里也备下了能满足你的一切：四海商货，土特珍品，骏马肥羊，瓜果蛋禽……色彩转化为世相，世相转化为色彩。

荒凉总是与生命的奇迹相伴，这是大漠中顽强生长的胡杨

仅东门外的农副产品市场就占地110亩，粮油、蔬菜、棉花、鲜果、药材带着泥土的气息，马牛羊骡则带着草原的气息，鱼鳝鹅鸭则带着水池的气息。而夏秋两季，桑葚、樱桃、黄杏、蟠桃、酸梅、石榴、苹果、核桃、香梨、西瓜、葡萄、巴旦木、无花果、甜瓜等纷纷上市，它们带着或紫黑，或金黄，或红艳，或青绿的色彩，点缀着每个人的视野和胃口，也让果香弥漫了整个城市。

艾提尕尔巴扎在历史上由来自安集延的乌兹别克人经营。这里多为精美的手工艺品，有曲曼花帽、英吉沙小刀、镶有金银铜条的衣箱，有富有民族特色的项链、戒指、手镯，还有各种民族乐器，色彩绚烂，琳琅斑斓。

位于艾提尕尔广场左侧的安江市场，是一条不深的巷子，却密集着六百余个摊位，经营着尼绒、丝绸和其他布匹以及毛毯、鞋袜、珠宝、首饰等数百种商品……

我不得不说，这是我所到达的最富有人间气息的地方，而最为珍贵的是，它还带着丝路凿空之时的气息，带着那种远古的味道。

这就是我最初印象的喀什噶尔。的确，我一到这座城市，就被迷住了。我暗暗庆幸命运让我来到了这里，来到了与我想象如此相符的地方。走了那么远的路，没有白走；它让我这个一无所有的人，一夜间拥有了一个可以与外界区别开来的王国，拥有了一个独特的世界。

弥漫的香妃

"香妃……"

我已一次次在心中默默地呼唤过她，像呼唤我的情人。

她是作为一位由香气幻化而成的精灵存在于我心中的。这香气飘荡在爱她的人的心间，不会消散。这香气也弥漫在皇城和她的故乡。在皇城，她有香消玉殒的时候，而在故乡，这香气永存。在皇城，她叫容妃，在故乡她叫"香姑娘"，维吾尔语称伊帕尔汗。在异乡，别人已将她遗忘，只是偶尔翻阅陈年的史籍时，才会记起有这样一个来自边地的女子，只有故乡的人让她时时刻刻活在心中。

有人说，在月色清朗、只有微风的静夜，你会在喀什噶尔数十公里的范围内，闻到她的香气。至于香味则有各种说法，有人说是兰花的香气，有人说是麦花的香气，还有人说是栀子花的香气；有一位老人甚至一本正经地告诉我是刚落下的雪花的香气……

在人们的心中，她的香气就是青春和美的气息。她就是人们记忆中一个代表着青春和美的边地女子。

我到喀什噶尔不久，有一天专门打了一辆"驴的"前去看望她。小毛驴殷勤地往前小跑着，郊区的道路两旁是高高的白杨树，遮住了阳光，显得十分幽深。白杨树后面，是泥坯垒起的农家院落。显然，这路小毛驴已走熟了。赶车的老太太任由驴往前走着，一点也不管它，却和我唠起了香姑娘。她用的是亲切而担忧的口气，好像香姑娘是她刚刚出嫁的闺女。

"北京那个地方嘛，香姑娘肯定待不惯。我去过北京，那个城嘛太大了。那么大的地方，还叫做城吗？"

我忍不住笑了，问她："不叫城叫什么啊？"

"叫大城市嘛！"她回答完，也忍不住哈哈笑起来，笑完了，又接着说，"总之，还是老家好。葡萄嘛，这里能吃新鲜的，但可怜的香姑娘只能吃葡萄干；在这里嘛，能吃又肥又嫩的绵羊肉，那里嘛，只能吃只有一把骨头的山羊肉；这里嘛，能说维吾尔族语，那里嘛只能说汉话。哎，不知香姑娘咋过的……"她的话让人感到香姑娘还在清朝的皇宫里痛苦地生

这是香妃的画像。她像湖一样沉静的美迄今仍让人忧伤

活着。

她继续唠叨。"她是嫁了个皇帝，可嫁给皇帝有什么了不起？又不是自己喜欢的人，也不是自己爱的人嘛。那里只有那个什么荣华富贵，可那有什么用。鸟儿即使关进的是金笼子，但依然是笼子；虽不用自己觅食，但失去的那个嘛是——自在地飞来飞去……"

与香妃墓一体的一处维吾尔民族建筑的前廊

老人像一个哲学家，越说越有兴致。我就转了话题，问："老人家，香妃死后埋在河北遵化，并没有埋在这里，怎么能把这里叫'香妃墓'呢？"

她一听，招呼驴停下，然后自己也跳下车来，生气地对我说："这个样子嘛，你就付钱走人，不用去看了。你这个样子嘛，知道香姑娘不在这里，还去看什么？"

"我是听人家说的，但我不相信。"

"不要相信他们那个样子嘛胡说，我们故乡人不知道香姑娘死后葬在哪里吗？"

时间对于这个老人来说是不存在的，她好像真是看着香妃长大、看着香妃出嫁、感受香妃还在婆家受苦的人。

但这里确实不是安葬香妃的地方，这里是明末清初伊斯兰教"白山派"（也称"白山宗"）领袖阿帕克霍加的家族墓地，因阿帕克霍加在"白山派"中影响深远，这里成为伊斯兰教徒心中的圣地，故称阿帕克霍加墓。

"香妃墓"始建于1640年前后，地处喀什噶尔东北郊5公里处的浩罕村，是一座典型的伊斯兰古墓建筑，也是新疆众多伊斯兰陵墓中最引人注目的一座。它色彩华丽、气势壮观，肃穆庄严中有让人亲近的力量。七座塔楼上各顶着一弯新月，除门窗之外，全以绿色琉璃砖装饰。这种颜色使人感觉它是天气变暖后，经雨水的浇灌，从大地里生长出来的生命力极强的植物。

香妃是清朝乾隆年间叶尔羌河畔伊斯兰教"白山派"阿里和卓的女儿，因其兄图尔都协助清军平叛有功，随兄参加乾隆大宴功臣和眷属的宴会时，为乾隆看中而入宫，初被封为贵人，后晋封为容妃。她生得花容月貌，婀娜多姿，能歌善舞，善骑射，精诗文，会编织，生来就散发着一股天然而又奇妙的芳香，常常令闻者如痴如醉，如饮香茗，故而深得乾隆宠爱。香妃病故于乾隆五十三年（1788年）4月19日。据说香妃去世后，香气不绝，乾隆下令以软轿将其遗体运回喀什噶尔安葬，拨款修建了著名的香妃墓，故后人一直以为香妃葬于喀什噶尔。直到1977年河北遵化清东陵发现容妃墓后，世人才知阿帕克霍加墓被误为香妃墓。但人们仍然以"香妃墓"来称呼这座色彩华丽、气势不凡、古老而又辉煌的陵寝。

阿帕克霍加墓那华丽的门楼，那门楼上的波斯文字，那门楣上的赞美诗，那纯金镀就的月牙，那荫翳蔽日的古木，那大礼拜寺、小清真寺以及那一潭清水，那高大的圆柱和门墙，那洁净高雅、在阳光下泛着特殊光泽的蓝色琉璃砖，那以彩绘天棚覆顶的高台，那神秘的祈祷室，那造型独特、精美壮观的主墓室，那发人深省的古代阿拉伯警句，那意态和谐、气势峻拔的宣礼塔和召唤楼，那墓室中央巨大的半球形穹隆，那高敞明亮的墓室……无不包含着伊斯兰教的宗教精神和艺术品质。

而香妃也早已如从不凋零的花朵，让那永不衰败的异香，静静地弥漫在她曾经梦牵魂萦的故乡。

从陵园出来，那位赶驴车的老人还在等着我，一见我就说："进去看了，该知道这就是香姑娘的拱拜孜了吧。"

我点点头。

老人显得很高兴。"我一到这里，就能闻到她身上的香气。那香气是太阳的香气——就是把洗干净的被子放在太阳下晾晒后，留在被子上的那种香气。你闻到了吗?"

我点点头。

我在心里回答道,我闻到了,但它是传说的香气,带着忧郁的气息。

河流的勇气

那是一个梦境,一个让我迷醉的梦境。它让我整个肉体都沉浸在那浓烈的奶酒香味中。

而载负这个梦境的却只是无边大地上的一条小河。

它之所以让我感动,是因为它以河流的勇气静静地穿越了烈日下的荒凉和辽远。

混着维吾尔方言的莫合烟味飘荡在河的两岸,让我感到自然而又亲切。我的头脑容纳着过于宽广的褐色——它不是衰竭、贫瘠的色彩,而是博大深厚的象征。因为它容纳着大地的沧桑。但它毕竟使我疲惫。我渴望有一种流动的、舒缓的东西来缓解我的紧张,希望看到纳格拉鼓和卡龙琴声中的边陲古城随着河水流动;希望看到笼罩在白杨和翠柳中的、飘着果香和莫合烟及烤羊肉味的喀什噶尔随着河水流动;希望艾提尕尔清真寺塔楼上那轮神圣的蓝色新月随着河水流动。

我知道,一定是什么侵蚀了我的感知。

很久以后,我终于明白,那是一种来自历史深处的力量。

这种力量在某个瞬间把我击倒了。

它让我产生了一种渴望——对一种从历史深处延绵至今的东西进行了解的渴望。这渴望使人万般焦灼,这焦灼将我很快逼入痛苦不堪的境地。

它把我引到了克孜勒河畔。河水显得凝重,并不流畅舒缓。水很浅,好多地方只见湿润的河床和一缕蜿蜒的水在静静地流淌,流向势必消失的叶尔羌河的尽头。叶尔羌河是一条不能奔涌至浩瀚大海的河流，但它知道了某种死亡的归宿，却依然义无反顾地向前奔流，显得十分悲壮。

而我在没有大水奔涌的季节看到了河水的奔涌，在听不见波涛之声的河边听到了波涛之声。它拍击着我的心岸，激荡起令人怅然的白浪。

我知道这条河也许改变过，但近 2000 年来始终没有停止自己的奔流。因为奔流是任何一条活着的河流的命运。

一千九百多年前，他也许也在这条河边流连。望着河水，他思绪万千，他一定想到了故国家园，想起了老父妻儿，想起了中原的麦香、洛阳的牡丹，但想归想，想罢，便一拂长袖，将思绪付诸流水，然后回到盘橐城中，挑灯看剑，思索安定西域的良策。

我隔着克孜勒河，隐隐看到了远古的盘橐城。它在月光中泛着黄土的金色，闪烁着迷蒙的光辉。班超从书房走出，沉思着漫步到城头，一手执长剑，一手握书卷，看着辽阔而宁静的大地，听着村落里毛驴高亢的嘶鸣和狗的吠叫，将长剑掷于河中，说，有书即可，要剑何用！

所以，看到盘橐城中只有握着书卷的班超塑像，我觉得塑像者对班超是很理解的。

战争可以哺育英雄，带给人类的却是灾难。做过兰台令史的班超从历史中一定看到了这一点，因为使命而把战争带给人类是他不愿意的。他出使西域，是为了统一，但要达到目的，必须赢得和睦。赢得和睦并维持和睦，使民众安宁、富足才是他的最大功绩。

但现实与希望总是相悖的。他没能摆脱征战。从公元 78 年开始，他先后征服姑墨国，收复乌即城，铲除莎车王，击退月氏兵，平疏勒叛乱，令龟兹降服……这些征战使他威震西域，名播中亚。法国历史学家布尔努瓦在评价他时说，在不知疲倦的征战中，班超对西域的影响几乎无所不在；而他进行的征战又几乎是常胜不败的。

古来投笔从戎的诗人文士何以千计，可成为英雄俊杰者寥寥。年满40，身在兰台，管理着国家图书并从事修志编史的班超，听说汉明帝要派大将窦固西征，便毅然弃笔执剑，西出阳关，决心像傅介子和张骞那样建功西域，报效国家。

人过40，便如过午的日头，应当安身立命，不再远游。班超做着兰台令史，领着不丰不薄的俸禄，本可奉养老母，教育儿女，安然现状。西进之路，何止迢迢，凶险阻坷，难以想象。但班超觉得一方书案正在空耗他的人生；典籍案牍已经磨灭了他的理想。他在理智之年做出的选择体现了他人生的自信。他初出天山便在蒲类海大战中显露身手，紧接着，又独自领兵攻下伊吾，可谓身手不凡。

每个人都在寻找实现个体理想的途径，但从没有顺达的实现之路。没有勇气和决心，要找到那路都十分艰难，更不用说抵达了。

公元73年夏，班超从窦固北击匈奴，后奉命率领36名勇士，沿丝路南道艰难行进赴西域。他在鄯善火烧匈奴使者，在于阗智战以妖言阻挡他前行的巫师，靠大智大勇，于次年初春，绕开莎车国，渡过冰封的克孜勒河，神兵天降盘橐城，一举安定疏勒国。

疏勒国形成于西汉，其都城盘橐城即后来的喀什噶尔。喀什噶尔北依天山，西靠帕米尔，南倚喀喇昆仑，有文字记载的历史已有2000余年。喀什噶尔养育了著名的维吾尔语文学家马赫穆德·喀什噶尔；养育了维吾尔著名诗人尤素甫·哈斯哈吉甫——他用古回鹘文写成的长达13000余行的古典叙事长诗《福乐智慧》，内容丰富，语言生动，内容包

克孜勒河辉煌而又深沉的夕照

括社会、政治、经济、哲学、文学等方面；养育了著名的伊斯兰教"白山派"领袖阿帕克霍加。喀什噶尔还有兴建于明景泰年间（1450—1456年）的艾提尕尔清真寺，距今已有500多年的历史，此寺肃穆典雅，雍容华贵，传递着信仰的光辉，集维吾尔族建筑艺术之大成。

据《汉书·疏勒传》记载，公元前126年，出使大月氏的张骞回国途经疏勒国时，因丝绸之路南、北两道必经此地，其首都疏勒城就已是天山南北"有市列"的国际性商业城市。公元前59年，匈奴西部日逐王归汉后，西汉政府以郑吉为西域都护，西域安定使疏勒城更趋发达。王莽篡位引起内乱后，匈奴的势力重新进入天山以南，控制了塔克拉玛干周围的广大绿洲，致使丝路不时中断。班超出使西域，是要使西域统一，并重新疏通丝绸之路。这无疑对人类的进步有着重要的意义，因为很多个世纪里，丝绸之路是中西交往的重要通道。

公元76年，章帝继明帝之位后，曾认为统一西域无望，诏谕班超回京。壮志未酬，豪情空抛，班超登上盘橐城头，很不甘心，看着缓缓南流的克孜勒河，内心十分矛盾，更何况他已经爱上了这片土地呢。

历史发展到今天，新疆仍有一种神奇的力量，那就是让来到这里的人，在拒斥中不知不觉地爱上它。这种力量来自大地深处，直抵人的灵魂。所以，无论你是来自烟雨缥缈的江浙，还是来自黑山白水的关外；也无论你是出生在楚天潇湘，还是出生在巴山蜀水，只要你来到新疆，过不了多久，你就会情不自禁地将自己视作它的一个部分，把它当成自己精神上的故乡。

可是君命难违，班超只得起程。消息一经传出，疏勒国民顿时一片凄惶。都尉黎弇大声疾呼道："汉使弃我，我必复为龟兹所灭耳。诚不忍见汉使去！"遂挥刀自刎。班超到了于阗，于阗的王侯吏民围住他，抱住他的马腿，痛哭失声，使他不能前行。

作为朝廷官员，从古至今，有几人能受到民众如此盛情的挽留，又有几人能得到如此崇高的礼遇呢？

此时，另一种伟大诞生了。在皇帝的诏谕与民众的期待之间，班超选择了民众。这在封建社会，的确是冒天下之大不韪的事。虽然有"将在外，君命有所不受"之说，但真正敢不受的又有几人呢？

班超从于阗重返疏勒。

班超经营西域 30 年，在疏勒生活了 18 年，公元 102 年卸任返京时，正好七十高龄。

古城经过岁月的洗刷，只余下了一段长不足十米、高不过三米的遗迹，但因了班超的存在，作为一座城，它的灵魂无疑已变得永恒。

> 万里腥膻如许，
>
> 千古英灵安在？

南宋词人陈亮的追问也是我们的怀念。

班超的英灵是长存的，因为它早已渗入了西域辽阔大地的血脉之中，并弥散在空气里。

城市和大地的灵魂是品质、精神和不死的历史组合而成的。我依着残垣，感觉到了这城的呼吸；行走在大地上，我还可以听见班超稳沉的脚步声。

落日的余晖轻轻地洒在这座被当地人称为"艾斯克萨尔"——维语的意思是"破城子"——的断墙残垣上，经历了无数岁月的黄土泛着比黄金的色彩更为本质的光芒。城南的克孜勒河和城北的吐曼河在城下交汇，城垒筑在两河交汇处的高地上。根据法国人伯希和 20 世纪初的实地勘测，此城占地面积仅两百余亩，是座不大的城，但当时因为班超的存在，它变得异常强大。

以 36 名勇士而安定西域，并使汉朝声威远播，这需要大勇，更需要大智。只是愚钝如我者，难以从这大地的气息中感知。

夜已深，疏勒的夜空于我是熟悉而又陌生的。它那海蓝色上点缀的星辰闪烁着神秘的光辉。我曾在很多枯寂的夜晚凝望它们，企图以诗的方式应和那无边的诗意，企图以诗的方式和它们对话。我却说不出一句话，因为那变幻不定的、深邃莫测的夜空本身就是宇宙万物吟唱的颂歌。

我来到克孜勒河边,原来是想和班超隔河对话的,但等我到了河边才意识到,隔着千古之河,我能听见他洪钟般的声音,而我自己的声音却只能漂浮在河的此岸,如一只蚊虫的呐呐。

于是我只有梦想,跨过了面前的河就跨过了无边的时空,就能到达班超的跟前,做他36名勇士中的一个。

不灭的书

在离喀什三十多公里外的乌帕尔村有座古老得不知年代的清真寺,寺里有位九十高龄的老阿訇,名叫库尔班霍加。他在阅读了大量阿拉伯文献后,准备为麻赫穆德·喀什噶里写一本传记。但他不知这位大学者葬于何处,找遍了喀什大大小小的麻扎,也没有结果。传说乌帕尔村有座圣人墓,库尔班霍加就常到墓前去,通过细致的考察,他推测这就是麻赫穆德·喀什噶里的陵墓。他把自己的推测告诉了考古学家,考古学家在墓室的屋檐上,发现了11世纪的阿拉伯文字和图案。由此证实了库尔班霍加的推想。

消息传开后,人们蜂拥前来礼谒圣人墓,就连远在阿拉伯的信众也不远万里,前来朝拜。

至此,麻赫穆德·喀什噶里在乌帕尔村已默默地安睡了数百年时光,他早在1500年就停止了他行走的脚步,那时他疲惫的步履已得到了歇息,正好用来走另一条路。他这次上路已没有年轻时的仓皇,他不慌不忙地在阳光中坐下来,呼吸了一口故乡干燥的空气,然后把它留在肺腑,那是他上路时携带的唯一的行李——一口故乡的空气。然后从大地上隐遁,走上沉默的苦行。

在他宽广而又逼仄的故乡乌帕尔村,他带着那口空气,行走了870年左右的时光。然后，乡亲们发现了他，让他歇息下来，安享被尊崇的荣耀。他接受了这善意的请求，以一处陵墓和一尊头塑的方式歇息下来。《突厥语大词典》传奇式的发现与隐没，隐没与发现，到最终得以流传，使他稍得安慰。

是啊，他和这本书所走的路都太长了，现在终于可以停止下来了。

他把那口从故乡带走的空气还给了故乡。

即使一个人获得了世界性的荣誉，也只有故乡知道他的痛苦、不幸与孤独，也只有故乡更了解他，只有故乡可以毫不功利地接纳他；而对于他来说，故乡是唯一的，可以无条件地热爱。我想，这可能就是他无论走了多远都梦寐以求的要回来的原因。

远处就是帕米尔高原，它钢蓝色的山体和圣洁的雪山是这位伟大的行者栖息之地的背影，那条通往远处的草原、河流、沙漠和纷乱的道路他走过。从那高原奔流而下的河水从他身边流过——那水流越来越细，越来越微弱——那河水浇灌了绿洲，自己只剩下了宽阔的、遍布灰色石头的河床。

十几棵古老的白杨与它相伴，树下那眼清澈的泉水使环境寂静而安谧。村民的说话声、公鸡的啼叫、马的嘶鸣、孩子的吵闹，土地、人、房屋、干草堆、牲口散发出来的乡土气息，是他熟悉，也是他梦寐以求的，他愿意永远置身于这古朴淳厚的气息之中。他自己就是风景，他置身于自然，他使风景变得无边。他不需要任何人为的景象来点缀和装饰他的栖居之所。

麻赫穆德·喀什噶里出生于1008年,他的祖父和父亲都曾是喀喇汗王朝的汗，这使他得以受到良好的教育，并随父亲游历了中亚各国。但他的少年时期处于喀喇汗王朝为推行伊斯兰教而与信仰佛教的西州回鹘王国——此前喀喇汗朝已灭了佛国于阗——进行宗教战争的时代，战乱频繁；到青年时期，他父亲的政权已发生了危机；他而立之年的一场宫廷政变使整个家族几乎被斩尽杀绝。只有他幸免于难。他逃出喀喇汗王朝的国都喀什噶尔，从此背井离乡，四处流浪，开始了他的"行者"生涯。

苦难唤醒了他的学识，把他引上了一条永恒之路。凭着渊博的知识，他为自己的流浪赋予了尽可能宏大的目标。他开始用足迹去发现真知。他翻越天山，在西域的河流——伊犁河、楚河、锡尔河、阿姆河之间的牧场、荒原、戈壁、高山之间流浪，一直到了布哈拉城。那里生活着突厥语诸部的民众。他在那里整整行走了15年之久。

这个落难的贵族子弟自由而放达，贫穷而高贵，他一直在以渊博的学识从事一项谦逊的工作，那就是收集和考察这些部落的语言。对于许多部落而言，他们的语言在说出时就意味着消亡。他要让这些语言永生。在他走遍这广阔的大地之后，随丝绸商人来到了巴格达，定居在那里，潜心写作他的《突厥语大词典》。

他在书中说，"我走遍了突厥人的所有村庄和草原。突厥人、土库曼人、乌古斯人、处月人……的语言全铭记在我的心中"，"我用最优雅的形式和最明确的语言写成此书"。

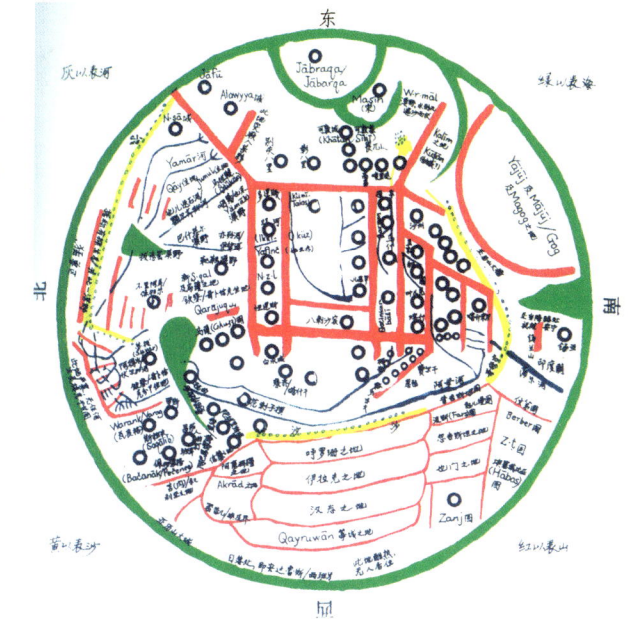

在与喀什噶尔有着同样气息的文明古城巴格达，他听着幼发拉底河和底格里斯河不朽的涛声，呕心沥血，倾其才华和学识，历经20年寂寞岁月，终于如愿以偿，用阿拉伯文写成了《突厥语大词典》这部辉煌巨著。书中汇集了突厥语各民族的语言、故事和诗歌等。不仅对研究新疆和中亚的语言文字和文学艺术具有很高的价值，而且为研究突厥语诸部族的历史、地理、物产和民俗提供了宝贵的资料，被称作是"突厥民族的百科全书"。

从书斋里出来，他已是一名65岁的皓首老者，他在阿拉伯的阳光里轻松地

大概世界上所有人都认为是麦哲伦的环球航行证明了地球是圆的，其实早在他四百多年前，麻赫穆德·喀什噶里就在《突厥语大词典》中画出了世界上第一幅圆形地图

舒了一口气，感谢真主的宽容使他写成了此书而生命犹存。无边的黄沙和翡翠般的绿洲使他如此思念故乡，以至泪如泉涌。

不知不觉中，他离开喀什噶尔已经35年了。

1074年2月，麻赫穆德将书稿献给阿拉伯阿巴斯王朝的哈里发阿布。他如此慎重，像交出自己唯一的爱子。他知道，一个哈里发更有可能使自己的智慧和心血得以保存。

那书如同一个人，甚至一个世界的命运。他只能如此。

他挥泪告别了自己的著作，告别了巴格达，迫不及待地踏上了回归故乡的路。

漫漫长路上，这位老人的步态已有些龙钟。穷其一生、两手空空的他把一切都付与那本书了，他不知多少遍地向真主祈祷，希望真主保佑那部孤本能躲过时间中充斥的战火和血腥，最终幸存下来。

他走了多久时间才回到故乡，我们不得而知。可能是过惯了寂静的生活，也可能是不愿追忆家族曾被血腥屠杀，他在这个叫乌帕尔的乡村结庐为舍，停留下来，做了一名乡村教师。谁也不知道他的真实身份，谁也不知道他来自哪里。他也再没有任何著作。他无比自信地认定那部书会如一片大地一样永恒，因为他的书中充满了广袤的中亚大地的精神和灵魂。

但战争席卷了阿拉伯领土，珍藏着他书稿的哈里发阿布的王宫被焚为一片废墟，《突厥语大词典》去向不明。

这部书虽未印行，但阿布作为哈里发早作了宣传，在战争结束后100年间，人们四处寻找，结果杳无音信。12世纪末，巴格达街头出现了一个蓬头垢面的女乞丐，她背着一个包袱，来到王宫门前，径直朝宫中走去。卫士横刀把她拦住。她告诉卫士，她有一件珍贵的宝物要献给国王。

原来这位沦为乞丐的妇女就是阿布的后代，那100年间，她的父辈和祖辈为这部书定然经历了无数的颠沛流离，但他们失去了一个王朝，却尊崇了一个学者的愿望，保存住了这部书。并且，这个沦落的王族从自身的命运知道，这部书最终要被保存下来,还得把它交给君王。

巴格达的哈里发在王宫里接见了这位妇女。她打开包袱,将珍藏了多年的《突厥语大词典》献给了哈里发。哈里发喜出望外,当即令人将词典抄了几十部。可是没过几年,十字军第二次东征,战争又一次蹂躏了阿拉伯。这部书在战争中再次石沉大海,杳无音信。

时光无情地流逝着,一晃六百余年过去了。除了古文献中记载过这部书外,人们再也没有见过它的真面目。一部书的如此命运,它在人世间所经历的沧桑沉浮,的确是很少见的。

但它冥冥中似乎真的受到了真主的保佑——它也似乎有一种宿命——它在战争中两度沉默,然后又被战争所发现——以至最终不灭。第一次世界大战期间,一颗像是长了眼睛的炮弹炸开了土耳其著名贵族狄雅尔贝克家族中藏书家阿里·埃米里的书库,人们从大量藏书中发现了一本用阿拉伯文写成的古书,但因为当时没人能看懂它,所以并没有引起人们的重视。一位叫穆阿里木·里费阿特的教师将这本书带回家去,希望作一番研究。

这位教师的血液很快就沸腾了。

它就是《突厥语大词典》!

它当时已是世界上传世的唯一抄本,是举世无双的稀世珍宝!

这位教师用了三年时间,在伊斯坦布尔将《突厥语大词典》分为三卷刊印出来,当即引起了各国学者的普遍关注。但能看懂这部书的人,仅限于少数学者和语言学家。因为要看懂这部古书,就要有作者一样渊博的学识,要通晓中亚历史上各个王国和部

喀什古巷的一个入口。它基本保持了麻赫穆德·喀什噶里在世时的状态

族的历史以及它们各自的民族语言。

土耳其语言学家希姆·阿塔莱伊用了21年时间将《突厥语大词典》翻译成土耳其文，1957年在安卡拉出版。紧接着，苏联语言学家穆塔生敦夫又将土耳其文版的《突厥语大词典》翻译成乌兹别克文，1960年在塔什干出版。中国虽然汇集了许多语言学家，用集体的力量将阿拉伯文版的《突厥语大词典》翻译成了维吾尔文，但在1981年出版了第一卷后，后两卷至今尚未问世。汉文版则迟迟不能问世。

这的确让人羞愧难当。

一本经历了近千年沧桑巨变、历经战火烽烟而未灭（不可能灭）的书难道不值得出版么？

在这一点上，11世纪的哈里发阿布所代表的阿巴斯王朝，以及12世纪的巴格达王所代表的自己的王国，以及藏书家阿里·埃米里、教师穆阿里木·里费阿特、语言学家希姆·阿塔莱伊所代表的土耳其，还有穆塔生敦夫所代表的乌兹别克，都更能认识一本书的价值。

"任何一个人为了拣一块金币而费尽了心机，可是这里有黄金般的文字，古代最聪明的智者说出来的话，它们的价值是历代的聪明人向我们保证过的——然而我们读的只不过是识字课本，初级读本和教科书……于是，我们的读物，我们的谈话和我们的思想水平都极低，只配得上小人国和侏儒。"

默念着梭罗的话，站在这伟大学者的

具有伊斯兰建筑风格的走廊

陵墓前，我感到无地自容。

我看着地处沙漠边缘的乌帕尔乡，我知道，只有绿色能与沙漠战斗，能抵御沙漠的进攻。我也知道，只有经过时间淘洗的经典，只有真正的好书能抵御精神沙漠的侵袭。

所以，当我 2002 年 6 月终于买到 3 卷本的《突厥语大词典》汉译本时，我的心情格外激动——好多人已等了它 20 年，我从听说这本书起，到终于得窥全貌也已有 13 年了。

我深深地感到，能拥有它的确是一种非同寻常的缘分，这可是一种千年之缘啊。

喀什噶尔的灵魂

喀什噶尔的灵魂在卡斯区一带。它代表了这个城市古老的过去，平静的现在，如果幸运，它必然还将代表喀什噶尔的未来。

在历史久远的卡斯区，那些用花草和几何图案装饰起来的民居，是如此的富有民族特性。在乌斯塘布衣、在艾提尕尔广场周围，只要你沿着任何一个巷口走进去，就会被一种古朴得近乎原始的色彩、泥墙和弥漫的气息所迷惑，一切现代的气息都被隔离了。卡斯区超凡脱俗于一切之上，像要力图与这座城市区别开来，以形成一种必须深究和仰视才能理解的景致。

房屋就在黄色的泥土上用泥巴和杨木建筑起来。许多木头去枝之后，没有刨削加工，就那样，以一种金黄的颜色架构和支撑屋顶、阁楼和阳台，以土筑墙，以泥涂顶，以泥抹地。全是泥土的颜色、气息和味道。这些建筑或依着山势而建，或从平地上突兀起很高，高低不等，错落有致。那些阳台会从房子的一侧挺出来，像农妇的乳房，颤颤悠悠，有些下垂，却牢实而饱满。整个街区看上去都是歪歪扭扭，晃晃荡荡，松松垮垮，加之又有许多跨越街巷两侧的、仅用几根粗糙的杨

一位正在开门的维吾尔族女子　段离　摄

木横担着支撑的过街楼，在分割着一年四季的光阴，更让人觉得这些房屋随时要垮塌下来，它们却战胜了时光的侵袭，在南疆浓烈的阳光下存在了数十上百、甚至数百上千年之久。

阳光下的这些旧巷更具有美的质感，那种明暗交错使普通的泥土显得深具内涵，仿佛其中有一种古朴的美正在骚动。如果是在清晨的朝霞和黄昏的夕照中，那泥土的颜色会柔和而深沉，凝重而明亮，像富有生机的季节一样吸纳着太阳的瑰丽光彩，使其也闪耀着灵动的、难以捉摸的七色光芒。

点缀这一切的除了变幻的阳光，就只有窗户、门楣，偶尔伸出院墙的巴旦木树、苹果树、杏树、白杨树，不时有一线葡萄藤一直攀缘到阳台上，攀缘到可能是维吾尔少女的窗前；有时也有晾在阳台上的衣裙，或干脆是站在窗前思念恋人的青年女子；或是在阳台上一边做着针线活，一边想着心事的媚人媳妇；或是在墙角的阳光下"追忆似水年华"的老太太或老汉。

喀什一座维吾尔建筑的雕花木门

也许那土里土气的颜色会让有些人觉得贫寒或拮据，即使是这样，那也是不同的。那是一种富有的贫寒，洁净的拮据。一旦跨进屋里，你就会惊叹那种浓厚的从远古延绵至今的生活气息。楼下的地板不是水泥的，但清扫得很干净。墙上挂着鲜艳的和田或当地出产的壁毯，壁毯上有清真寺图案、有赞美真主的赞美诗和有关信仰的古老圣言。靠墙总会有一铺宽阔的老炕，炕上总会摆放着招待客人的瓜果、糖和茶水。楼上的房间则透着具有浓郁民族特色的现代性，铺着地毯，有电视、沙发，因为大多由年轻人居住，也会有维吾尔乐器，还有吉他之类；有虚拟化后显得更为接近神圣之境的清真寺挂图；也有马拉多纳、玛丽莲·梦露等人的画报。即使贫穷的人，家里也无一例外地干净整洁。正如一位生活贫困的老人对我说的，即使再穷，我也有干净和整洁。

走在街巷中，总会遇到三两位老人坐在院门边，一边交谈，一边安享着阳光。遇到旅游观光的人，无论是英国人、法国人、美国人、日本人，还是国内的游客，只要从他们面前经过，他们总会微笑着向你点头致意，显得十分和善友好。

旧巷无疑是孩子的天堂。他们见到外国游客，则用简单的英语问好。有一个刚刚学会说话的孩子，一边颤颤悠悠地跑着，一边玩耍着，突然抬起脏兮兮的脸来，用稚嫩的声音向你问候，然后摆出姿势让你照相，使你觉得快乐、幸福。

转过一个拐角（那些拐角是何其多），你有时会遇到一个或几个迎面走来的维吾尔女孩，她们比男孩子文静、干净，穿着漂亮的艾德莱丝绸做的连衣裙，戴着饰有羽毛的小花帽。她们都是小美人，或白净或黝黑的脸蛋，又黑又大的明亮清澈的眼睛，扑闪着的长长的睫毛，深深的眼窝，让你沉醉，仿佛可以听到泉水的声响。如果你要和她们合影，她们会十分大方地摆出各种优美的姿势满足你的愿望。

少女们在前面走着，她们的身材苗条而轻盈，十数根黑亮的辫子垂在身后。她们走着走着，就突然不见了。她们就在你不经意的某个瞬间，进了自己的家门。

这就是喀什噶尔的旧巷，一个让你希望在里面不慌不忙地慢慢走下去——哪怕用一生去走也值得的地方。

喀什古巷内的两个少女，光线的明暗使她们的微笑更加迷人

一对维吾尔族母女灿烂的笑

驴背上的老者

那位坐在毛驴背上的老人从小巷深处走出来时，浑身的表情都像动画片中的阿凡提。他穿着整洁，戴着一副多少显得有些滑稽的黑边老花镜。他任凭那毛驴走着，自己在驴背上读着一本书。那驴的毛色发亮，步态平稳优雅。可能是长期耳濡目染，那驴已是一头有文化的驴，所以举动之间，颇有些学究气质。老人陶醉书中，不时摇头晃脑，远远看去，好像他正就书中一时想不明白的问题与驴探讨。驴垂着耳朵（走累了的驴通常会如此），好像不太愿意听那些或美好虚幻，或高深玄奥，或痛苦沮丧的话题。

我注意那位老人很久，最后忍不住走过去，以手抚胸，施以礼节，问老人是否能听懂汉话。老人自豪地点点头，用"维式汉话"说，他不但能说汉话，还会读汉文书。他读过《三国演义》和《西游记》，这些书太有意思了！

每个汉字都像是从他口中迸出的，带着金属似的回音。

我十分高兴，问他，你看的是什么书？

他自豪地说，一本伟大的书，名字嘛就叫《艾里甫和赛莱姆》。

我看见诗歌使他的情绪饱满，双眼潮湿。他让毛驴停下来，说："我为艾里甫和赛莱姆的爱情深深感动，但我不能把那些忧伤的诗句念给远道来喀什噶尔的客人，以免破坏了你愉快的心情。我给你朗诵一段不忧伤但很智慧的诗句吧。"

觉乃依特圣人：什么树靠吮吸自己的血生长？

什么鸟能自由地飞遍四方？

什么人的脸没有血色？

孩子啊，请回答我的问题。

艾里甫：生命的树靠自己的血液生长，

智慧的鸟能在世界自由地飞翔，

偶遇的老者

说谎人的脸就像白纸，

圣人啊，艾里甫回答了你的询问。

他用沙哑但充满质感的声音朗诵完，快活地一笑，用维吾尔语祝福我并向我道别后，拍了拍毛驴，又往前走了。

老人在驴背上诵读的是10世纪初维吾尔族诗人玉甫素阿吉根据民间传诵的一个凄美动人的爱情故事写成的叙事长诗。这首诗自诞生以来，就出现了许多手抄本，我在他那里看到的抄本分叙说部分和弹唱部分，叙说部分为442行散文诗，弹唱部分有1262行双行诗，共1704行。民间乐师们给它配上了几十种曲调，常在欢庆的节日和麦西来甫（民间一种歌舞聚会）上传唱，从而使其逐渐成了维吾尔人世世代代诵唱的著名诗篇。

喀什古巷内的民居

故事是这样的：国王阿巴斯和宰相艾山外出狩猎，遇到了一只怀胎的羚羊，两人都因妻子怀有身孕而放过了这只羚羊。君臣二人于是相约，如果他们的妻子生下的是一男一女，就让他们结为夫妻，并立了婚约。后来，王后生下一个女孩，取名赛莱姆，意为美人；宰相夫人生下一个男孩，因为宰相已经去世，所以取名艾里甫，意为孤独的孩子。两个孩子青梅竹马，倾心相爱。可是艾里甫家越来越贫穷，国王背信弃义，撕毁了婚约，并把艾里甫全家流放到巴格达。艾里甫在遥远的地方思念赛莱姆，决心无论如何也要与赛莱姆相会，于是，他踏上了回归故乡的路。途中他被强盗掳掠，被卖给国王做了看管花园的奴隶。他隐姓埋名，默默劳作，终于与赛莱姆相会。国王知道后，派兵丁搜查花园，一对有情人在善良人的帮助下，逃出王宫，化为一对自由的鸟儿，迎着太阳的光芒飞向远方。

这部诗集犹如一园玫瑰，散发着让人心醉的芳香。

有一种力量驱使我跟随驴背上的老人，我希望到他的家中，翻阅那抄本。我不懂维吾尔语,我也许读不懂其中的一行诗,但我能感受到诗歌那浓烈的气息。他用充满深情的、混杂着维吾尔气息的汉话朗诵诗篇的声音,我将永不会忘记——

  这首长歌流自我智慧的源泉,

  像夜莺的悲鸣激荡在每个人心间。

  我放开歌喉唱艾里甫和赛莱姆,

  为忠诚的恋人献上爱情的花环。

记得那天我跟随他到了他的家门口,他吃惊地转过头来,但马上就明白了——你是不是还想听我吟唱这爱情诗篇?

驴车上的女人

我重重地点点头。

爱听这诗篇的人越来越少,好像爱情现在一点也不重要,所以你要听我非常高兴,但你得去买两瓶美酒来献给我,这是我几十年来的规矩。

我高兴地去买了两瓶"伊力特曲",来到他的院子里。他在院子里一边喝着茶,一边等着我。一看酒,就说是好酒,一人一瓶。他打开酒瓶,自己先喝了一大口。

然后,他提着酒瓶,带我去了他的书房。他书房里堆了好几摞书。他懂阿拉伯语,也能看汉文书,该是个名副其实的知识分子。他告诉我,他有14个儿女,其中,有一个是县长,有一个是司机,有三个是教师,有两个是阿訇,有一个女儿是歌唱演员,还有两个儿子是工人,有一个儿子是军官,有两人在做生意,最小的在北京读研究生,全都挺有出息的,

驶过大街的一辆驴车

所以他现在可以安享晚年，除了到清真寺做礼拜，就是吟唱诗歌和喝酒。

他的言语中充满了自豪。几口酒下肚，他的脸更有光彩，真是鹤发童颜。他打开了那本手抄书，以酒相伴，充满激情，且歌且吟，唱到伤心处，则泪流满面；唱到高兴的地方，则神采飞扬。他完全沉浸在了诗歌的氛围之中。

他已经81岁了。他说，他一开口吟唱《艾里甫和赛莱姆》，每次都得唱过瘾，不然，他会十分难受。他就这样，一直从中午唱到了晚上。两瓶酒他喝掉了一瓶半，却没有一点醉意。临别之际，他一直把我送到了巷口。

绣花帽的少妇

站在街巷之间，一抬头就看见了那轮明月，看见了满天星辰。我知道自己十分荣幸地头顶着天下最明净的夜空。而从街巷两侧的居所的狭小窗棂中漏出来的灯光与夜空辉映着，使我恍然置身于一个充满诗意的梦境之中。

这伊斯兰的气息在月夜里显得格外浓郁，我不知道这些古老而又普通的房间里隐藏着多少个像他这样看似平凡的智者和诗人。

他是真正理解、尊重并热爱诗歌的人。因为他生存在最接近泥土的地方。他的诗意和智慧也全都来自那里。

那是我最接近诗歌的一次精神之旅。那位伟大的老者名叫艾依提。

艾提尕尔

艾提尕尔清真寺坐落在喀什市中心的艾提尕尔广场，意为"假日礼拜和集会的场所"。它始建于1442年，是中国最大的伊斯兰教寺院，也是喀什噶尔的象征。它主要由门楼、庭院、经堂和礼拜殿组成。其正面巍峨庄严，古朴肃然。门楼巍然高耸，雄伟壮观，在造型艺术上居整个建筑群之首；高近5米的寺门呈天蓝色，装饰着镀金圆钉，门楼的半圆形穹顶下悬着一块写有古兰经文的匾额，其两侧各屹立着一座十二米多高的米黄色圆柱，柱顶均有一座"邦克楼"，那是掌教的阿訇呼唤穆斯林做礼拜的地方，那绿色月牙一直在向真主传递着信众的祈愿。

穿过八角形门厅，沿方砖铺设的甬道前往礼拜殿所在的庭院。整个庭院占地近20亩，白杨参天，松柏苍劲，鲜花怒放；一个数百平方米的水池置于院中，池水清冽，给人一种清凉幽静的感觉。南北墙下，整齐地排列着主教阿訇讲经和穆斯林习经的经教堂各36间。寺院西段坐落着礼拜殿，其分内外两殿，面积2660平方米，140根绿色雕花木柱支撑着白色的密肋天棚。天棚上按一定间距装饰着数十个绘有各种花卉图案的藻井，地上则铺着绿色毡毯。殿内宽敞、整洁、朴素，但没有通常所想象的那种富丽堂皇，没有偶像，真主住在信众心灵最崇高的地方。人与真主之间的交往通过阿訇来指引，通过跪拜祈祷来实现。据说平时来寺内做礼拜的有三千人左右，居玛日则有上万人之多，一到节日，寺内及寺外的广场，以及通向广场的各条街巷都会被挤得水泄不通，三四万名虔诚的穆斯林在信仰的感召下，都来向真主祈祷。那种力量，足可以与大海的巨澜狂涛相比。

平时，除了寺外（包括广场）各种商贩的叫卖声外，寺内十分清静。只有管理者和不多的一些游客。我去的那天，只有一位穿着一身黑衣的老人跪在外殿，长久地、虔诚地祈祷着，他的神色忧愁。他一定有许多生活的苦楚需要真主的帮助。

要进内殿，必须脱鞋。我坐在绿色的毡毯上，感觉内心一片清凉，好像信仰的风正从那里掠过。

次日正好是古尔邦节，我早早地便去了艾提尕尔广场。

黎明时分，艾提尕尔清真寺门楼的平台上就响起了达甫、纳格拉、萨巴依和苏呐依、木笛、热瓦甫、弹拨尔、卡龙、艾捷克等民族乐器演奏的《牡丹汗》《祈祷歌》《摇篮曲》《喀什的春天》等乐曲。这些或热情奔放，或深沉雄浑，或优美风趣的乐声首先为节日带来了欢乐的气氛。穆斯林们在乐声中起床、洗漱，节日也就开始了。

黎明刚过，掌教阿訇在宣礼塔上召唤教徒们前来做礼拜的声音就开始响起，他那洪钟般的声音也是这一天对真主的第一声赞美——"allah—ho—akber—，allah—ho—akber—(真主伟大——，真主伟大——)"。

这声音在静谧清凉、尘埃落定的清晨传得很远，这召唤信徒们忠实安拉的声音把世界彻底唤醒了。

马开始嘶鸣，驴开始练嗓子，天开始放晴，鸡啼鸣得更欢，彼此像在比赛；

艾提尕尔清真寺

母亲在吆喝孩子起床，有人开始唱歌，有人又在为生活发愁；然后就是坐着汽车、马车、驴车、牛车……以及步行的男人们，向艾提尕尔涌来。好像所有的街道都通向这里，好像这里是一汪信仰的大海，无数条由信徒们汇成的河都涌向这里……

人越来越多，越来越多，所有的人站在那里，把心交到真主的手上，然后把手举起来，掌心朝向耳朵，聆听真主的声音。

三四万人对真主一起赞美的声音猛然响起。那声音像从极远的、极宽广的海的深处传来，并把整个大地抬起来。那声音穿透了一切，包括时间和宇宙，传达到它所能传达的所有地方。

是啊，这是一座真主的城，一座有着信仰的伟大的城！

看到这种情形，我无法相信这里曾经有过萨满、所罗亚斯德教（袄教）、佛教、摩尼教、道教、景教（基督教聂斯脱利派）和基督教，好像这里自古以来就是一块属于真主的大地。

上述宗教是随着畅通的丝路传入西域的，从而使西域成了世界各种宗教的汇集和争衡之地。而信仰对一个人或一片大地来说，是唯一的。致使这种信仰领域内的纷争不断，在这种纷争中，只有佛教和伊斯兰教脱颖而出。前者主宰了公元10世纪之前西域的信仰，后者则主宰着公元10世纪以后新疆信仰的天空。

佛教公元前6世纪在古印度产生，自公元前3世纪开始向外传播，很快掠过安息、大夏的国土，到了大月氏、康居，以至克什米尔，又从那里传播到了天山以南，当时西域著名的古国龟兹、于阗、高昌佛风盛行，佛号不绝。南北朝时，佛教在西域达到鼎盛，"于阗国老百姓才几万人，而和尚就有万余，一个瞿摩大寺，有和尚三千，就餐竟需击鼓集合。龟兹是当时佛教中心之一，也有僧众万余人，而且龟兹的塔寺很多，装饰华丽，连王宫里也塑刻佛像，如同寺院一般。各国僧众更是天天燃香念经，月月道场，年年举行盛大的佛会"（见《新疆两千年》第110页）。

佛教也从那时开始迅速东传，丝绸之路上，到内地传佛的僧侣，来"西天"

取经的和尚，络绎不绝，内地名僧曾经西行的有曹魏时的朱士行，西晋的竺法护、僧建，后秦的法显、智猛，刘宋的昙无竭，北魏的惠生和宋云，以及唐代的玄奘，而到内地的西域名僧有佛图澄——他被后赵皇帝奉为"大和尚"，还有龟兹国的佛学大师鸠摩罗什——他精通梵文和汉语，被后秦尊为"国师"。

那时的西域大地，的确是一佛国乐土。以至回鹘在9世纪中叶西迁至西域，建立以高昌为中心的西州回鹘政权时，为维持它的统治，也不得不改信佛教。这无疑增强了西域信仰佛教的力量。但与他们同时迁入西域的另一支回鹘部族，越过准噶尔盆地，游牧到了中亚草原，并在10世纪末信仰了伊斯兰教。历史学家说，这一民族精神生活领域发生的最重要事件，给后来的西域大地带来的影响之大，真是难以估量。

伊斯兰出自阿拉伯语，为"皈依""服从""恭顺"之意，天下伊斯兰教徒统称"穆斯林"，意为"皈依（服从、恭顺）真主的人"。该教于7世纪初叶由穆罕默德始创于红海沿岸。当时的回鹘生活在离红海万里之遥的鄂尔浑河流域，对伊斯兰教全然陌生。也许是缘于真主的感召，迁入中亚草原的那支回鹘部族利用10世纪后中亚混乱的政治局势，很快强大起来，建立了喀喇汗王朝。这时，伊斯兰教已传播到了中亚地区，但并没有成为喀喇汗王朝的精神支柱。公元893年，信奉伊斯兰教的萨曼尼王朝攻占了怛逻斯城，迫使喀喇汗王朝将其统治中心移至喀什噶尔。在这期间，喀喇汗王朝禁止臣民信奉伊斯兰教。直到后来，萨图克皈依了伊斯兰教，武装了自己的伊斯兰队伍，在喀什噶尔城下击败了拒绝信奉伊斯兰教的叔父，成了喀喇汗王朝第一个信奉伊斯兰教的可汗，称萨图克·布拉格汗。他在位45年，战功卓著，夺回了怛逻斯城，攻占了巴拉

一个走在清真寺外的人

沙衮，统一了喀喇汗王朝。接着，他四面出击，同时进攻佛教强国于阗和西州回鹘，直到他战死在战场上，那场旷日持久的战争还未分胜负。

佛国于阗一直是伊斯兰圣战锋镝所向的目标，国王李圣天趁萨图克之子木萨继位之际，派大军攻打喀什噶尔，但久攻不下，只好退兵。喀喇汗王朝的数万大军趁势追击。于阗军队将计就计，在瓦旦哈剌列（今英吉沙）设伏阻击，大败喀喇汗王朝的追兵，其统帅阿里·阿尔斯兰被击杀。木萨大怒，亲率大军出征于阗，两军在柯克亚尔（今叶城境内）激战七昼夜，不分胜负，双方各自退兵。那场大战之后，双方十余年间均无力再战。后来喀什噶尔发生了武装起义，于阗军队乘势攻入喀什噶尔，但很快又被夺回。980年，木萨死，其子阿布·哈桑继位，他的武功不亚于其祖父萨图克，他先后攻占了萨曼尼王朝的都城布哈拉，占据了中亚重镇撒马尔罕。他高兴万分，不料于阗大军袭击了他的后方，他远在万里之外，急忙挥师东进，由于人困马乏，被于阗军队击败，他也战死沙场。于阗军队再度攻占了喀什噶尔。

战争并没有结束。阿布·哈桑的侄子玉素甫·卡德尔汗得知叔父阵亡，都城沦陷，马上在撒马尔罕宣布继位，向整个阿拉伯招募了14万人马的伊斯兰十字军。

清真寺旁烤馕的女人

它所向披靡，一举夺回喀什噶尔，并很快灭掉了于阗国，用伊斯兰教取代了佛教。但在塔里木盆地以北，西州回鹘王国对喀喇汗王朝进行了全力抵抗，使伊斯兰的势力没能越过库车，把西域全境信仰伊斯兰教的时间推到了蒙元帝国后期。

当历史的帷幕一层层揭开，喀什噶尔当年在宗教传播中的力量就显现出来了。

所以说，信仰在一种力量下是可以改变的。信仰是人类内心需要的适应。

对于个人，你却只能是个信徒，带着虔诚之心向至高处的唯一偶像顶礼，并向他祈祷。

也许正如哈维尔所说，"对于信仰者来说，所有的事物，哪怕是坏事，都具有其自身或明或暗的意义……在任何情况下，信仰作为一种对意义的深深投入，总会遇到虚无感这位自然而然的对手。它们深深地纠结在一起。实际上，人类的生命就是这两种力量为争夺我们的灵魂而展开的永恒的争斗。"

制作维吾尔族花帽的维吾尔族夫妇

做完礼拜的人陆续返回各自的家中，他们的容光焕发出了新的色彩，那是信仰者所特有的。

而我像刚从一场辉煌的大梦中醒来，我原以为自己会拥有一些属于自己的东西，但当我从梦中醒来，再审视自己，终于发现自己一无所有。

千年歌舞

坐在中亚阳光灼人的广场上,听着这些我已熟悉并迷醉的维吾尔族乐曲,我忽然想起了布罗茨基那两行著名的诗:

边缘不是世界结束的地方,

恰恰是世界阐明自身的地方。

我在一篇访谈中,也曾不揣冒昧地说,我站在表达的中心。

其实,西域早在两千多年前,就以歌舞的方式阐明了这一点。

传说我国最早的音律就得自西域。黄帝授意乐官伶伦制定音律时,伶伦历尽坎坷,饱尝艰辛,行程两万余里,渡过赤水,来到昆仑山。那时的昆仑气候湿润,森林茂密,修竹满谷,泉水奔涌,山花烂漫,百兽奔逐,百鸟飞翔,充满诗情画意。他在巡守昆仑山的山神陆吾的帮助下,在"嶰溪之谷"找到了适合做乐器的竹子。他仔细挑选了12根修竹,做成12支竹笛。但他试吹之后,音调很不协调。正在这时,一对凤鸟飞来,凤鸟美妙动听的鸣叫声启迪了他。他模仿凤鸣之声反复吹奏,直到声音和谐悦耳。伶伦就这样制成了12根律管,使人们有了创作和演奏音乐的规范和依据。后人为了纪念他的功绩,便称之为"伶伦作乐"。这个动人的传说记载于《吕氏春秋》《汉书》及《太平御览》等古籍中。他到昆仑创造音乐的时间比张骞"凿空西域"要早3000年。虽是传说,但从先秦到唐宋的诸多学者和乐人都深信不疑。

《列子·汤问篇》也记载过西周周穆王与美丽的西王母瑶池相会后,在返回途中,将路上碰到的西域艺人偃师带到了西周。

张骞第一次出使西域时,有一天在草原上策马行进,忽然听见悠扬的乐声从远处传来,立即

唱"木卡姆"的人

被这优美的乐声吸引住了。他循着乐声找去，看见一位牧人正用兽骨做成的七孔笛在独自吹奏。那小小骨管发出的神奇音色使张骞深深迷醉。他收集了十多支骨笛，并把演奏方法和一首名叫《摩诃兜勒》的乐曲一同带回了长安，交给了宫廷乐师李延年。

那充满大漠草原、长河落日和旷野气息的音乐旋律顿时轰动了长安。但即使李延年也不知道，那乐曲正是闻名西域的《十二木卡姆》的雏形。他十分激动地告诉张骞，《摩诃兜勒》乐曲是艺术的精华。李延年根据《摩诃兜勒》的基调又写了二十多首乐曲，其中就有《入关》《出塞》等流传千年的名曲。这些带有西域风格的乐曲雄浑昂扬，成为当时的军乐。李延年还组织了西汉的一支军乐队——"鼓吹"乐队，专门演奏西域乐曲。按照皇帝的圣谕，这些乐曲必须要统率万人以上的将军才能使用。西域乐曲一旦传开，立即给中原以靡靡清逸为基调的传统音乐以强烈的冲击，开创了铁琶铜琵、雄歌劲舞的一代乐风。

汉高祖刘邦的妃子戚夫人因善跳翅袖折腰舞，喜爱于阗音乐，擅长弹瑟歌唱、吹笛击筑而成为高祖宠妃。刘邦常与戚夫人在宫中歌舞作乐，戚夫人击筑，刘邦高唱《大风歌》。但戚夫人也因宠而遭到吕后的嫉恨，招致悲惨命运。刘邦死后，吕后就把戚夫人囚禁在永巷宫，令她身穿罪衣，剃去头发，终日舂米。戚夫人悲痛地唱道：

子为王，

母为虏。

终日舂薄暮，

常与死为伍。

相离三千里，

当谁使告汝？

吕后得知更怒，马上派人杀死了戚夫人的儿子赵王如意，然后砍去戚夫人的手足，剜眼熏耳，灌以哑药，丢在茅厕里，使她受尽"人彘"之辱而死。

戚夫人因歌舞而死，死之惨烈，至今仍让人身寒心痛。而另一个与音乐有关的女子蔡文姬虽然不幸在战争中被匈奴所俘，被迫嫁给匈奴左贤王，这却促使她写出了千古名曲《胡笳十八拍》，可谓不幸中之万幸。

蔡文姬随匈奴驰骋天山南北12年，受到了少数民族音乐艺术的熏陶，对西域古乐器和音乐作了深刻的研究。尤其喜爱流行于塞北和西域的管乐器胡笳那悲壮的音色、雄浑的气势，于是，她以胡笳那悲咽的乐声为基调，融汇西域音乐的风格调式写了18首乐曲，以此抒发自己悲苦的身世和难以抑制的思乡之情。这就是《胡笳十八拍》。

前秦将领吕光曾率兵征服西域，破西域诸国，后趁中原大乱之际割据凉州，建后凉国。他在打败龟兹后，把龟兹国的一个乐队和包括竖箜篌、五弦琵琶、筚篥、腰鼓、羯鼓、铜钹、笙、笛、箫、贝、都昙鼓、答腊鼓等十多种乐器带到了中原。后来，他把龟兹乐与凉州地区的音乐相结合，经过改编创新，形成了既具有曲调欢快、舞姿雄健的西域风格，又具有婀娜柔婉、轻盈多姿的凉州特色的《西凉乐》。该乐舞一直风行到长江以北的广大地区，后来又成为隋朝宫廷燕乐《九部乐》和唐朝宫廷燕乐《十部乐》中的一部。

还有因喜爱西域音乐而娶突厥木杆可汗俟斤之女为皇后的北周武帝宇文邕。公元566年春天，武帝派使臣携带重礼，西出阳关，请求俟斤将精通音乐的公主嫁给他做皇后。俟斤欣然应允，将一支由三百余人组成的乐队作为陪嫁送到了长安，其中就有著名的音乐家苏祇婆和白智通。公元568年3月，俟斤之女到达长安，被武帝立为皇后，史称阿史那皇后。在阿史那皇后的倡导下，周武帝将西域音乐与中原音乐相混合，戎华兼采，改革了中原音乐。

隋灭北周后，在隋朝都城长安，有一个因廾设着很多胡人酒店而闻名的西市。当时在西市胡乐当筵、胡姬压酒。当年随阿史那皇后到北周的苏祇婆沦落民间，被柱国沛公郑译发现。郑译由苏祇婆的"五旦七声"理论推演出"七调十二律"，合八十四调，被音乐史称为"旋宫八十四调"。这就是苏祇婆的宫调理论，后被隋文帝确定为新的乐制。苏祗婆的宫调理论不仅为音乐确定了规范，而且对后来宋词、元曲乃至戏剧的发展，都产生了深远的影响。

隋朝另一著名音乐家白明达也来自西域，隋炀帝十分看重他，任命他为宫廷乐正。他在隋末创制的14首乐曲大多充满颂歌的味道，诸如《万岁乐》《舞席同心结》《投壶乐》《玉女行觞》《泛龙舟》《还旧宫》《长乐花》等——在昏庸无道的隋炀帝跟前，他也只能作一些颂歌。但这些乐曲掺有龟兹乐风，节奏奔放，曲调欢快，旋律激荡起伏，充满了大漠旷野自由坦荡的气息，所以在宫廷和民间都广为流传。

隋朝灭亡后，白明达又被唐高宗任命为内廷供奉，总管宫廷乐舞。在这期间他创作了最著名的乐曲《春莺啭》。这首乐曲与当时另一宫廷音乐家裴神符创作的《火凤》被称为"二绝"。诗人元稹曾写道："《火凤》声沉多咽绝，《春莺啭》罢长萧索。"

这就是西域，这就是边缘。

西域音乐如同一条河流，把汉民族的音乐大地浇灌得越来越肥沃，使其开放出了奇花异葩，并培育出了大唐之音，开创了中国音乐文化的巅峰时代。

隋唐的音乐家多为少数民族人士，当时的音乐也多为"胡乐"。宫廷胡乐不绝，乐工咸集，华光璀璨，民间也到了"家家学胡乐"的地步。

作为集诗歌、器乐、舞蹈于一体的唐代大曲，也吸收了许多西域音乐的成分。唐代《教坊记》中记有46首唐曲大曲目，其中广为流传的有《绿腰》《凉州》《伊州》《甘州》《霓裳》《后庭花》《柘枝》《水调》《浑脱》《剑器》《胡旋》《破阵乐》《春

一扇古老的门

莺啭》等。

　　但自唐以后，这种交流逐渐沉寂，中原的乐舞也越来越衰微。失去了边缘的力量，中心出现了数百年的荒凉。季羡林先生曾说，"世界上四大文化体系唯一汇流的地方就是中国的新疆。这四大文化体系是：中国文化体系、印度文化体系、伊斯兰文化体系和欧美文化体系。这四大文化体系是几千年以来世界上各国、各族人民共同创造出来的，是全人类的智慧结晶。产生于过去，影响在未来，人类前途的荣辱盛衰，仍将决定于四大文化体系的前进与发展。"

　　我想，西域的千年乐声已经印证了这一点。

喀什的一家民族乐器店

代跋：

我们旅行的目的就是要发现生命的光[1]

问：我发现你喜欢用"书"来比喻和形容，比如书中的篇章《喀什噶尔之书》《帕米尔之书》《喀喇昆仑之书》和《阿里之书》等，为什么？不会是简单的"行万里路"如同"读万卷书"一句话能概括的吧。

答：作家对词语有一种天然的敏感。在这些词语所代表的广阔领域内，"书"是个具有抒情性的词，具有舒缓的感觉，像一个升调后面的降调。

我之所以用"书"这个雅致的词，也是想体现我在面对高原时的一种态度，一种敬仰的姿态。高原世界屋脊是我所见的、可以感触的风景，而"书"则是看不见的，它来自古老的文化传统，在汉语中，它的意思就是经典。两者具有同样的重量。这个词其实是不敢轻易用的。所以,我这里的意思更多的是指狭义的"书"，是书写，也可以说是"我对高原的书写"，或是"一本关于高原的书"。

"行万里路，读万卷书"不是一句简单的话，从我的浅薄体会来说，这是我们获取鲜活知识，把书本上的知识转化为自己识见的唯一途径。这是我们获取真知灼见的唯一真理。就我对新疆的认识来说，我曾读过大量的关于新疆的书，但我得知的只是一个模糊的概念。我用了八年时间在西部行走，就是在获取属于自己的知识，为自己的写作做准备。我非常赞赏波斯诗人萨迪的说法，我也多次引用过，他认为一个人应该活到 90 岁，在这 90 年中，用 30 年获取知识，再用 30 年漫游天下，用最后的 30 年从事创作。

问：山是有高度的，文字也是有高度的，人的心灵，也会随着自然的海拔的升高而变得逐渐纯净吗？

答：山的高度是可以测量的。现在，我们还没有一座不知道高度的高峰——

---

[1] 该文是《中国商报》记者郑立华女士 2009 年 6 月的访谈，本篇有删改。

连它每年增长几毫米都可监测到。文字不但有高度，而且它的高度是无止境的。文字虽然是人类所创造的，但我们不知道它的高度在哪里。它是一座在不断生长的人类文明的高峰。

我在该书的后记中说，虽然我认为文字在这个世界是微小的——比我本身还要微小。但我的这本书，还是用了《走向高原》这个不微小的书名；这部拙作看上去也像一部"大散文"，之所以如此，都是因为我所描述的地域本身的崇高——至少在这个小小寰球，它配得上人类的仰望。

人类对高度有一种天生的仰慕之情。高拔之处，都安置了传说中的神灵的宫殿，那是人们寄托灵魂和来生的地方。高危之处，生命脆弱。海拔的上升，使我知道了人类的局限。在那里我们常常能认识到自己——甚至恍然大悟，哦，原来我们是这么微小，的确轻若飞灰。俯瞰滚滚红尘，"人间"的蝇营狗苟其实一点必要也没有，生命中有更多更重要的事情值得我们去做。

大自然本身就是一个净化器。至少对于我来说，它是我的另一位恩师。它教会我认识了自己，使自己的视野变得更加开阔。

问：本书的文字风格平实而质朴，给人的感觉却充满英雄主义和浪漫、高贵的气质，但你也慨叹，在自然面前，有限的文字不足以描述广袤的自然景观和无限的内心感受？

答：年少轻狂的时候，我曾认为自己是个才华横溢的家伙。后来，我知道我其实是一个没有多少才华的人。这点写作的技能，是承蒙命运不弃，给予我的养活自己的手段。

我的文字风格和我这个人差不多。我是一个具有古典英雄情结的人，也是一个天生的浪漫主义者，我崇尚具有高贵气质的人，崇尚一种具有高贵气节的写作。这些与生活经历无关。

我仔细想过了，我真正能干好的事情，一是种地，二是写作。之所以这么说，是因为我是个很勤快的人。所以你说我的文字给人的感觉也与此有关。种地和写作是可以很好地培养英雄主义和浪漫、高贵的气质的。

广袤的自然景观和无限的内心的难以表达，是我随时都能感受到的。我想，即使把人类现在所创造的文学财富加起来，也未能表达其万一。我们身处的世界和我们的内心值得我们永远满怀激情地去探索，这是文学一直还有魅力的原因，也是它会一直存在下去的原因。

问：自然山水美丽壮观，也充满凶险，稍不留神，就可能像那头牦牛，摔落在乱石滩上，开出"红艳的花"来。历经险境，对生死有什么感悟？

答：虽然我从来没有把自己在世界屋脊的旅行当做探险，但其中的很多旅程确实是充满危险的。我在1998年第一次前往时，就把世界屋脊上的路称作天路。阿里之行要翻越昆仑、喀喇昆仑山、冈底斯诸山脉，每一次从屋脊上下来，都让人心有余悸，都会在心里说，这次捡回这条命，下次再也不上去了。但只要有机会，我还是会毫不犹豫地前往。那就像回老家的感觉，那是你灵魂的回归之地。

我最近一次上高原是在2007年5月。我当时在上海首届作家研究生班学习。我得知可以上阿里后，第二天就从上海乘机返疆，在乌鲁木齐停了一晚，次日飞到喀什，在那里稍作停留，就踏上了天路。前后共走了七天，到达了喜马拉雅山下的达巴。从东海之滨的繁华之地到喜马拉雅山下的荒原之所，这种地域的巨大反差所带来的内心震撼，是语言所难以表达的。

一般人要承受这种反差是需要有勇气的。但我能够承受，就是我对生死有了一定的认识。

事后我也在想，我为什么会这么做呢？这是很难说清楚的。我想起了十年前在札达碰到的一个香港朋友。他在1996年第一次到那里后，此后每年他都会乘机抵达拉萨，然后从那里搭邮车到阿里，漫游一两个月，再返回去。我当时也问过他这个问题。他笑笑，摇摇头，说如果知道，他就不会来了。

我曾在红其拉甫达坂下翻过一次车，在前往乔戈里下的吾甫浪时，也多次遇险。但很奇怪的是，回想起来，我真没有历险的感觉。那次翻车就是一次真实的死亡体验。那种死亡就是一两秒间的事，不会有任何感觉。对悲欢离合、爱欲生死的探究，是文学的亘古主题，对生死的感悟不是一言可以言清的。但前不久，我八岁的儿子和我一起看《西藏生死书》的一个录像片。他看得快完的时候，说，爸爸，我们就是我们灵魂的梦，梦不停地变，灵魂一直在那里。这句话让我一下子受到了极大的震动，从他那里我一下明了了什么是生死。

问：喜欢"探险"、"行走"的人越来越多，那些险峻的风景，究竟有什么魅力，吸引人不惜付出生命的代价，一次次地勇闯险境？

答：我想，人们之所以这么做，是因为人不能总在内心的影子中徘徊，身陷自我的小圈子，孤芳自赏。人是自然的载体，与自然隔绝其实是最危险的。接近自然的方式很多，选择行走是最直接的，险峻的风景往往深入人迹罕至的地方，如雪山中的湖水，少有打扰，空明如镜，那一刻往往想到的不是"险"，而是超越自我的欣慰，是感动于心，对大自然中万物万象的敬畏。

其实，这个世界已经无险可探了。当然，它是相对的。从宽泛的意义来说，我们身边的危险比远方更多。不容置疑，在家门口遭遇飞来横祸的人肯定比死在探险途中的人多。所以，也可以说，我们每天的生活就是探险。之所以有那么多人走向远处险峻的风景，我想他们就是想逃离身边的危险，去寻找和平安全的乌托邦。

问：但大部分的人首选目的地是西藏，西藏和新疆有什么区别吗？

答：这首先是个语境的问题，自20世纪80年代开始的"诗化西藏"的背景仍然相对稳定。我在《西藏人文地理》关于"怎样表达西藏"的一次访谈中说过，在经历了虚幻而残酷的诗意后，人们的内心自然会渴望有一个像西藏那样的"诗意之境"，这个时候，西藏成了这种梦想的载体。相对于20世纪80年代文学和艺术的表达而言，对西藏的诗化留给人们的印象是最为深刻的。但这并不是说，他们的表达有多么成熟，多么准确。

这种诗化一开始就是建立在对"异域"的发现上，是一种个人英雄主义的自我宣传，是一种对自己平面化生活的逃避，是为自己在现实之外虚构的一个乌托邦。对于世居西藏的人来说，那里只是他的故乡，有所有人的故乡的精神特质；那也是俗世，和所有的俗世一样，有烦恼、痛苦和悲欢离合，生老病死。

其实，从19世纪末的大探险时代开始，西藏作为世界屋脊、作为地球上的神秘之域在西方探险家的探险记中就已被渲染。但这些书籍绝大多数都是在80年代才开始译介的。这些译作和国内一些诗人、作家、画家的作品一起，对西藏进行了综合性的诗化表达。它极大地满足了人们对那个神秘地域的想象。但这些表达绝大多数都是"颂歌"式的，传达给受众的也都带着"桃花源"的气息，都带着圣地的光辉，我们闻不到泥土的味道，也体会不到俗世的冷暖。

但直到20世纪中叶，西藏都是孤悬世界屋脊之上的封闭世界，加之其千百年来沉淀下来的藏传佛教的气息，使它的神秘色彩更加浓郁。而新疆自丝绸之路开通之后，就是亚欧之间的通道，一直是开放的，有更多的人了解它。在人们的印象中，西藏是高拔的信仰之地，新疆是平缓的世俗景象。二者的差别就在于此。

问：你在书中也描写了一些边陲小镇上的普通人的世象，给我印象最深的是小城札达街上的那个时髦女郎，"像一朵浓艳的塑料花"，尽管是世俗，但给读者的感觉是仍然充满诗意，那么，在你眼中，高原上与你所在的乌鲁木齐，与我们所在的北京、上海等城市的世俗有什么不同吗？

答：无论哪个地方，世俗的本质都是一样的。世俗其实并没有贬抑之意。我们超脱不了平凡，就都会身陷世俗之中。我们所谓的超脱世俗，也只不过是一种超脱世俗的姿态。这只是一种表演。

高原是个世俗生活相对稀薄的地方。我在这里观察一个人的时候，我会仔细很多。在这里，我可以看到他们身上的光芒，他们每个人都和我有关，是挚友至亲，我会对他们的人生充满想象，彼此虽然陌生，但可以触摸到对方的命运。这令人忧伤。而这种忧伤是明亮的，那种明亮的忧伤感会在瞬间产生一种浓郁的、蔷薇般淡雅的诗意，慢慢地弥漫开来。

在这里的时髦虽然也是世俗的一种，但有一种非同寻常的力量。

我曾经以为，每一个地方对我来说只不过是不同的风景而已。高原上的札达小城也好，已没有多少边城特色的乌鲁木齐也好，繁华、喧嚣的北京、上海也罢。而人是风景内灵动的生命，大城小城中的世俗传达着城市的活力与激情，只是换一个地方、换一种文化背景下的生活方式，有存在的理由。

问：边境小镇上卖假古董的女孩，和北京秀水街的商贩一样，也要高价，也"欺客"，可是却显得非常可爱，并容易被原谅。为什么会这样？

答：这主要取决于顾客的态度，取决于双方在那个环境中萌生的慈悲和善良，也取决于一种看待事物的心态。那里有一种力量让人的内心变得平和，会懂得宽容，能看到对方身上的光。其实，我们旅行的目的就是要发现生命的光。

问：最近几年的文坛，显得热闹而喧嚣，充满娱乐性，可否谈谈，新疆作家的生活状态，尤其是创作心态如何？

答：我差不多用了十年在西部漫游，这十年我一直是背对文坛的。新疆地处偏远，有一个好处，就是可以远离文坛的热闹和喧嚣。

新疆是个移民地区，很多汉族作家都来自内地。来到这里并留下来的作家，大多经历了游牧文化和绿洲文化的熏陶。他们背负着自身骨血中的汉文化传统，面朝中亚，接受异质的文明。就我的了解，他们的生活状态是相对闲散的，几个优秀的作家——比如著名诗人、散文家周涛，小说家赵光鸣、朱玛拜·比拉勒、董立勃，诗人沈苇、散文家刘亮程，以及我等紧随其后的一批写作者，其写作的状态都带有古典的味道。他们很少受浅薄功利的驱使，他们的创作心态是安静的，其表现在创作中的激情也是充沛真诚的，这使他们的作品具有一种少有的坚实感，具有一种可以经得起时间打磨的品质。

后 记

虽然我认为文字在这个世界是微小的——比我本身还要微小,但我的这本书,还是用了《走向高原》这个不微小的书名。这部拙作看上去也像一部"大散文"。之所以如此,是因为我所描述的地域本身的崇高——至少在这个小小寰球,它配得上人类的仰望。

散文与个人生活的关系尤为密切。它是个人生活、情感、思想和行踪最真实的记录。它是最"纪实"的文体。这本书就是我在高原生活和旅行的片段,是我在那高海拔群山中行走时留在记忆中的点滴之美。在日常生活中,我们一般很少想起这些群山。正如法国作家克莱齐奥所说:"遥远的美,人不能触摸,如夜空中的星辰,或如晨曦。它到达了路的尽头,越过了有限世界的门槛,进入不可逾越的区域。"

是的,在我没有登临高原之前,它只是一个名词,我没有想过它和我有何关系,它的博大使我感觉不到它对我的塑造和养育。现在,我有了一个通过自己拙劣的文字向那至高之地表达敬意的机会。

1996年,我从解放军艺术学院文学系毕业后,曾直接到帕米尔高原工作和生活过三年,离开之后又多次前往那里。我去过高原上的众多沟壑,在很多毡房和冬窝子里吃过肉、喝过酒、睡过觉。我还先后在1999年、2001年、2007年因采访或工作的原因,三次前往喀喇昆仑和西藏阿里——虽然我每次都将这些旅行视为畏途,但现在,却成了我记忆中最美好的回忆。所以,这些文字也是我对我那带有辉煌特质的世界屋脊之旅的一次纪念。

这些文字是我从1998年到2000年断断续续写成的,时光流逝,恍然已过十年。在这十年间,我有了家庭,有了儿子;在这十年间,我远离了故乡,失去了祖母和父亲。亲人的去世，使我备感孤单。而我在那些年里，年少轻狂，萍踪万里，无视亲人的养育、慈爱和严厉，直到他们从这个世界离开，弃我于洪荒，我才知道那是我再也不可能拥有的财富。

可能是未能尽孝的惭愧，也可能是害怕人世间的孤独，我一直不相信我的祖母和父亲已离开我。在我的感觉中，他们还在故乡劳作，还在盼我回去……

这本干净的书适合献给我的祖母和父亲，适合献给更早离开我的祖父，适合献给我敬爱的母亲。我想说，我爱你们，我是你们用贫寒养育的孩子，这是我永难报答的恩情。

这些文字写成后，我再没有管它。我没有把它在整体上看做一件作品。它像我的一件私人物品——适合蒙上灰尘，慢慢变旧。直到2004年，我学会在电脑上写作后，才把它整理出来，进行了润色、加工，使它多了一些"文学的优美"。其中的一些篇章才陆续在《读书》《中国作家》《芙蓉》等报刊发表。虽然我在2001年写过一本记述自己从叶城到阿里行程的游记《众山之上》（湖南文艺出版社2001年8月出版），但从严格意义上来讲，那只是我的旅行笔记。

因为和我的朋友、同学王大亮先生的一种冥冥之缘，此书部分内容曾经他之手进行编校、润色，在十多年之后得以庄重出版，真是我的幸运。他认真负责的品格使我常感惭愧，这次亦然。凡书中涉及的历史地名、事件、人物、民俗的诸多地方，都得到了他仔细的校正，在此要特别致谢！

另外，该书除了配有我拍摄的照片外，还使用了我的摄影家朋友陈志峰、段离的摄影作品，这些作品为我的书增添了光彩，在此深表谢意！